枪与玫瑰系列谍战小说②

枪与玫瑰之暗火

刘子义·著

金城出版社
GOLD WALL PRESS
·北京·

图书在版编目（CIP）数据

枪与玫瑰之暗火 / 刘子义著 . —北京 ：金城出版社有限公司，2022.6
ISBN 978-7-5155-2327-9

Ⅰ. ①枪… Ⅱ. ①刘… Ⅲ. ①长篇小说 – 中国 – 当代 Ⅳ. ① I247.5

中国版本图书馆 CIP 数据核字 (2021) 第 266358 号

枪与玫瑰之暗火

作　　者　刘子义
策　　划　赵　琳
责任编辑　雷燕青
责任校对　郝俊伟
责任印制　李仕杰
开　　本　710 毫米 ×1000 毫米　1/16
印　　张　19.5
字　　数　280 千字
版　　次　2022 年 6 月第 1 版
印　　次　2022 年 6 月第 1 次印刷
印　　刷　天津旭丰源印刷有限公司
书　　号　ISBN 978-7-5155-2327-9
定　　价　49.90 元

出版发行　**金城出版社有限公司**　北京市朝阳区利泽东二路 3 号　100102
发 行 部　(010) 84254364
编 辑 部　(010) 64210080
总 编 室　(010) 64228516
网　　址　http://www.jccb.com.cn
电子邮箱　jinchengchuban@163.com
法律顾问　北京市安理律师事务所　（电话）18911105819

目录 /Contents/

历史的片段里总深藏着惊人的蝴蝶效应。1938 年 11 月 9 日发生在柏林的“水晶之夜”，被纳粹袭击的犹太人不得不大迁徙，而大上海是为数不多能接受犹太人逃难的城市。

武汉会战接近尾声，中国情报战场却日嚣尘上。由于王千木的出卖，整个北方军统几乎被日特肃清，戴笠下达了不惜一切代价暗杀王千木的最高指令。同时，苏共第五局远东分部部长留西柯夫将军叛变，整个苏共满洲谍报网倾覆，竟然牵连梅晋元北上哈尔滨。

不显山不露水的谍局，往往隐藏着致命杀局，最令中国危机重重的还是那个“白皮书计划”。

“南唐北吴”，是土肥原贤二制定的拉拢战略。唐绍诣被重庆暗杀了，“白皮书计划”的赌注只得移向远在北平的吴佩孚。

吴佩孚却不与日本正面交锋，只答应安排代表入沪谈判。这刺伤了土肥原贤二的自尊心，在他看来这是对大日本帝国的侮辱，他决定暗杀吴佩孚的代表。

执行人：“白俄医生”安娜。

刺杀时间：1938 年 11 月 11 日。

第一日

1938 年 11 月 10 日　星期四

民国二十七年　农历九月十九

戊寅年　癸亥月

第一章　致命危局

～ 124 ～

［上海，日占区，虹口，岩井公馆］

亲人的伤害永远是最痛的。那种血浓于水的情感，是沾不得背叛的色彩的。它本该是五彩缤纷的，世界上所有的色彩都该在它的底色中并存着、融合着、绽放着。所以，当亲情遭遇背叛，那就是透彻心骨的撕裂，那就是如锥钻胸的刺痛，那就是飞流直下三千尺的穿透，那就是随风潜入夜的绵长。

梅子青的痛，却如梅雨季节时喘不过来气那般的闷痛。

梅晋元是军统，他所做的一切虽然卑劣，却又无从指责。梅子青的心痛，无法宣泄和排解，只能闷在心里。那闷，越积越重，几乎难以呼吸。所幸啊，在她乏力无助之时，还有那个懦弱的苏立生陪着她。苏立生是有耐性的，那是一种非凡的耐性，不和她讨论有关梅晋元的一切，恍若梅晋元从未出现过似的。她讨厌这种耐性，如同温水煮青蛙似的，会磨灭掉对父亲的深深的恨意。

不在沉默中爆发，就在沉默中死亡。

一个多月了，梅子青压抑不住了，再压抑就会崩溃了，所以她决定私下调查父亲。

就在这时，那个有耐性的男人，忽然展现了耐性背后的动力——行动。这一个月来，他根本没有闲着，一直在独自调查梅晋元，虽然收获寥寥，但却获得了一个最新消息。

梅晋元北上了。就在三天前，梅晋元忽然去了哈尔滨，据说还有一排的满铁特工“押送”。

这意味着什么？梅晋元被满铁逮捕了？

梅子青不由担心起来，一旦父亲的军统身份暴露，西湖小组也会随之暴露的。国共合作，本是同枝，自当连气，怎么能再痛恨父亲呢？

这个消息就如同锥子一样，刺破了囤积月余的气囊，那差一点儿令人崩溃的胸闷忽然消失了，取而代之的是满满的担忧。

哀哀父母，生我劳瘁。血浓于水，恩重如山。这就是永远抹不掉的亲情。

苏立生将一把钥匙递给梅子青，对她说这是大总管办公室套间的钥匙。梅子青看着钥匙，眼睛一酸，几欲流泪。她知道那套间的锁是从德国进口的，一般开锁工具根本打不开。能拿到钥匙，配上一把，还不让梅晋元察觉，这是一件不易办到的事情。

这个男人真是有非凡的耐性啊！

梅子青感慨之后，趁着夜色葱茏，潜入了父亲的办公室，打开了套间的门。套间里非常朴素，除了一部红色专用电话外，只有一个保险柜。

保险柜里藏着什么呢？

梅子青格外好奇，用了好长时间，才打开那个保险柜。拉开柜门的那一瞬间，梅子青流泪了，稀里哗啦地，差一点儿哭出声来。因为柜子里除了一张照片外，什么都没有，空空如也。

那张照片是他们父女的合影，是梅子青在圣约翰大学上学时的合照，背景是学校里的教堂。那个时候，梅子青笑得很灿烂，父亲却绷着脸，不知他在想些什么？梅子青蹲在地上，任凭眼泪流淌。

父亲监视她，难道仅仅是因为爱她吗？可是父亲为何揭露“青花”和“021 号线”的秘密呢？

梅子青想不透，用力捏着照片，尽量往前伸，不让眼泪滴落在照片上。哭了片刻，看见月光从老虎窗上透进来，知道这里不能长待，便将照片放回保险柜重新锁上。哪知刚走到套间门口，却听到外面传来吱呀的开门声，梅子青急忙屏住呼吸，贴在门后。

进来的人是千叶葵，她举着手电筒走到办公桌前，撬开抽屉，从中取出一页梅晋元誊写的《岳阳楼记》的手稿。

千叶葵将那页手稿折叠好揣入兜里，关了手电筒，向前走了两步，突然转身向套间走去。走了两步，又停了下来，转头向办公桌上的电话望去，接着伸手拿起电话拨通一个号码。

“安娜，我，小葵，我拿到了梅晋元的手稿。”千叶葵的声音不大，却有穿透力，“嗯，一个小时后，百乐门见。”她挂了电话，又瞥了一眼套间门，径直走了出去。

套间内，梅子青听到关门声，松了口气，放下手枪，悄悄拉开套间门走了出来。

岩井公馆斜对面不远的街道上，停着一辆轿车。苏立生坐在车里，正盯着大门，突然看到千叶葵从岩井公馆里走出来，连忙将车座放倒，斜躺在车座上。

苏立生从身后摸出手枪，轻轻上了膛，听到千叶葵经过轿车的脚步声，悄悄将手枪举了起来。

千叶葵经过轿车时，禁不住停下脚步，向轿车内望去。黑暗中，她没有发现苏立生，又疾步向前走去。

苏立生听到千叶葵的脚步声走远，慢慢抬起身，扶正车座，这时梅子青走到车门前，拉开车门上了车。

“我看到了千叶葵。”苏立生调整好座位，向前方望了一眼。

梅子青点点头：“她去了我爸爸的办公室。”

苏立生焦急地问：“她在找什么？”

梅子青摇摇头：“不知道。”

“你找到了什么？”

“什么也没找到。不过，我听到了一个秘密。”梅子青不愿在苏立生面前流露出太多的情感，“千叶葵和安娜的关系很亲密。”

“什么意思？”

“千叶葵跟安娜通了电话，自称是小葵。”

“她们关系这么亲近？是千叶葵姓共，还是安娜姓日？”

梅子青猜测道：“一个共产党人，怎么可能做陈逯的情妇？”

苏立生点点头：“安娜可能是日谍。”

“安娜接近我，一定是开始怀疑我的身份。”

“如果安娜是日谍，必须除掉她。”

"她们约在百乐门见面。"

"必须调查清楚。"苏立生启动车子，向百乐门方向驶去。

～ 125 ～

[上海，愚园路，西园大厦，百乐门]

安娜对王千木来说，是什么样的存在?

王千木时常思考这个问题。安娜谈不上喜欢他的，那不过是一个任务。间谍还有多少真感情？可是他呢？喜欢安娜吗？这是一个比较难回答的问题。安娜是个漂亮的白俄美女，他自然迷恋她的肉体，那鲜活的令人昏醉的体香似乎令他年轻了。除了身体之外呢？间谍之间的心有灵犀，权力之下的欲望与欣赏，是否也算得上是一种迷恋?

安娜成了权力的物品，至少土肥原贤二的默许，让她成了王千木的女人，只是这种占有将激化出来什么呢?

王千木和安娜似乎不去想这些，经历过生死的人还在乎这些？活着，彼此温暖，或许才是最深的迷恋。

喜欢，爱，不过是活着才能憧憬的东西。

"我的底子你清楚了，对吧？"安娜看着坐在对面的王千木，露台上的花木被外面的光影切割得影影绰绰。

"嗯。"王千木绷着脸，手里拿着一份西园大厦物业的费用单据，上面手写着"601 室"的字眼。

安娜忽然笑了："我老师怎么说？"

王千木的脸色缓和了些："你是我的女人。"

安娜扑哧一声笑了："我早就是你的女人了。"

王千木的脸又绷紧了："陈逯，是个例外。"

"你妥协了？"

"退一步海阔天空。"

"你真的敢动梅子青？"安娜从茶几上拿起烟盒和打火机，抽出一根烟点上。

"我有尚方宝剑。"

安娜冷笑："尚方宝剑？你真的认为老师是尚方宝剑？"

"土肥原就是上海的王。"

"好吧。我和小葵帮你引出梅子青。"

"你真是千叶葵的好后妈！"

"所以，我不可能是你的女人，我只能是青木太的女人。"

"只要这次成功了，我就还你自由。"

"我是一只螳螂，我会吃掉我的男人的。"安娜看着王千木的脸说道，"我不希望你有事，所以我不能跟你在一起。"

王千木冷笑一声："千叶葵能确认东方白不是'青花'吗？"

"同床共枕大半载，小葵当然能掌握东方白。'老鸢'再厉害，也不过是个老男人。"

王千木自嘲地说道："我也是个老男人。"

安娜呵呵地笑了："陈逯是个更老的男人。"

王千木站起身，说："你该去百乐门了。"

"你先走吧，我换身衣服就去。"

王千木看了安娜一眼，微微叹了口气，转身离开公寓。安娜的笑容瞬间凝结了，脸上有着恨恨的杀意。无论是多么厉害的间谍，设计好的身份总要演好的，否则连命都保不住。从西园大厦到百乐门，正好穿过整条愚园路。到了百乐门，安娜看到了陈逯的车子，忧郁的脸上更加阴沉了。

二楼包间内，门旁站了五六个法国保镖，都是从法国军营出来的，看起来令人心安。陈逯一边吸烟，一边望着正在唱歌的欧阳夏，好奇这个舞女怎么就成了伯爵夫人。他旁边的位子空着，是给安娜留的。侧面坐着一个三十六七岁的男子，正是他的儿子伪政府外交司司长陈友涛。陈友涛一手端着红酒杯，不错眼珠地看着欧阳夏跳舞。

陈逯瞥了陈友涛一眼："石田将军怎么说？"

陈友涛没有听清，只顾色眯眯地盯着欧阳夏。陈逯哼了一声，提高音量："陈司长！"

"爸爸！"陈友涛微微一愣，"您说什么，我没听清。"

"石田将军怎么说？"

"石田将军说，新政府成立后一定会改组，他会帮咱们的。"

"外交部部长的位子？"

"还是您来坐！"

陈逯笑了笑："石田将军是朝鲜人，我打算邀请他到咱家过年。"

陈友涛心不在焉地说："好主意。"

这时，安娜走进包间："什么好主意？"

陈逯扭头笑了笑，抬手握住安娜伸过来的手。安娜绕过沙发，走到陈逯身前，在他旁边坐下来。

陈逯伸手搂住安娜："今晚去陈公馆？"

安娜笑了笑，将嘴唇贴在陈逯的耳畔："来月事了，今晚不行，改天好好伺候部长。"

陈逯的耳朵痒痒的，善解人意地笑了笑："嗯，身子要紧。"

安娜拿起茶几上的两只红酒杯，递给陈逯一杯。二人轻轻碰了一下，各自饮了一口。安娜瞥见陈友涛看欧阳夏的眼神，轻轻哼了一声，悄悄问陈逯："陈司长喜欢欧阳呀？"

陈逯鄙夷地冷哼一声："他的事，我不管。"

安娜没说话，陈逯的语气令她心中不爽，她知道这个心比天高的老政客根本瞧不起舞女，他只不过是贪恋她的年轻的鲜活的肉体而已，他只是将她看成一个玩物罢了。陈逯的鄙夷，不是对儿子不满，而是懒得回答安娜。舞女不过是安娜的伪装身份，伪装毕竟是伪装，无法真正做到舞女面对现实生活的忍气吞声。她将酒杯放在茶几上，脸上有些怒色，站起身向外走。

陈逯的脸色一寒："你要做什么？"

安娜嫣然一笑："补补妆。"

陈逯不耐烦地说："快点回来。"

安娜忍住怒气，媚笑地点点头，走出了包间。她见走廊无人，便向三楼走去，在312室门前停下来，抬手敲开了门，看到千叶葵和青木未央时脸上总算有了笑容。

"这是我哥哥——青木未央。"千叶葵向安娜介绍。

安娜点了点头："未央。"

"安娜小姐。"青木未央从沙发上站起来，打着招呼。

千叶葵向青木未央解释：“哥哥，安娜是……”

“没事的。”安娜示意青木未央坐下，“我还没嫁给你们的父亲，这样称呼就好。”

“这是梅晋元的手稿。”千叶葵从兜里掏出梅晋元的手稿，递给安娜。

“梅子青上钩了？”安娜接过手稿，随意地丢到茶几上。

千叶葵坐在二人中间，点了点头，没有说话。

安娜看了看二人，淡淡地说：“希望这个骗局能成功。”

千叶葵面露惧色：“王千木太可怕了，北平、天津、青岛三城的军统站，200多名军统，全被他出卖了。”

安娜恨恨地说：“他已经疯了。我们不能惹一只疯狗。”

千叶葵恢复了平静，点了点头：“明白。”

青木未央气哼哼地说：“我去杀了他。”

安娜连忙摇头阻止：“不行，太危险了。”

青木未央微微一笑：“没有人知道我来了上海，我是一个不存在的人，王千木防不了我的。”

千叶葵也点头赞同：“暗杀是一个办法。”

安娜的眼睛一酸，眼圈有点发红：“谢谢你们。”

青木未央望着安娜说，微微点头说：“我们是一家人。”

安娜的眼里闪着泪光，轻轻地重复着：“一家人。”

千叶葵开心地笑了：“对，我们是一家人！”

～ 126 ～

[上海，日占区，虹口，名古屋饭屋]

夜间树叶没有光影，被月光笼罩着的树冠，如同坟墓一般令人压抑。顺着二楼雅间的窗户往上瞧，会发现一轮明月悬挂在树梢上，似乎被风一吹便会掉落下来，不忍大声说话，恐惊琼楼玉宇似的。

王千木屏住气，不再看明月，向远处晦暗不明的街道上望了一眼，这才吐出胸中的闷气。他转过身，看了看坐在桌前的宫崎翼。

“吃不惯吗？”宫崎翼笑了笑，“换中餐？”

王千木摇了摇头，走到桌前坐下：“算了，吃不下。梅晋元匆忙离开上海，发生了什么事？”

宫崎翼笑了笑：“咱们是结盟了吗？”

“当然。这是土肥原将军的意思。”

“既然结盟了，我就告诉先生实情。”宫崎翼端起酒杯喝了一小口，“梅晋元是满铁的‘老汤’。”

王千木的眉头紧蹙：“他是帝国特工？”

宫崎翼点点头：“梅晋元去了哈尔滨。”

王千木猜测道：“难道跟‘雪崩计划’有关？”

宫崎翼放下酒杯，点了点头。

“部长不太相信梅晋元吗？”

宫崎翼晃了晃酒杯，平静地说：“东方白死得太蹊跷了，我怀疑这是梅晋元做的局。”

“老汤的味变了？”

“这个说不好。不过，最起码他不是我喜欢喝的汤。”

“‘老汤’！‘老汤’！”王千木心中疑惑不解，喃喃地说，“青木太怎么会相信一个中国人？怎么敢启用一个中国人做帝国高级特工？还把他与‘老鸢’、‘老枭’并称上海满铁‘三羽乌’？”

“这里面一定有故事！”宫崎翼微微闭上眼睛，“或许跟满铁总部有关。”

“青木太在上海十年，结果因为调查‘老鸢’和‘老枭’被杀，嘿嘿，十年之功，只熬了梅晋元这一锅汤。十年之功，一锅汤——”王千木抬头望着宫崎翼，“梅晋元是青木太调的汤，自然不合部长的口味。”

“如果不合口味，先生会怎么做？”

王千木笑了笑：“自然是倒掉了。”

宫崎翼会意地点点头：“既然决定倒掉，就要倒得干净利索。”

王千木补充道：“所以，梅子青和苏立生都不能留。”

宫崎翼举杯喝了一口酒：“‘老汤’死了，他的女儿、女婿会善罢甘休吗？”

王千木决绝地说道：“斩草要除根。”

“先生想好说辞了吗？”

王千木笑了笑说：“‘黑鸟’刊登在《新中国报》上的《请柬》，梅子青可说是她写的。”

宫崎翼竖起大拇指：“拜托先生了。”

~ 127 ~

［上海，公共租界，静安寺路，千岛湖咖啡馆］

从柏林到上海，不一样的天地，更有不一样的心境。在柏林，青木未央和许少醉是潜伏者，柏林再美也没心情欣赏，美景不过是一幕道具。在上海就不一样了，有了闲适的日子，可以随意在城市的任何地方驻足。作为苏共第五局潜伏在柏林的特工，他们辗转来到上海，会有一段没有特别任务的日子，是难得的好时光。

“你要对小葵好。”青木未央和许少醉坐在咖啡馆有窗的位子上，这样可以透过玻璃欣赏繁华的夜景和夜归的女人。

“我对她不好吗？”许少醉喝了一口咖啡，咧嘴笑了。

“要更好。”

“怎么了？”许少醉察觉出青木未央有点不对劲，眉头蹙起。

“欺骗小葵，我心里不好受。”青木未央叹了口气，端起咖啡一口喝了。

“那不叫欺骗，那是善意的谎言。”

青木未央摇摇头：“小葵深爱着你，可是你……你却不爱她。”

许少醉淡淡一笑：“她是个女人，深爱着一个人就是幸福。我是男人，虽然不爱她，但会疼她，照顾她一辈子。”

青木未央凝视着许少醉：“记住你说的话，不然我不会放过你。”

许少醉不耐烦地说：“好了，我们喝的是咖啡，不是酒，你发什么酒疯？”

青木未央长叹一声：“才死了三只‘老鸢’，我们还任重道远啊。”

许少醉喝了一口咖啡，转移了话题，问：“见到‘紫石’了吗？”

“‘紫石’不在上海，今晚会发电报过来。”

"一旦确定，即刻通知我。"

青木未央嗯了一声："我还想杀一个人。"

"谁？"

"王千木。"

许少醉不解地说："你要杀他？"

"他威胁小葵。"

许少醉的脸色一寒："那就该死！"

"知道他住在哪里吗？"

"西园大厦，601室。"许少醉喝了一口咖啡，"如果他抓了梅子青，我希望你能救她出来。梅晋元身边的人，一个都不能死。否则，梅晋元发起飙来，恐会连累你我。"

青木未央冷笑一声："他不过是我父亲的一条狗而已。"

许少醉严肃地说："可他是一只嗅觉灵敏的猎狗。"

青木未央哼了一声，起身走出包间。

许少醉看着青木未央的背影，眼神里陡然冒出犀利的寒光，将手里的搅拌棒重重地掷在咖啡杯里，咖啡沫四溅而出。

~ 128 ~

[上海，愚园路，西园大厦，601 室]

后备厢封闭的空间，对梅子青来说，是个巨大的挑战。她患有幽闭恐惧症。

这不是从小就有的疾病，只是在她封闭写诗逃避现实的那段日子里，不知怎么忽然就患上了这种病。她只有在狭窄的空间里才会犯病，譬如电梯间、轿车的后备厢里。对于空阔的封闭空间，她还有种孤芳自赏的欢喜，譬如射击俱乐部。也就是在那段日子里，她常去射击俱乐部，才发现自己竟有狙击手的天赋。

那的确是一种天赋。她并没有经过特殊训练，甚至很少摸枪。可是，她对那种狙击步枪却有种莫名的喜欢。或许，她喜欢的就是那种孤寂的空间。

在静静等待射击的时空里，宇宙间恍若只属于她一人，她带着发自肺腑的欢喜，等着聆听子弹出膛的天籁之声。

她在射击中找到了大欢喜，又在共产主义里找到了大信仰，于是她蜕变了，成了一个全新的梅子青。后来，她成了中共上海情报科的一员，并凭借天赋成了白沙小组的狙击手。

没有人询问她在哪里学会的狙击，就像她不会告诉任何人她患有幽闭恐惧症一样。

为了跟踪安娜，她必须躲进安娜的轿车里，后备厢是最好的选择。在那逼仄的空间里，她的身体僵硬，呼吸粗重，汗珠密集，几欲昏厥。

所幸，愚园路不太长，安娜很快就到了西园大厦，将轿车停在路边。这时，她听到一个男人的脚步声。那男人走到车前，给安娜拉开车门。

“小白兔进笼子啦！”安娜下了车，咯咯笑了。

“你这个‘白俄医生’不仅能给人治病，还能给小白兔治病。”那男人嘿嘿笑道。

梅子青听出这个男人的声音是王千木，不由得更加紧张。“医生？”难道安娜就是隐藏极深的日谍“白俄医生”？

王千木从身后拔出一支无声手枪，走到车尾，打开了后备厢，枪口对着梅子青，说：“出来吧！”

安娜向梅子青笑了笑：“你想闷死在里面呀！”

“安娜，你骗我。”梅子青喘着粗气，从后备厢里爬出来。

“我真的是共产国际。”安娜从梅子青身上搜出手枪。

梅子青冷笑一声：“你是‘白俄医生’。”

安娜瞪了王千木一眼，又看着梅子青，脸色微怒：“你都听到了？！”

梅子青看着王千木说：“他是故意让我听到的。”

王千木哼了一声：“上楼！”

安娜用枪抵在梅子青的后腰：“别耍小聪明，否则我开枪打死你。”

王千木和安娜互相掩护着，将梅子青带到了601室。安娜找来胶布，缠住了梅子青的双手双脚，将她按在单人沙发上。

梅子青怒道：“你们这是绑架！”

安娜笑了笑：“绑架？不，这是审讯。”

梅子青呸了一声："你们有什么权利审讯我？"

王千木微微一笑："你是抗日分子，我当然有权利审讯你。"

"哼！"

"不承认是抗日分子？"

"你们都是没种的家伙。"

"没种？"王千木用一种嘲弄的口吻说，"我倒想听听梅小姐的高论。"

梅子青鄙夷地冷笑一声："我爸爸在上海时，你们怎么不敢审我？有种的话，等我爸爸回来再说！"

王千木诡异地笑了笑："梅先生回不来了。"

梅子青怒道："你说什么？"

"我说，梅先生不会回来了。"

"为什么？"

"很简单，有很多人想要他死。"

梅子青冷笑着："这很多人里面，包括王先生吧？"

王千木摇摇头："恰恰相反，我不太想他死。"

梅子青一愣："为什么？"

"我和梅先生都是重庆的枪靶子，梅先生活着，就能分化重庆刺客的力量，我活着的胜算会大些。"王千木掏出烟点了一根，自负地笑了笑，"梅先生死了，对我没有半点好处。"

梅子青疑惑地看着王千木："说我是抗日分子，你有什么证据？"

"这首诗，是你写的吧？"安娜弯腰从茶几下面拿出刊登着《请柬》一诗的《新中国报》，丢到了梅子青面前。

看到报纸，梅子青反而淡定下来："是。"

王千木问："为什么替'黑鸟'写诗？"

梅子青仰起头感慨地说："有感而发！"

王千木冷笑地盯着梅子青："恐怕没这么简单吧！这首藏头诗，你我都明白，就是引李墨群出来的。梅大才女就是有感而发，也不可能替'黑鸟'办事吧？"

"这是藏头诗吗？我写的时候，没这个意思。"

"你的意思是说，你的诗被'黑鸟'利用了？"

梅子青笑着反问："不可以吗？"

王千木也笑了笑："当然可以。"

"那还不放了我？"

"可我不这么认为。"

"我是岩井公馆的，你没有权利审我！"

王千木又抽了一口烟，吐着烟圈，对安娜说："告诉她，我有没有这个权利？"

安娜站在一旁微微一笑："土肥原将军授权，王先生在上海滩有生杀大权。"

"听到了吧？梅大才女。"王千木嘿嘿一笑，"这是没有歧义的。在上海滩，除了租界外，我有权利处决任何人。"

梅子青决绝地说："那就动手吧！"

王千木哈哈地大笑："我的目标不是梅大才女。"

梅子青厉声问道："是谁？"

王千木一字一顿地说："苏立生。"

梅子青怔了怔："刊登诗句，是我的主意。"

"他很听梅大才女的话嘛。"

梅子青莞尔一笑："他不该听女朋友的话吗？"

"该！该！必须听！"王千木嘿嘿笑着说。

"你怀疑他是抗日分子？"

王千木面色一寒："他就是'青花'。"

梅子青哼了一声："东方白是'青花'，这已经是定案。"

"那是土肥原将军的定案，不是我的定案。"王千木摇了摇头，"我不是怀疑苏立生是'青花'，而是认准他是'青花'，而你，就是他的下线。"

梅子青怒视王千木："欲加之罪，何患无辞！"

"香川口是你杀的吧？"安娜又弯腰从茶几下面拿出一沓稿纸，丢到梅子青的面前，赫然是"千千百货 十年庆典"时的模特名单，"那个英文单词'Blood'是你写的吧？"

梅子青哼了一声："什么'Blood'？"

"刺杀现场，留下了'Blood'这个单词，就是'血祭'的意思。"安娜向梅子青眨了眨眼睛，“本来，我很好奇工部局为何掩藏了这个证据，直到陈耕的身份暴露我才明白，是他掩藏的。他之所以掩藏证据，是因为他是你们的人。”

梅子青笑了：“你说陈耕是共党？”

“不可能吗？”

“可能吗？”

安娜笑了笑：“不重要，重要的是你当时在哪里？”

“我在我爸爸的包间里。”

“做什么？”

梅子青哼了一声：“你要我编故事吗？这可是我的强项。”

“当时我和安娜都在包间附近，并没有看到你。”王千木拿起模特名单又看了一眼，“我们的口供，或许大家不信，但你我心知肚明。梅大才女，你就是杀死香川口的刺客！”

梅子青冷笑：“各执一词，会有结果吗？”

王千木也笑了：“是呀！各执一词，不会有结果的。所以，没必要审了。”

梅子青的心里一紧：“你要做什么？”

“苏立生要死了。”安娜咯咯一笑，看见梅子青挣扎起来，摇了摇头，“别挣扎了，没用的。”

梅子青忽然蹙起眉头，心里一惊：“我爸爸的办公室，是你们设的局！”

安娜笑了笑：“你总算开窍了。”

“你们知道我要去？”

安娜得意地看着梅子青：“不然呢！”

梅子青坦然地仰起头，闭上眼：“动手吧！”

“别怪我，我也是受人之托。”王千木站起身，看着梅子青，“我知道许少醒是你的男朋友，我杀他也是受人之托。”

梅子青猛地睁开眼：“少醒是你杀的？”

王千木点点头：“他是中共‘白沙’，我奉戴笠之命除掉他。我也知道你是‘白沙’的下线，可惜这些你我心知肚明之事，旁人无法佐证。所以呀，我也懒得向别人证明这些事，把你杀了，一了百了。”

安娜站起身，从沙发上拿起无声手枪，对准了梅子青。

噗的一声，一粒子弹打在安娜手中的枪上。

王千木猛地跳起，将安娜扑倒在地。梅子青急忙将自己缩进沙发里。

“谁？”安娜瞧见露台上的人影，便向露台连续开枪。

噗噗两声，两粒子弹均打在王千木的身旁。梅子青用力将沙发倾倒，一个翻身，用沙发扣住了自己的身子，躲避中枪。王千木趁机跳起来，一手抓起沙发上的手枪。露台上，青木未央又向王千木开了一枪，打中了茶几，玻璃碎了一地。安娜看到是青木未央，眉头一皱，向他脚下开了两枪。

“快走！”王千木一边向露台射击，一边将安娜拉起来。二人奔到门前，拉开门跑了。

噗噗噗三声，三粒子弹均打在了门上。

忽然，整个空间都安静了下来，露台上的青木未央也消失了。梅子青钻出沙发，见四周无人，摸到一块碎玻璃，用力划破胶布，挣脱出来……

～ 129 ～

[上海，法租界，贝当路，129 号洋房]

又是 129 号洋房。东方白死在了这里，各种证据显示是谋杀，岩井公馆早就猜测与千叶葵有关。她又来到 129 号洋房，这里会不会还是谋杀现场？

跟踪千叶葵的苏立生站在幽暗的角落，看着她走进院子，点了根烟驻足观察，瞥见洋房里的灯亮了，又从兜里掏出一支单筒望远镜，察看洋房内是否有埋伏。

129 号洋房的四周、窗户前均没有人影。

苏立生丢了烟蒂，收了望远镜，疾步走到洋房门前，用袖口里滑落出来的一个卷尺从门缝悄悄塞进去，捅开了门插板，快得如同开自家门一样。他缓缓放下门插板，轻轻推开一条缝儿挤了进去。

苏立生摸到洋房后面，看到次卧的窗户开着，便从身后拔出枪，走到窗户前小心地向里面张望，次卧里面空无一人，连千叶葵的影子都没看到。透过次卧的门，可以看到客厅的情形，客厅里也是空荡荡的。

苏立生的眉头微皱，用嘴叼住手枪，双手扣住窗框轻巧地跳了进去，然后悄悄穿过次卧，走到客厅，四周静悄悄的。突然，厨房和卫生间的门开了，走出四名日特。

一个日特喝道："放下枪！"

苏立生立刻将手枪丢到地上，举起双手："千叶小姐呢？我要见千叶小姐！"

那个日特哼了一声："什么千叶小姐？这里没有千叶小姐！"

"这不是千叶小姐的家吗？"

另一个日特走上前，伸手扇了苏立生一个耳光，说："这里是法租界，你私闯民宅，我们可以开枪的。"

苏立生苦笑了一下："看来，我的死期到了。"

就在这时，枪声响了，那两个日特中弹倒下。苏立生反应机敏，听到枪响，猛地扑倒在地，顺势滚到次卧，从脚踝处又摸出一把手枪，击毙了另外两个日特。

一个女人的影子投射在地板上。

苏立生喝问："谁？"

"我，王羽。"

"王羽？"苏立生从地上爬起来，看见源千雪正向日特补枪，眉头紧锁，一动不动。

"不认识我了？"源千雪走到苏立生面前，莞尔一笑。

"你还活着？"苏立生吃惊地问道。

"我不活着的话，刚才你已经死了。"

"你还活着？"苏立生愣愣地重复着。

源千雪一歪头，嫣然一笑："你傻了！"

苏立生忽然警觉地向外看："快走！"

苏立生拉着源千雪疾步走出 129 号洋房，坐上源千雪的车，向霞飞路驶去。身后陡然传来一阵巡捕的口哨声，一队巡捕向 129 号洋房跑来，边跑边吹口哨示警。

车内，苏立生回头看了一眼，转过头时瞥了源千雪一眼。

源千雪温柔地说："你还是老样子，整天疑神疑鬼的。"

苏立生疑惑地问："你怎么突然出现了？"

“突然？”源千雪摇了摇头，“不是突然！我知道他们要杀你，所以才赶来的。”

“他们是谁？”

“满铁特工。”

“满铁特工为什么杀我？”苏立生迷茫地问道，“你是怎么获得消息的？”

“我在日本领事馆工作。”

“哦？”

“我是共产党。”

苏立生瞪大眼睛，问：“你是共党？”

源千雪瞟了苏立生一眼：“好了，别跟我装了，一年前我就知道你是共产党。”

苏立生的脸色一变：“这话不能当着外人讲的。”

源千雪微微一笑：“你把我当外人？”

“你是我的救命恩人。”

“还是前女友。”源千雪莞尔一笑，车子已经开到了霞飞路上。

“幸亏你及时出现，不然我的小命就没了。”苏立生点了一根烟，一副忧心忡忡的样子。

“我活着，你不开心？放心，我不会介入你的生活。”

“你活着，我当然开心了。只是，我有点没想明白。”

“没想明白我是怎么活下来的？没想明白我怎么成了共产党？”源千雪微微一笑之后，又摇了摇头，“我现在还不能告诉你。”

“什么时候能告诉我？”

“当我们坦诚相见的时候。”

苏立生微微一愣：“坦诚相见？”

“我不隐瞒我的身份，是因为我信任你，我知道你不会告发我的，是不是？”

苏立生避重就轻地感叹着：“你活着，真好。”

源千雪笑眯眯地问：“你信任我吗？”

苏立生不答反问：“你知道你父亲做了汉奸吗？”

“胡说！”源千雪假装吃惊，猛地踩住了刹车，转过脸看着苏立生不阴不阳的脸，突然气愤地伸手扇了苏立生一巴掌。

“我说的是真的。”苏立生摸了摸脸，面无表情地说，“你父亲是王千木，对吧？他出卖了北平、天津、青岛三地的军统站，200多名军统一夜间被剿杀，凶手就是你父亲。”

“滚！”源千雪的眼泪忽然流了下来。

苏立生看着源千雪的侧颜，轻轻地喊了一声：“王羽。”

源千雪侧过身从后座拿起自己的包，双手颤抖着掏出香烟和火柴，抽出第一根时，没拿住竟然掉了。她又抽出第二根，这次送到了嘴边，却接连划了三根火柴，都没划着。

苏立生默默地掏出打火机，打着火，递到源千雪面前。

源千雪盯着打火机的火苗，又喊了一声：“滚！”

苏立生一动不动地举着打火机。

源千雪从嘴里取出香烟，噗地一下吹灭了打火机，将香烟和火柴都丢到了车外，厉声喝道：“滚！”

苏立生一声不吭地推开车门下了车，看着源千雪愤怒地开车驶离，嘴角泛起一抹冷笑，喃喃地说：“在日本领事馆工作，能拿到杀我的情报，而不知王千木变节，合乎逻辑吗？王羽啊王羽，你是军统，还是日谍？”

～ 130 ～

[上海，愚园路，西园大厦；法租界，梅苑]

“安娜即雅娜，青木太情人，共产国际叛徒。”

欧阳夏将车子停在西园大厦对面，打开车内顶灯，看着一张她和梅晋元的合影照片。她看的不是正面，而是背面上的几行字：“安娜即雅娜，青木太情人，共产国际叛徒，不可招惹。”

安娜是日谍！这太出乎她的意料了。是日谍就不能留，她决定到西园大厦瞧瞧，若有机会就干掉安娜。

把车子熄了火，车内灯关掉，她正要下车，忽然看见安娜和王千木一起狼狈地走出西园大厦，神色不由一紧，慌忙从包里掏出手枪。

王千木走着走着，猛地向欧阳夏的车子望去。安娜也侧身看到了欧阳夏，握紧手枪，缓步向欧阳夏走去。

王千木低声说："安娜，走！"

安娜不解地问道："不干掉她吗？"

王千木摇摇头："她是个舞皇后，又是梅晋元的女人，现在杀掉她麻烦太多。"

安娜仍盯着欧阳夏，见她浑身发抖，不由鄙夷地故意举起枪给她看，然后转身向自己的车跑去。

"真没想到半路杀出个程咬金。"安娜回头又瞥了一眼欧阳夏。

"看到他的脸了吗？"王千木走到车旁，拉开了车门坐进去。

安娜也上了车，摇头回答："没有。"

王千木手里仍握着枪："真是奇怪，谁能跑到你这里杀人？"

安娜脸色一变："你什么意思？你怀疑是我安排的？"

王千木一边启动车子，一边反问："你不想杀我吗？"

"我要杀你，有1000种法子，这是最笨的一种。"

"我相信你。"王千木将手枪放在仪表台上。

听到王千木的话，安娜反而叹了口气："计划失败了，我的身份也暴露了。"

王千木目视前方，微微一笑："计划刚刚开始。"

"什么？"这有些出乎安娜的意料。

"就算土肥原给了我权利，我也不敢这么明目张胆地杀了梅晋元的女儿！"

"那个刺客是你安排的？"

"怎么可能？"王千木看了看窗外，开车向兆丰花园方向驶去。

安娜向窗外望去，声音低哑地问道："我出局了吗？"

"不是出局，而是接下来不需要你冒险了。"

安娜的眼睛突然一亮："你的目的是引诱梅子青杀你？"

王千木会意地一笑："只有她来杀我，我才好杀她。"

安娜幽幽一叹："你就是一只毒蜘蛛。"

王千木嘿嘿地笑："配得上你这只螳螂吗？"

“从今以后，我不会再陪你了。”安娜凝视着王千木，“你这只毒蜘蛛，我有点害怕了。”

王千木哼了一声：“你要去掏空陈逯吗？”

安娜平静地说：“那是我的任务。”

欧阳夏看着安娜的车子驶远，刚刚喘了口气，忽见梅子青狼狈地从大厦里走出来，急忙推开车门喊：“子青。”

“欧阳！”梅子青看到欧阳夏，疾步走到车前，拉开副驾驶的门坐进去，“你怎么在这里？”

“你怎么在这里？”欧阳夏掉转车头，向梅苑方向驶去。

“王千木和安娜绑架了我！”

欧阳夏一惊：“什么？”

“他们要杀我！”

“我刚才看到他们，安娜也想杀我，被王千木制止了。”

“那是他没杀了我，否则你也没命了。”

“安娜是青木太的情人，叫雅娜，是共产国际的叛徒。”欧阳夏告诉梅子青。

梅子青冷笑道：“她是日本间谍，代号‘医生’。”

欧阳夏大吃一惊：“什么？她就是‘白俄医生’？！”

“安娜是青木太的情人，千叶葵是青木太的女儿，这下子对上号了，她们是一家子。”

欧阳夏笑了：“咱们也是一家子。”

此时，梅子青的脸上才露出一丝笑容：“我爸爸没回来之前，千万别招惹安娜。”

欧阳夏点点头：“你爸爸走了三天了，也没说什么时候回来？”

梅子青咬了咬牙，道：“我爸爸一定会回来的。”

欧阳夏缓缓地点点头，脚下猛踩油门，轿车疾速向前驶去。到了梅苑，梅子青看到苏立生在门前等着，原本阴郁的脸上顿时有了笑容。梅子青下了车，叮嘱欧阳夏路上小心。欧阳夏和二人作别，调转车头驶向百乐门。

梅子青目不转睛地盯着苏立生，突然伸出双臂，紧紧地抱住了苏立生。

苏立生一时间愣住，不知是否要回应，喃喃地道：“回家，先回屋里……”

梅子青突然松开苏立生，面色一冷，掏出钥匙开门。苏立生咽了一口唾沫，苦笑着看着梅子青走进院子，举步跟上。

“你出事了吧？”梅子青走到一棵老梅树前停下来，转身问苏立生。

苏立生点点头：“千叶葵想杀我。”

“我被王千木和安娜绑架了。”

苏立生大吃一惊：“他们怎么敢这么做？”

“安娜就是‘白俄医生’，青木太的情人。”

苏立生恍然大悟：“怪不得她和千叶葵这么亲近。”

梅子青的眼神中透着杀意：“我们必须反击。”

苏立生似乎没听懂梅子青的意思，不答反问：“他们怀疑你了吗？”

梅子青盯着苏立生的眼睛，重复道：“必须反击！”

苏立生喃喃地说：“他们真的怀疑你了。”

梅子青冷笑一声，抬头看着天上的星星：“我知道，你不会为了我而冒险的。”

苏立生的声音很温柔：“子青……”

梅子青冷笑着补充：“同志！”

苏立生看着脸色冰冷地梅子青，苦笑了一下：“子青同志，我必须了解事情全部始末，才能做出是否反击的决定。说说，到底发生了什么事？”

梅子青突然不想说话了：“没什么。”

苏立生愣了愣：“他们绑架了你，还没什么吗？”

梅子青淡淡地说：“他们不敢杀我的。”

苏立生点点头：“也是，大总管回来还不剥了他们的皮！”

梅子青转身向东厢房走去，淡然地说道：“睡吧！困了！”

苏立生望着梅子青的背影，眉头微微皱起。黑夜里，忽见一枝老梅枝头上的梅花悠然绽放，他像发现新大陆似的盯着那朵花，多么奇妙的一刻，想到梅子青刚刚的拥抱，陡然间，他心中的花也开了，绽放出一大片，几乎挤满了整个胸膛，呼吸也变得急促起来……

～ 131 ～

[上海，愚园路，陆公馆]

陆文泰杀了清水和美，虽然手段残忍了些，但也算给了萧红如一个交代。当然，他不会实话实说，随便找个送清水和美去伪满洲国的借口搪塞了事。作为一个间谍，萧红如自然不能戳破。陆文泰清理了障碍，她就要做出回应，所以她搬进了陆公馆。

接连几个晚上，萧红如都张罗了派对，夜夜笙歌。陆川知道萧红如的心思，也是极力配合，邀请平少柔来家里玩。陆文泰显得很开心，这几晚喝得都有点多。等客人散了，陆文泰便早早睡下了。

萧红如开派对的目的，就是要搜查陆文泰的密室。萧红如先躺下，等陆文泰有了鼾声，便重重地推他，见他没有反应，悄悄地起身出去。殊不知，熟睡中的陆文泰是装的，他看着萧红如的举动，嘴边露出一丝冷笑。

密室在地下一楼，门上没有锁，只安装了一个密码器。

萧红如拿着手电筒，向密码器照了一下，然后左右旋转四个数字，听到叮的一声，密码门开了。

主卧室门前，陆文泰透过楼梯看到萧红如顺利地打开了密码门，眉头微微皱了皱。

萧红如走进密室，举着手电查看。密室像是个画室，满室的画布、颜料、木架、画桌等用品，四周放着陆文泰收藏的画和他正在创作的作品。

突然，二楼传来咣当的一声响。萧红如急忙关掉手电，离开密室，又将密码器恢复原状。回到卧室时，看到陆文泰从床上滚了下来，忍不住鄙夷地看了他一眼。

“老陆！老陆！”萧红如走到床头柜前，拉亮台灯，用力地推醒了陆文泰。

“我这是怎么了？”陆文泰睁开了眼睛，看到自己躺在地上，假装吃惊地从地上爬了起来。

“你喝多了。”

“是呀！你终于搬进了陆公馆，我太高兴了，这一高兴呀就喝多了，醉得厉害。”

萧红如莞尔一笑 :“回床上睡吧。”

陆文泰坐到床上，醉眼惺忪地看着萧红如 :“昨晚你去了我的书房?”

萧红如微微蹙眉 :“嗯?我不能去吗?”

“我不是这个意思。”陆文泰笑着摇摇手，“我的书房，也是你的书房。只是……我的书房有些乱。”

“我都整理好了。”

陆文泰略略皱了皱眉头 :“你整理了?”

“我是这个家的女主人，怎么能看着房间乱糟糟的。”

陆文泰轻轻地握住萧红如的手 :“谢谢你。”

“睡吧!”萧红如在他手上温柔地拍了拍，另一只手拉灭了台灯。

二人上了床，陆文泰一把抱住了萧红如。萧红如背着陆文泰，脸上泛起了鄙夷、痛苦的神色，泪水忽然从眼角里流了出来。

~ 132 ~

[上海，公共租界，外滩，黄浦江畔]

夜幕下的黄浦江畔，四下沉寂，只有江水撞击石块的哗哗声。许少醉站在背风的地方，还是觉得夜风很凉，忍不住裹紧了风衣，一侧头看到青木未央沿着江畔走来，又松开了风衣，舒展了一下双臂，点上一根烟，烟雾顺着他的指缝间飘了出来。

“天还真有些凉。”青木未央也穿着一件风衣，显得有些单薄。

“动手了?”

青木未央点点头 :“失手了。”

许少醉笑了笑 :“王千木是军统头号杀手，不是那么好杀的。”

“我一定会杀了他的。”

“收到‘紫石’的电报了?”许少醉吐出一口烟雾，“答案满意吗?”

“有些瑕疵。”青木未央也点上一根烟，“关东军情报部查证，山田泽根本不是‘老鸢’。”

“什么?”许少醉有些吃惊，“山田泽不是‘老鸢’?”

青木未央点点头："山田泽的代号是'老鸢'不假，不过不是满铁八咫乌的'老鸢'。山田泽潜伏北平时，曾以'老鸢'做代号，不过那时他是外务省的间谍，是坂西利八郎的学生。"

"咱们张冠李戴了！"许少醉微微叹息一声，"他不是'老鸢'，那外面还有两只活的'老鸢'。"

青木未央朝江边护栏上踹了一脚："'老鸢'都得死！"

"'紫石'还说了什么？"

青木未央显得很失落："苏共第五局远东分部部长留西柯夫将军叛变，苏共满洲情报网全部倾覆。"

"真的？"

"策反苏共将军，看似是一着好棋，实则埋下了祸根。"青木未央又朝护栏上发泄似的踹了一脚，"莫斯科的雷霆之怒，恐怕要发在东四省了。"

许少醉笑了笑："关东军不是早想'北进'吗？"

青木未央摇摇头："我在莫斯科待过，帝国根本不是苏联的对手，我向满铁总部密报过。"

许少醉沉声说："你是对的，日本不是苏联的对手。"

"可惜呀，关东军还是策反了留西柯夫。"青木未央握紧了双拳，"这颗炸弹，最终会埋葬关东军的。"

许少醉猛地吸了一口烟，将烟蒂丢在地上，问："知道是谁策反了留西柯夫吗？"

"谁？"

许少醉嘿嘿一笑："我。"

青木未央怔了怔："你？为什么？"

许少醉阴森地说："引着一只狼，撞向一头大象。"

青木未央惊愕万分："你……你要引爆日苏战争？你……你骗了我……你……你不是……"

许少醉手里突然多了一把无声手枪，噗的一声击中青木未央的眉心。

青木未央陡然倒下。许少醉踢了踢青木未央，见他一动不动，便从兜里掏出一把小刀，从他的额头处一刀划下。片刻之后，青木未央的脸被纵横划了数刀，血肉模糊，已经无法辨认。

许少醉站起身，将青木未央的尸体丢进了黄浦江里。

江风陡然间猛烈了，许少醉再次裹紧风衣，从兜里掏出一张照片，月光下可以看到是梅子青的照片。他凝视了片刻，掏出打火机点着了照片，微弱的火光在他眼里形成了一个火球，恍若那火要吞噬他似的，身子猛地一抖，甩手将还没烧完的照片丢进了黄浦江里……

第二日

1938 年 11 月 11 日　星期五

民国二十七年　农历九月二十

戊寅年　癸亥月

第二章　绝境

~ 133 ~

[上海，法租界，梅苑，交通大学]

一条突如其来的消息，将梅子青引向了另一个绝境。

那条消息藏在交通大学 021 号信箱里，是通过一张纸条传递给她的。奇怪的是，那张纸条就在梅苑的信箱里。

这样勾连式的传递，无疑引起了梅子青的巨大好奇。她在梅苑信箱里看到纸条的那一刻，看到上面写着“021”三个数字，以及交通大学的标志时，她一下子被惊着了。

那标志是许少醒画的！是谁送来的？

梅子青急忙将纸条攥在手心里，一时无法集中精力，身子一晃，用手肘抵住了墙。

苏立生看见梅子青脸色非常难看，关切地询问：“你怎么了？”

“有些不舒服。”

“这样吧，今天别去上班了，在家休息。”

梅子青点点头，转身看着苏立生拦了辆黄包车上班走了，便低头翻开手心里的纸条，确认是许少醒画的无疑，而那个“021 号”信箱也只有他俩知道，心中一阵恍惚，感觉许少醒还活着，急忙驱车赶到了交通大学。

那个“021 号”信箱，如同一个悬挂的墓碑，沉默地与梅子青对望着。信箱的锁被校方换了。梅子青用修眉刀捅开了锁，果然看见里面有一个信封。

那信封犹如一个幽灵在邮箱里蠢蠢欲动着，恍若要从信箱里跑出来似的，她赶紧伸手探到里面，用力按住了信封。那信封仿佛很沉，虽然只是轻薄的一张纸，却宛如千斤重，她费了好大气力才把信封拿起来。

她倒退了几步，竟然忘了锁上信箱，就拿着信封离开了。急急驱车赶回梅苑，微颤着手撕开了信封，抽出信纸，只见满满的一页字，笔迹却是出自女人之手——

> 白沙同志牺牲了，我只能冒昧联络你。我是白沙同志发展的下线，他告诉我，如果他出事了，可以联络你。我在日本领事馆工作，查实杀死白沙同志的凶手是王千木。今晚九点王贼会去提篮桥监狱，希望你能为白沙同志报仇。如联系我，请在你和白沙同志的单独联络点留下讯息，我会在二十四小时内与您联系。

梅子青对信上传递的信息非常感兴趣，尤其是王千木今晚会去提篮桥监狱，无论真假，她都要试一试，一定要除掉这个罪魁祸首。

她决定在提篮桥监狱狙杀王千木。

狙击步枪自然不在梅苑，它在一个只有她自己知道的安全屋里。那个安全屋在法租界内的贫民窟，是一间破旧的大开间房子，光线从贴着报纸的窗户中透射过来，半昏半明的。屋内放着一张桌子，两把椅子，还有一张床。床上堆着一床被褥，显得很凌乱。桌上放着一摞英文书籍，书皮都卷了，还有一摞翻译稿。翻译稿一旁放着两瓶墨水，墨水已经干了。

梅子青走到床前，弯腰从床下拉出一个木箱，上面落满了灰尘。她吹落灰尘，将木箱放在椅子上打开，里面是一个小提琴箱子，盛放着狙击步枪散件。她迅速组装好狙击步枪，快速拉动枪栓，检查枪支的安全性能和灵敏度，觉得满意了，又将狙击步枪拆卸成散件，一一放回箱子里。

梅子青提着小提琴箱子，默默地走在小巷子里。风吹过小巷子，刮起了凌乱的废旧报纸，卷起了梅子青的风衣。她伸出另一只手，将风衣裹紧，步履稳健地向前走去。

~ 134 ~

[上海，日占区，虹口，岩井公馆]

桌上放着一个烟灰缸，里面如搭积木似的叠放着三四个烟头。苏立生一边吸烟一边埋头填写《申报》上的九宫格。九宫格填完了，数字转化成文字——

3号命令，除去叛徒王千木

苏立生笑了，猛吸了一口烟，见只剩下烟蒂了，又颇有兴致地将烟头叠放在烟灰缸里，然后伸手拿起水杯，将水倒在了报纸上，看着刚刚填写的字迹隐去。过了片刻，苏立生起身收拾桌子上凌乱的稿纸以及待签的版面。

“苏主编！”陆川走到门前，轻轻敲了敲门。

苏立生抬起头：“陆大少！”

陆川一边走进来一边问：“还没吃饭？”

苏立生举起双臂伸了个懒腰：“子青身体不舒服，我得帮她校稿子。”

陆川笑了笑：“那句诗是怎么说的？就是那个鲁迅说的，对了，俯首甘为孺子牛。”

苏立生哈哈一笑：“我就是头孺子牛。”

“看看这个。”陆川走到苏立生面前，掏出一张纸条递给苏立生。

苏立生接过纸条，只见纸条上写着一行字——“梅子青今晚九点在提篮桥监狱刺杀王千木”——猛地攥在手里，问道：“哪儿来的消息？”

陆川耸了耸肩：“你信吗？”

苏立生不点头也不摇头：“消息来源？”

陆川摇摇头：“不知道。有人寄了封信给我，只有这张纸条。”

“宁可信其有，不可信其无。”苏立生掏出打火机，点燃纸条，“陆大少，你得帮子青。”

陆川伸手点了点苏立生，笑道：“你真是头孺子牛。”

“谢谢。”苏立生将燃着的纸条丢进烟灰缸里，拿起笔在一张纸上写了一段话，递给陆川。

陆川接过来看了看，缓缓地点点头："就这么办。"

苏立生从陆川手里又取过那张纸，点着后丢在烟灰缸里，转身从衣架上拿起外套，说："我得出去一趟。"

陆川叮嘱道："最好不要告诉子青。"

苏立生点点头："明白。"

"木村通知，明天上午的会，谁也不能缺席。"

"知道了，陆大少，帮我关门。"苏立生点点头，疾步走出办公室。

"快去吧！"陆川看着苏立生急火火的背影，眉头微微皱了起来。

~ 135 ~

[上海，公共租界，外滩，上海总会]

上海是远东最大的城市，一座间谍之城，那座长达 34 米、远东最长的 L 型吧台，让这座城市显得更神秘更深不可测。它的声色犬马也很讲究，钩心斗角隐藏在觥光交错之中，刀光剑影隐藏在小心思背后的快闪门里……

在这张长长的吧台上，或许坐着来自世界不同国家的间谍，正在上演着一场场精妙绝伦的间谍游戏。

在这张长长的吧台上，或许正在进行着一场惊奢的豪赌，赌的是世界格局的裂变，赌的是智慧与胆量。

在这张长长的吧台上，或许低声细语的谈话改变的就是当时的世界时局，尺寸之地如同世界纸牌屋。

在这张长长的吧台上，从东向西按照严格秩序坐着世界各国人等，中国人成为这张吧台最低等的看客，这是否就是轰动彼时的《时局图》？这是否就是远东最讽刺、最滑稽的名利场？

在这张长长的吧台上，坐着的每一个人，都是谜局中的人，每一个人的动作、言语乃至眼神，都似乎决定着其他人的生死，这样的上海是否就是彼时中国的缩影？

一个 40 岁左右的中国人，坐在吧台前三人卡座上，正在喝法国廊酒，不时地向门口望去，似乎在等什么人到来。

“他叫王树声。”二楼栏杆处，毛玠指着那个中国人，悄声对欧阳夏说。

“他就是吴佩孚的代表？”欧阳夏俯瞰楼下，看了王树声一眼，“吴佩孚真要做汉奸？”

毛玠不置可否：“吴佩孚的心思，我不知道。土肥原的心思，是要吴佩孚做伪政府领袖。”

“老板决定除掉吴佩孚吗？”

毛玠嘿嘿冷笑：“唐邵诒的事，是前车之鉴，老板不会轻易再对这些老家伙们动手了。”

欧阳夏哼了一声：“重庆真是体恤这些老家伙，竟然厚葬了唐邵诒，真是可恼！”

“谁让咱们没有掌握他失节的铁证呢！”毛玠自嘲地一笑，“党国元老不满，重庆要平息风波，只能如此。”

欧阳夏又看了向王树声一眼：“吴佩孚更是老奸巨猾，竟然派了一个代表来。”

毛玠伸手拍在栏杆上：“今晚必须把他绑了。”

一楼的大门开了，身穿中山装的万墨翰和身着长裙的杨毓香，装扮成一对情侣走了进来。二人先到吧台点了酒，然后走到王树声身后的卡座前坐下来。

王树声的酒喝得急，几口喝完了一杯法国廊酒，抬头瞧见服务生端着两杯“友啤 UB”黑啤酒走来，便向服务生招招手。

“先生稍等。”服务生走过王树声，走到万墨翰的卡座前，将两杯啤酒放到卡座上，“两杯黑啤！”

“谢谢！”杨毓香正对着王树声，不经意地瞟了一眼。

“先生，您需要什么？”服务生转过身，微笑着询问王树声。

王树声指着酒杯：“再来一杯！”服务生含笑点头，拿起酒杯向吧台走去。

“谢谢你救了我的命。”杨毓香拿起酒杯，向万墨翰举杯。

万墨翰也举杯回敬：“很遗憾，还没找到凶手。”

杨毓香笑了笑：“不急，早晚的事。”

“你的性子真好。”

“今天先办正事，改天我好好请你。”

吧台前，服务生倒了一杯廊酒放在托盘上。身穿旗袍的安娜走了过来，示意侍应生再倒一杯。

服务生向王树声的卡座望了一眼，礼貌地问：“你们是一起的吗？”

“我的舞伴。”安娜微微一笑，趁着侍应生转身拿酒的空当，将藏在右手里的眼药水挤进了廊酒里，“给我换杯香槟吧！”

服务生换了一瓶酩悦香槟，倒好了酒，放在托盘上。

“我自已来吧！”安娜取过托盘，走到王树声面前，将托盘放到卡座上。

“你是中国人，还是日本人？”安娜将廊酒放在王树声面前，轻轻地端起香槟的杯子。

王树声抬头看着安娜，眉毛一挑，问道：“你是谁？”

安娜笑了笑：“我叫安娜，百乐门舞皇后。”

“今天没心情，谢谢。”王树声从兜里掏出一沓钞票，数了三张，丢给了安娜。

安娜伸出两根指头夹起钞票，妩媚笑了，示意与王树声碰杯。王树声举杯，喝了一口廊酒。安娜站起身，看了一眼钞票，突然砸在王树声的脸上，冷笑一声：“你打发要饭的呀！”说完拿着香槟向吧台走去。

王树声看着安娜的背影，呸了一声：“臭婊子！”

二楼栏杆处，欧阳夏看着安娜的举动，不安地问：“安娜在做什么？”

毛玠正要说话，忽见一个三十六七岁的日本人从门口走进来，笑了笑说：“正主来了。”

欧阳夏向门口望去：“是谁？”

毛玠的手指在栏杆上轻轻一弹：“土肥原的助手，晴气武夫，曾在九江刺探情报。”

王树声看到了晴气武夫，将酒杯放在卡座上，缓缓站起身，向晴气武夫走去。

这时，杨毓香轻轻撩开长裙，悄悄从大腿侧面拔出手枪，用手帕盖住手枪，站起身瞄准了王树声的后背。

王树声刚走到晴气武夫面前，伸手握住他的手，突然一阵抽搐，一头栽倒在地。

杨毓香立刻收回了手枪。

晴气武夫弯下腰，伸手摸了一下王树声的鼻息，确认他已经死亡，便将他架了出去。

万墨翰抬头向二楼望去，看到毛玠发出放弃行动的讯号，便向杨毓香微微一笑："一个醉鬼，别打扰了咱们的兴致。来，喝酒。"

杨毓香的胳膊硬邦邦的，坐下来后表情还有些紧张。

万墨翰轻声说："放松，喝酒！"

杨毓香端起酒杯，喝了一口黑啤，起身向门外走去。万墨翰苦笑一声，起身跟上。

"他死得有些蹊跷。"杨毓香走到广场，望着晴气武夫开车驶离，眉头紧锁。

"他是毒发身亡。"

"中毒？"杨毓香微微一愣，"他是何时中的毒？"

"可惜呀，尸体被晴气武夫带走了。"

"那个日本人叫晴气武夫？"

"土肥原的助手。"

杨毓香忽然停下脚步："我要去见'青松'。"

"'青松'到底是谁？"

杨毓香摇了摇头："不该问的，不要问。不能说的，我不会说。"

万墨翰笑了："我就喜欢你这个性格。"

杨毓香盯着万墨翰："你真的喜欢我？"

"你一个人去行吗？"万墨翰向前方一指，"今晚有个牌局，快迟到了，我先走了。"

"你走吧。"杨毓香表情有些失望，看着万墨翰离去的背影，眼睛一酸，有种想流泪的冲动。她极力控制住，转身向爱多亚路走去。

万墨翰走了十几步，缓缓停下来，转身看着杨毓香落寞的背影，若有所思。

～ 136 ～

［上海，日占区，华德路，提篮桥监狱］

这是一栋四层楼房，微弱的灯光从零零星星亮灯的窗户里透出来，有那么几道光的触角，沿着空空荡荡、寂静如初的华德路，毫无遮拦地探到提篮桥监狱的墙面上，光影陡然间消失了，如同折断的五指扣进了墙垛里。

在无边无际的黑幕下，两个76号的特务提着手枪，拨开了楼房后院的门闩，蹑手蹑脚地走了进去。

视线向整个片区俯瞰去，监狱附近的居民楼、商铺等皆有76号特务潜入查看，悄无声息中一场围捕行动拉开了序幕。

在这栋楼房的楼顶上，梅子青匍匐在屋檐前，手里握着狙击步枪，从目镜里看到监狱大门前只有两个日军把守。这时，那两个日军举手敬礼，一辆轿车从大门内驶出来，后窗上印着一个男子的背影。

梅子青看得分明，那个背影正是王千木。没有任何犹豫，梅子青扣动了扳机，一粒子弹击碎了玻璃，击中了王千木的后背。

那个轿车司机反应敏捷，将前档换成后档，疾速地倒进了监狱大院里。

那一枪开过之后，梅子青快速拆卸狙击步枪，放进小提琴箱子里。两个76号特务听到枪声，快速向楼内冲去。

这时，苏立生突然出现在后院门口，举枪击毙一个76号特务。另一个76号特务蹿进居民楼里，疾速向楼上跑去，边跑边放空枪。

整个居民楼的灯光全都熄灭了。楼顶上，梅子青看到特务和狱警向居民楼涌来，边走边把箱子绑在了背后。

苏立生透过楼道间的窗户瞄准那个76号特务，却因他移动太快无法精准射击。梅子青站在房顶外檐前，握住早就系好的绳子，向楼下望了一眼，看到苏立生时，先是一愣，然后开心地笑了。

苏立生瞥见梅子青，向她打手势，意思是有特务冲上去。

梅子青握紧绳子，反手从身后掏出一把短枪，跨过屋檐，借着绳子一荡，躲避开那个76号特务的射击，反手一枪将其击毙。一片从屋檐上弹出的碎瓦擦着她的耳朵飞了过去。

苏立生跑到门前向外探看，又有两个76号特务跑过来，举枪击毙一个，另外一个特务掉头就跑。

梅子青滑落下来，边跑边问苏立生："你怎么……"

"快走！"苏立生冲到门外，举枪瞄准那个跑走的特务背影，一个点射将其撂倒。

梅子青也跑到门外："我的车在江边。"

"跟上！"苏立生示意梅子青跟上，撒腿向一条巷子奔去。

"前门！后门！高阳路口！霍山路口！"监狱长陈烽丘的声音遥遥传来，只听得特务们分头向各个方位包抄的脚步声四下响起。

"停！"跑到巷子口时，苏立生突然停下。

梅子青停下脚步："怎么了？"

"这一片被包围了，这么跑是跑不掉的。"苏立生看到一个院门紧锁的平房小院，立刻拉着梅子青的手跑过去，侧头瞧见她头上的发卡，伸手拔了下来。

梅子青一愣："你？"苏立生笑了笑，放开她的手，来到了小院门前，用发卡通开锁，拉开院门。梅子青本想生气，反而微微一笑，忽然发觉自己的情不自禁，脚步慢了下来。

"快！进去！"苏立生将梅子青拉进院子里，反手关上门，贴在门后侧耳倾听着外面急促的脚步声和对话声。

——"发现尸体！发现尸体！刺客向高阳路跑了！"

——"你们四个守住这栋楼，还有后门！"

——"你，你，还有你，留下！其余的，追！"

"这是一次围猎，你成了猎物，中了埋伏。"苏立生向梅子青伸指嘘了一声，示意她凑过头，"详情等安全后再说。从此刻起，你要无条件服从我的命令。"

梅子青本已靠近苏立生，突然又悄悄拉开距离，眉头紧蹙着。苏立生低声说："子青，我是做保卫工作的，你要相信我。"梅子青侧耳听着外边脚步声跑远了，向苏立生点了点头。

这时，苏立生转过身，透过门缝看到居民楼门前守着的四个特务，说："四个人。"

"你俩，我俩！"

苏立生摇摇头："不，不能弄出声响来。"

梅子青一愣："你一个人对付四个？"

"我有办法。目的地，摩西会堂。"苏立生转身用眼神示意梅子青做好准备，然后从门缝里挤出去。他看到两个特务走进居民楼里搜查，便从兜里掏出烟叼在嘴里，向居民楼走去，挥了挥手，说："借个火！"

"新来的？"一个特务正在点烟，向他招了招手。

这时，院门静悄悄地开了一条缝，梅子青悄无声息地走出来，躲在一棵大树后面。

一个身穿夹克的特务从居民楼后门走过来，抬眼向小院方向望去。

苏立生向他喊道："你，过来！"

那穿夹克的特务一愣，看向苏立生："你是谁？"

那个点烟的特务说："新来的。"

"妈的，你算老几？"那穿夹克的特务脸色一寒，疾步走到苏立生面前，用枪抵在苏立生的额头上。

苏立生毫不理会，向点烟的特务继续说："点烟！"

那个点烟的特务被他的气势所震慑，连忙举起打火机给苏立生点烟。穿夹克的特务愤怒至极，伸手打掉打火机。此时，苏立生的手里突然多了一把小刀，挥手割开他的喉咙，劈手夺走了手枪。那个穿夹克的特务双手捂住喉咙，鲜血喷了出来，缓缓地倒了下去。

苏立生骂道："该死！"

另一个穿风衣的特务本是低头踢着小石子，被溅了一脸的血，登时愣住，不知所措。

那个点烟的特务立刻举枪对准苏立生，颤声问道："你……你究竟是谁？"苏立生举起手比画出"六"的字样。

"六哥？！"那个穿风衣的特务一脸惊恐，示意点烟的特务放下枪。

苏立生冷笑一声："你是从军统过来的？"

"一直跟着老大。"那个穿风衣的特务见点烟的特务还没放下枪，疾步走到他跟前，按住了手枪，"是六哥！"

苏立生突然动手，一刀割开穿风衣的特务的咽喉，举枪对准了点烟的特务。

此时，一支枪口从后院大门处缓缓伸出来，瞄准了苏立生的后背，正是进楼检查的另外一个特务。

啪的一声，一粒子弹穿透那个特务的头，开枪的正是梅子青。苏立生开枪击毙点烟的特务，回头看着梅子青疾步走来，不由得笑了。

“真人不露相呀！”梅子青向苏立生莞尔一笑。

“快走！”苏立生压制住内心的兴奋，拉着梅子青的手疾步向摩西会堂方向走去。

～ 137 ～

[上海，日占区，华德路，摩西会堂]

摩西会堂是一栋三层简欧建筑，一楼是会堂，外置楼梯。四周十分幽静，一楼会堂的窗户开着，可以看到一点烛光在移动。

一个神父端着灯台从侧门走向讲道台。神父约莫 50 岁年纪，名字叫作拉乌尔·沃伦伯格，虹口片区的犹太人都称他为拉乌尔神父。拉乌尔神父将烛台放在讲道台上，看着双手抱膝坐在长椅上的修女。那个修女约莫 20 岁，手里拿着一张纸条，低垂着头，正在轻轻地啜泣。

拉乌尔神父轻声问：“安妮，发生了什么事？”

安妮抬起头，满脸泪痕：“神父！”

“我的孩子！这是怎么啦？！”拉乌尔神父向安妮走去。

安妮痛苦地朝拉乌尔神父摇了摇头，手里攥紧了纸条。拉乌尔神父来到安妮身前，慈祥地看着安妮，缓缓地伸出手。安妮默默地将纸条放在拉乌尔神父的手里。拉乌尔神父侧过身，让烛光投射在纸条上——

11 月 9 日

希特勒下令袭击犹太人

有组织的大屠杀开始

拉乌尔神父的双手微微一抖：“纳粹真的要动手了？”

安妮的眼泪又淌了下来：“消息是从德国领事馆弄来的。”

“孩子，我们有的忙了。”拉乌尔神父长叹一声，“他们会有一部分人来上海的。”

安妮仰头问：“他们会来上海吗？”

拉乌尔神父点点头：“现在，上海是唯一愿意接收犹太人的城市。”

安妮从椅子上下来：“我们可以做什么？”

“孩子，我们有好多事情要做呢！”拉乌尔神父拿着纸条走到讲道台旁，凑到烛台前点燃纸条，“去睡吧，养足精神才好干活。”

拉乌尔神父看着安妮走出教堂，神色渐渐黯淡下去，望着闪烁的烛光，眼前浮现出三天前的一幕。

那个时候，他也是这样看着烛光，神色同样是黯淡的，充满着浓郁的悲哀，苏共第五局一个将军级别的间谍变节了，投靠了关东军，这黯淡似乎从莫斯科覆盖到了西伯利亚。拉乌尔神父望着站在大钟前的梅晋元，缓缓伸出手，握住了梅晋元的手。这个被苏联通缉的要犯，双手还是那么稳，看得出多年的军旅生涯给他留下了浑厚的底子。

实际上，这不过是苏共第五局的谍谋罢了。他救流亡到西伯利亚的两万名犹太人是真，成为苏联通缉犯则是为了潜伏，他要在茫茫人海中找到日本内阁情报机构——龟机关的创始人“老龟”。他就是赫赫有名的苏共第五局王牌特工“5号”，更是在二战爆发后将苏共拉姆扎小组、曼哈顿小组和中共门徒小组重组为共产国际谍报小组——“红组”。最终，在上海滩，为了摧毁日本军部炮制的“原子计划”，保护中共“31号”凌云洲，拉乌尔死于日本军舰的炮弹之下。（作者按：详见拙作民国谍战系列小说《叱咤之城》）

“第五局远东分部部长留西柯夫叛变了。”拉乌尔神父悲痛地说完松开了梅晋元的手。

梅晋元非常吃惊：“苏共第五局怎么搞的？”

拉乌尔神父双手在胸前祈祷：“叛徒掌握着远东谍报通信密码等大量机密，受损的不只是苏共满洲情报网，还有远东60万红军。”

梅晋元仰天长叹：“大将叛逃，天下哗然！”

“目前，叛徒人在哈尔滨。”

“正好，我要去哈尔滨。”

“秋？”

梅晋元点点头：“‘雪崩计划’还有余震，秋有危险，我不得不去。”

拉乌尔神父担心地说：“太危险了！”

梅晋元平静地回答：“你们不是更危险？”

“你不是苏共，让你冒此危险，我代表苏共第五局感谢你。”

“我毕竟与秋夫妻一场。”

拉乌尔神父叹了口气：“我要尽快与土肥原达成协议，这样才能确保60万红军不被百万关东军偷袭。”

梅晋元注视着闪烁的烛火：“希望‘雪崩计划’的余震，不会淹没整个‘捷列金小组’[①]。”

“正义必定战胜邪恶。”拉乌尔神父凝视着红红的烛火，那簇火苗也映在他的眼睛里，忽然那烛火更旺了，似乎变成了熊熊燃烧的烈火……

安妮沿着外置楼梯上到三楼，忽然听到不远处传来一阵枪声，急忙奔进房间，推开窗子，探听枪声的方向。这时，挂着房间门廊上的小铃铛响了起来。安妮回头看了一眼小铃铛，急忙关上窗，跑到二楼，迎头碰到一个30多岁的犹太男子，看见他手里拿着手枪，喊道：“弗兰克。”

“安妮。”

“出了什么事？神父呢？”

“在房间。”弗兰克向神父房间走去。

安妮有些慌张，疾步跟上弗兰克。神父的房间是一间套房，一间卧室，一间书房，一个宽阔的客厅做成了小会谈室。

“把枪收起来！”拉乌尔神父指着弗兰克手中的枪说道。

弗兰克表情严肃地说：“神父，我要保护你的安全。”

拉乌尔神父平静地说：“这里是教堂。”

弗兰克犹豫了一下，拉开靠墙的沙发，抠开一块松动的墙砖，将手枪放进去，又把砖放好，摆正了沙发。

安妮紧张地说：“日本人不会驱逐咱们吧？”

拉乌尔神父微笑着说：“不会。”

① 捷列金小组，二战时期著名的共产国际情报小组。

“我有些害怕。”

“孩子，害怕是正常的，战胜它就是勇敢的。”拉乌尔神父鼓励地说，“你是一个勇敢的女孩。”

安妮的表情放松了些：“希望不会出事。”

拉乌尔神父接着说道：“明天的事，是大事，委屈你了。”

安妮无声地点点头，脸上露出倔强之色。忽然外面传来急促的拍门声与叫喊声。弗兰克说：“我去开门！”

拉乌尔神父点点头：“我在会堂等他们。”

～ 138 ～

[上海，日占区，舟山路，摩西会堂]

摩西会堂就在华德路和舟山路的交汇处，从舟山路向南望去，可以看到摩西会堂的大门。苏立生和梅子青藏在一个遮掩体后面，正好看到一群 76 号特务在疯狂拍门。

“还去摩西会堂吗？”梅子青看着会堂外的情况，紧张地问苏立生。

苏立生轻声说：“只有那里才能逃出去。”

“为什么？”

苏立生没有回答，只是冲着梅子青神秘一笑。那笑容里包含着诸多意思，有安慰，也有信任，更有不能说的秘密。那秘密就是近一个月来，他每天都在跟踪梅晋元，自然发现了梅晋元去摩西会堂的事。他不知道摩西会堂有什么秘密，可是他有一种笃定，他坚信那个拉乌尔神父一定会保护梅晋元的女儿。

“枪必须藏起来！”苏立生侧身观察舟山路。

“藏在哪里？”

苏立生瞥见窨井盖：“我知道你爱干净，对不住了。”

梅子青顺着苏立生的目光望去：“你要做什么？”

苏立生看着窨井盖：“藏那里！”

“他们会找到的。”

“赌一把。”

“你一个保镖，还有赌徒的心理？”

“每一个任务都是在赌命，还好命够硬。”苏立生咧着嘴笑了，他将小提琴箱子绑在背后，趴在地上向窨井盖爬去。由于窨井盖斜对着摩西会堂，他整个人全部暴露了出来。他爬到窨井盖处，向摩西会堂大门望去，同时伸手扣住了窨井盖，一点一点地挪动着。

一个 76 号特务似有警觉，忽然扭头向舟山路上望去。苏立生一动不动地趴在地上。梅子青举起枪，瞄准了那个特务。

这时，弗兰克走到大门前，大声喝问：“你们是谁？”

那个特务扭过脸去，回答：“抓刺客！”

弗兰克理直气壮地说：“这里是会堂！”

那个特务举起枪，边喊边砸门：“开门！”

苏立生借机将小提琴箱子放进窨井里，盖上窨井盖，猫着腰走回到梅子青身旁，轻声说：“跟着他们进去！”

“太危险了。”

“你一个人刺杀王千木不危险？”

梅子青回头瞪了苏立生一眼，看见弗兰克开了门，76 号特务们蜂拥走进会堂大院。梅子青和苏立生起身疾步走到大门前，跟随特务们一起混了进去。

“楼后面，捉迷藏。”苏立生进了院子，向楼后面一指。

梅子青哼了一声：“你保护首长也是这样吗？跟特务捉迷藏？！”

“这不是好玩吗？”苏立生笑了笑，二人疾步向楼后面走去。

76 号特务将摩西会堂搜查了一遍，什么也没有发现，便乱哄哄地撤了。弗兰克站在楼上，看着特务们走远，忽然眉头一皱，似是想起了什么，转身向楼里走去。

安妮站在楼梯下，看着弗兰克的举动，有些摸不着头脑，一转身看到梅子青和苏立生从一侧走来，眼睛不由一亮。

“你们是谁？”拉乌尔神父从会堂里出来，看到梅子青和苏立生，立即问道。

梅子青微微一笑：“我们不是坏人。”

拉乌尔神父反问道：“他们是找你们的吗？”

苏立生请求道：“我们能在会堂里躲一躲吗？”

拉乌尔神父上下打量了二人一会儿，才说：“可以。”

“不能。”弗兰克从外置楼梯上走下来，手里举着手枪，对准苏立生，“他们是特务。”

安妮急忙摆手说道：“他们不像特务。”

“特务的脸上不会刻着字的。”弗兰克哼了一声，“你们跟他们一起进来，他们走了，你们却留下了，是要陷害我们吧？”

苏立生向拉乌尔望去：“神父，我们是梅先生的人。”

拉乌尔神父微微一愣：“梅先生？哪个梅先生？”

苏立生微微一笑：“梅森伯爵。”

拉乌尔神父看着梅子青：“你是梅森伯爵的女儿？梅森伯爵在上海吗？”

梅子青点点头，又摇了摇头：“不在，他去外地了。”

安妮看着梅子青，忽然笑了：“你是梅子青，我看过你的书。”

梅子青看着神父，淡定地说：“我是梅子青。”

安妮对弗兰克说：“她是个大作家。”

“作家当汉奸的还少吗？”弗兰克依然举枪对准苏立生和梅子青，“快滚！”

拉乌尔神父向弗兰克摇了摇头，温柔地说：“弗兰克，放下枪。”

弗兰克急急地回道：“神父！”

拉乌尔神父笑了笑：“他们是朋友！”

~ 139 ~

[上海，愚园路，平公馆]

平少柔的恋爱像是偷情，宛如她和陆川是见不得光的幽灵，不敢暴露在众目睽睽之下。然而，平少柔似乎很享受这种偷情似的恋爱，宛如少女的心事写在了日记里，无人打搅，可以孤芳自赏，又能与陆川互通款曲，恍若比平常人多了一种人生。可这些复杂的心事，那个只知道画画的傻情郎却不理会，便惹得她不高兴了。听得哗哗的洗牌声响起，瞥了一眼正专心看杂志的陆川，抬起脚踢了他一下。

陆川一愣："怎么了？"

平少柔气哼哼地说："不理我！"

陆川举起杂志笑了笑："木轩啤酒要做广告，我没有什么想法，偷些点子。"

"木轩啤酒？乐木轩的那款？"平少柔没话找话地说，"不是乐木轩专供吗？"

"乐木轩准备进军啤酒市场，听说几家外国银行都注资了。"陆川耸了耸肩，接着低头看杂志。平少柔噘起小嘴，只好百无聊赖地侧身趴在沙发上望向牌桌。陆川虽然盯着杂志看，但心思并不在杂志上，而是竖起耳朵听陆文泰说话。

"缓过来了？"陆文泰打了一张牌，向对面的平寒雨望去。

平寒雨笑了笑，只顾看自己的牌，没有接话。

平楚山起牌："躲在楼里一个多月，再缓不过来，人都废了。"

平老头咳一声："不该这么说二小姐的。"

平寒雨莞尔一笑："大哥说得对，我自怨自艾的，他也不知道，我干吗跟自己过不去。"

陆文泰打趣道："他？听这口气，你还是认为他是晋元兄呀？"

平寒雨信誓旦旦地说："同床三载，不会错的。"

平楚山心中怜惜，嘴上呵斥："小雨！"

平寒雨理解大哥的心思，微微一笑："放心吧大哥，我不会做傻事的。"

平老头也看向平寒雨："不对劲儿，你这是'山雨欲来风满楼'呀！"

平寒雨坦然地笑了笑："咱们平家人有股子犟劲，认准了的东西从不会改变。他是晋元也好，是梅森伯爵也罢，我不再追究了。"

平楚山微微一笑："这样最好！"

平寒雨莞尔一笑："我不追究，是因为我要嫁给他。"

平楚山一惊："什么？"

陆文泰也吃惊地说："你疯了？"

平老头哈哈一笑："这才是二小姐的性格。"

平寒雨打了一张牌："从今天起，我换个打法，我要追求梅森伯爵。"

平楚山无奈地摇摇头，想说什么，张了张嘴，最后还是什么也没说。

陆文泰耸了耸肩：“二小姐换了思路，平老大呢？新政府联合银行行长，是接受还是拒绝？”

平楚山打出一张牌：“文泰，你有什么想法？”

陆文泰跟着起牌：“有些话，讲出来恐怕平老大会生气啊。”

平楚山边看牌边说：“良药苦口利于病，说说看。”

陆文泰向平楚山竖起大拇指：“我认为，梅森伯爵的做法是对的，以和为贵。”

平楚山边打牌边说：“以和为贵，那就是答应日本人咯！”

陆文泰嘿嘿一笑：“上海滩被列强奴役了近百年，日本只不过是列强之一。”

平寒雨好奇地问：“怎么‘以和为贵’？具体说说。”

陆文泰接着说：“日本人找上了你，你做也是死，不做也是死，对吧？”

平楚山点了点头：“做，被军统打死。不做，被鬼子打死。”

陆文泰又接着说：“我说的‘以和为贵’，不是两面‘和’，而是三方‘和’。”

平寒雨看着牌，接了一句：“还是老陆的脑子活络。”

平老头皱了皱眉头：“再说明白点。”

陆文泰哈哈一笑：“如果这个联合银行行长，也为重庆工作，是不是两全其美？”

平老头顺手打了一张牌：“风险太大了吧？”

陆文泰看着平楚山一本正经地说：“跟死比较，这点风险还是值得冒的。”

平少柔打趣道：“做间谍？挺好玩的。”

平楚山瞪了平少柔一眼，厉声道：“这些话，不能讲出去。”

平少柔哼了一声：“我知道分寸的。”

陆文泰也转头看了看陆川：“阿川——”

陆川背对着众人举起了杂志：“我的嘴巴很严的。”

平楚山拿起一张麻将牌，在桌上敲了敲：“先答应日本人，还是先联系重庆？”

“日本人。”陆文泰从桌上拿起烟点上，“新政府能不能成立，平老大不是关键，关键的是新政府主席。”

平楚山也点了一根烟：“唐邵诣死了，不知日本人又瞄上了谁？”

陆文泰吐了个烟圈：“不管是谁，只有新政府主席到位了，你这个联合银行行长才会冒出来，所以先答应日本人，再趁这个空当儿，联系重庆。”

平楚山不动声色地问：“你可有认识的人？”

陆文泰看着平楚山，缓缓地点了点头。

平寒雨看着陆文泰：“那平家就拜托给你了，老陆！”

陆文泰呵呵一笑：“我不是平家一分子吗？”

平楚山哈哈大笑：“当然。今天就到这里吧，我要去一趟百乐门。”

平寒雨打了个哈欠：“我也乏了。”

平少柔从沙发上站起来，建议道：“姑姑，咱们去吃宵夜。”

平寒雨莞尔一笑：“好的呀！”

～ 140 ～

[上海，日占区，华德路，提篮桥监狱]

陈烽丘有点怕了。北平、天津、青岛三地的军统精锐，可以说是北方军统的根基，由于王千木的出卖，一夜之间除了变节者外全部被杀，鲜血流淌了整个北方。

作为一个变节者，陈烽丘自然怕了。他的变节更早，早在王千木变节之前。只是他这样的小喽啰，还上不了军统的“黑名单”，没想到因为王千木的屠杀被连坐了。虽然有些委屈，但他知道，委屈在间谍的字典里是不存在的。变节就是变节，变节就会上“黑名单”。上了“黑名单”，距离死神就只有一步之遥了。

“鱼会咬钩吗？”监狱长办公室的窗前，烟头猛地一亮，如同一把刀子刺痛了陈烽丘。

“会的。”王千木伸手拨了下百叶窗，向黑漆漆的大院望了一眼。

“许少醒真是你杀的？”陈烽丘站在王千木的背后，盯着他的背影。

王千木突然回头，目光犀利地盯着陈烽丘的眼睛。

“老大，你别这样看我。”陈烽丘有些胆怯，连续眨眼，用力吸着烟，“是，我是早您之前就……可您不也是……”

“知道北平、天津、青岛三地军统站的事吗？”

陈烽丘点点头：“都死了啊！”

王千木冷笑一声：“一将功成万骨枯。”

陈烽丘心中一滞：“万骨枯？”

“你，我，都是军统的债主。”王千木的脸上硬挤出一丝笑容，“眼下，你只有一条路可走。”

“哪条路？”

“死心塌地跟着我！”

陈烽丘猛吸了两口烟，连连点头：“嗯嗯！”

王千木转过身，又伸手拨开百叶窗，向外扫了一眼：“还没抓到？”

陈烽丘骂道：“刺客比猴子还精。”

王千木嘿嘿一笑：“跑不掉的，整个虹口区已是铜墙铁壁，水泄不通，她能跑到哪里去？”

“又是一个不眠夜。”

“走吧！”王千木转身向外走去，“去审审他吧！”

“我不明白，他只是一个青帮混混，有这么重要吗？”陈烽丘猛吸一口烟，将烟屁股丢在地上踩灭，瞪了王千木的背影一眼，咬牙跟着走出办公室。

王千木边走边说：“别小瞧那些小混混，或许他就是撕开大秘密的口子。”

陈烽丘微微一愣，不再说话，疾步跟上。二人到了监狱，走进一个单间牢房。牢房里只有一个犯人，正是已经“死去”的霍老四。

“烟！”霍老四看见陈烽丘进来，伸手向他要烟。

“霍老四，不是王先生死的就是你了。”陈烽丘掏出烟盒，丢给了霍老四。

“我想不明白，王先生为什么救我？”霍老四接过烟盒，从床铺下摸出打火机，抽出一根点上。

“知道谁要杀你吗？”王千木拉了一张椅子坐下。

霍老四吐了一口烟雾：“白老三！”

王千木诡秘地笑了笑：“不，不是白老三，是白老三让我救的你。”

霍老四惊愕道：“不是白老三，还能是谁？平老大要杀我，早就杀了。”

东方白与王千木不过数面之缘，还谈不上有托付救人的交情。这些话，是王千木诈唬霍老四的，见他没有丝毫怀疑，不禁嘿嘿一笑："所以呀，这就是你活着的价值。"

"王先生想要什么？"

"平家惨案的主谋。"

霍老四摇了摇头："我真不知道主谋是谁。"

"谁知道？"

"白老三！"

"白老三死了。"

霍老四一愣："白老三死了？！"

王千木冷笑一声："白老三是日本人。"

霍老四惊愕得下巴差点掉下来："白老三是日本人？！"

王千木盯着霍老四的眼睛："所以，你成了汉奸。"

霍老四噌的一声起身："狗娘养的才是汉奸。"

王千木的脸色微微一变："你只有说出实情，才能洗刷汉奸的耻辱。"

霍老四盯着眉王千木，反问道："你……你究竟是谁？"

王千木哼了一声："军统，上海站站长。"

霍老四缓缓地坐下，又抽出一根烟来点上，烟雾袅袅升起。片刻之间，地上已经丢了两三个烟头。霍老四的脸上阴晴不定。王千木平静地盯着霍老四看，也不催他。

"'蝴蝶'！"霍老四突然将烟蒂摔在地上。

王千木眉头一挑："蝴蝶？"

霍老四点点头："'蝴蝶'，二小姐的丫鬟，她姓胡，叫小蝶，我们都叫她'蝴蝶'。"

"她是主谋？"王千木脸上露出讽刺的笑容，"一个丫鬟，能制造平家惨案？一个丫鬟，能让白老三神魂颠倒？"

霍老四摇摇头："我真不知道了。"

"'蝴蝶'有多大？"

"30多岁了，不过看起来就20出头。"

王千木的眼睛一亮："驻颜有术呀！"

霍老四背靠着墙，回忆道："小蝶是8年前到的平公馆，两年后就制造了平家惨案。"

"为什么一直不说？"王千木见他不说话，冷笑一声，"小蝶是你的情人？"霍老四叹了口气，呆呆地点了点头。

陈烽丘邪淫地笑了："这个小蝶这么有魅力？"

"魅力倒在其次，关键是有钱。"

陈烽丘疑惑地问："一个丫鬟……不，她不是丫鬟，她背后肯定有势力。"

"我只知道这么多。"霍老四抬起头，冷冷地说，"动手吧！"

王千木嘿嘿一笑："想到了？"

霍老四知道已死到临头，索性豪气地说："混江湖的，这点事还不明白？谢谢你，让我死个明白。"

"是个爷们！"王千木从兜里掏出一把小刀，走到霍老四身旁，一下割开了他的咽喉。霍老四扑通一声跪在地上，双手捂住咽喉，倒地身亡。

陈烽丘的眼皮猛地一跳，脸色煞白，看见王千木转身走了，也急忙离开牢房。二人走出监狱，看到大院里空无一人，陈烽丘的脸色更加苍白了。

"还没有抓到？"陈烽丘骂道，"真他娘的急人！"

王千木颇为自信地说："围猎，着急的从来不是猎人，而是猎物。"

陈烽丘吞了一口口水，说道："虹口被围得水泄不通，刺客肯定插翅难飞。"

王千木得意地笑了："一群猫捉一只老鼠，老鼠还能跑得掉吗？"

陈烽丘好像突然想起来："对了，老大，摩西会堂最好不要搜。"

"为什么？"

"摩西会堂的拉乌尔神父，是苏共通缉犯。"

"拉乌尔·沃伦伯格？"

"是，就是他。"

"我在苏联领事馆听说过他。"

"土肥原将军一直在拉拢他。"陈烽丘点着一根烟，"他曾是苏联外交官，曾掩护两万名犹太人到西伯利亚，是远东两万犹太人的精神领袖，土肥原将军要的是这两万名犹太人。"

"有件事我一直很好奇，既然他是苏共通缉犯，苏共第五局上海小组为何不杀他？”

“不清楚。”

王千木沉思片刻：“有没有可能，苏共通缉犯就是个骗局？”

陈烽丘一愣：“骗局？为什么呢？”

“只是个可能。”

“我告诉老大的意思是别触了霉头。”

“不，刺客或许就在摩西会堂。”说完，王千木径直向监狱大门走去。

陈烽丘的表情很丰富，先是着急，后是暗喜，巴不得王千木惹怒了土肥原贤二，暗自开心地疾步跟上。

～ 141 ～

[上海，日占区，华德路，摩西会堂]

爱情也是一种病毒，只要有适合的温床，便会滋生，而且具有超强的裂变能力。那温床，是百变的，不可控的，可爱情永远是爱情的样子。

爱情到底是什么样子呢？

在濒临生死的危局中，梅子青没想到自己会想到这个问题。她想，许少醒在临死前也会想到这个问题吗？虽然他们交往很久，可她还是不太了解许少醒。他似乎就像一座冰山，她看到的只是一角。只那么一角，就足够迷人了。倘若她看到整座冰山，是不是就看到了爱情的样子？

站在窗前，看着庭院寂寂，以及天边几颗疏朗的星星，她忽觉耳边一痒，似乎感受到了许少醒在她耳边吹气，然后吻她的耳垂，吻她的唇。那一抹温情的画面，是不是就是爱情的样子？

“说说吧，为什么要刺杀王千木？”苏立生站在梅子青身后，打断了她的温情遐思。

“你说呢？”梅子青转过身，看着苏立生幽暗的脸庞。屋内没有亮灯，只点了一根蜡烛，小小的火苗在满屋的黑暗中跳跃着。

“糊涂！”苏立生严肃地批评道。

“今晚，我终于为少醒报仇了。”梅子青开心地笑了，“王千木当着我的面，承认是他杀的少醒。”

“你杀的不是王千木。”

梅子青的脸色顿变：“不是王千木？”

“这是个陷阱，你不是猎人，王千木才是。”苏立生掏出烟，递给梅子青一根，“从此刻起，你不得为‘白沙’同志报仇。”

梅子青接过烟，拿起蜡烛凑到嘴前点着，然后平静地看着苏立生，说：“苏立生，你没人性。”

“皮之不存，毛将焉附？人只有活着，才能谈得上人性。”

“今天你救了我，所以我不恼你。”

“救？”苏立生叹了口气，“我们还身在陷阱之中，能不能活着，就看明天上班前能否回到公馆。”

梅子青看着苏立生的眼睛，说：“你不该来救我的。”

“你要是被抓了，我也跑不掉。”苏立生点了一根烟，“你在决定刺杀王千木的时候，没有想过这一点吗？”

梅子青垂下头：“对不起。”

苏立生的声音轻柔下来：“现在不是说对不起的时候，我们必须安全逃出去。”

梅子青微微一愣：“虹口戒严了？”

苏立生点了点头，走到窗前向华德路望去，突然看到有特务向摩西会堂汇集，眉头不由蹙起，情不自禁地握住背后的手枪，说：“王千木布的是死局。”

梅子青看到苏立生的举动，明白情况危急，走到他身后，视死如归地说：“逃不出去，就不逃了。”

苏立生回头笑了笑：“有我在，死不了！”

“是吗？”

“当然。”苏立生转过身，突然看到梅子青的左耳处流血了，急忙掏出手帕，“左耳朵，流血了。”

“哦！”梅子青这才发觉受伤，顿觉耳朵疼了起来。

苏立生拿着手帕准备帮梅子青擦，手帕刚触及梅子青的脸庞，见她本能地躲了躲，便将手顿住，说：“不能擦，我去找些碘伏和药棉。”

梅子青摇摇头："没事的。"

苏立生突然想起来什么，急急地问道："你的耳坠？"

"行动时，我不会戴耳坠的。"

"这个习惯好。我去找神父。"苏立生说着向门口走去。

梅子青柔声说："谢谢你。我不该擅自行动的。"

苏立生停下脚步，回头看着梅子青："3号命令，除去叛徒王千木，你没有做错。"

梅子青的眼睛一亮："组织下了命令？"

"这是组织原则，绝不会放过叛徒的。"

梅子青笑了笑："谢谢你告诉我。"

苏立生含蓄地笑道："我知道你不是一般的女人，所以有件事我也不打算瞒你。"

"什么事？"

"我对你有感觉……呃，我喜欢上了你。"说完，苏立生扭头离开，并带上了门。梅子青愣了愣，嘴角露出一抹笑意。

过了片刻，苏立生提着医药箱回来，让梅子青坐在床边，为她处理伤口。二人离得很近，梅子青侧着脸。苏立生看着梅子青的侧颜，一时间呆住，动作也停了下来。

"怎么了？"梅子青转过脸，看到苏立生的眼神，莞尔一笑，"看够了吗？"

苏立生回过神，有点手足无措地说："对不起！对不起！"

梅子青微微一笑："被人欣赏，我不会生气。"

苏立生赶紧继续清理伤口，动作稍有点重，见梅子青的表情有点吃不消，连忙又说："我轻点，我轻点。"

两人沉默着，只有苏立生帮助梅子青处理伤口的声音。这时，梅子青轻声说道："我和少醒在一起两年。"

"我知道。"

"我需要一点时间。"

苏立生的手一顿："什么意思？"

"允许你喜欢我。"梅子青扬起脸，先是看了一眼天花板，然后盯在了苏立生的脸上。

“你很特别。”苏立生惊奇地看着梅子青。

梅子青莞尔一笑：“我有自己的原则和底线。”

“有原则和底线的女人，才更值得男人尊重和爱慕。”

“每个女人都有一道门，男人来敲门，你开了，就是允许男人喜欢你，一旦男人进了屋，什么事都会发生的。”梅子青笑了笑，“所以，这道门，才是女人最该坚守的。”

“希望我能敲开你的门！”

梅子青正要说话，却听到外面传来一阵急促的脚步声，接着敲门声响起，安妮猛地推开门，对二人说：“快跟我来！”

梅子青站起来：“怎么了？”

苏立生疾步走到窗前，看到王千木、陈烽丘带着特务们聚在大门处，冷笑一声说：“王千木。”梅子青伸手从床上拿起手枪。

安妮说：“不要慌，先躲起来！”

苏立生看了安妮一眼，转头向梅子青点点头。梅子青放下枪，二人跟着安妮走进一间储藏室，里面有一个书架，摆放着《圣经》及宣传资料，还有教堂器具。

苏立生看了一眼储藏室：“躲在这里？”

“不，地下室！”安妮将一个手电筒递给苏立生，用力移开书柜，露出后面的一扇小门，“快进去！”

苏立生打亮手电筒，推开小门走进去，梅子青紧跟其后。手电筒的亮光照射处，是一个向下延伸的木梯，梯子上落满了灰尘。看到安妮将书柜移回原位，二人关好小门，沿着木梯往下走。地下室非常封闭，没有窗户，只有一张床和一张桌子，桌上有盏台灯。

梅子青疾步走到桌前想拉亮台灯，却被苏立生攥住了手。手电光扫过梅子青的脸，苏立生见梅子青脸色苍白，呼吸急促，连忙问道：“你怎么了？”

“我有幽闭恐惧症。”

“你有幽闭恐惧症？怎么还躲进安娜的后备厢？”苏立生将手电光投射到梅子青的身侧。

“我要克服它。”

“出去再说这个事。”

梅子青看着苏立生：“你要做什么？”

“你不适合做狙击手。”

梅子青愣了愣：“我从没出现过问题。”

苏立生摇摇头：“一旦出问题，死的不是你一个人。”

“你真要这么做？”梅子青看到苏立生点头，神色也跟着严肃起来，“那扇门，我绝不会为你开的。”

第三章　突围

～ 142 ～

［上海，法租界，霞飞路］

“红梅”“青松”“缘竹”，复兴社“三友组”，是戴笠的三大秘密武器。

为了洗白平家，平楚山想了很多办法，其中一个就是加入复兴社。他不仅是从鸡鹅巷53号走出来的元老，更是“岁寒三友”之一。鸡鹅巷时期，“十人团”是戴笠的根基，“三友组”则是他的秘密武器。这“三友组”便是“岁寒三友”，除了戴笠之外，少有人知道他们的身份，就连“三友”也彼此不识。

平楚山就是“青松”。

这是平楚山的赌注，只有变匪为军，才能彻底洗白平家。他与戴笠的相识，也颇有戏剧性，中间的“媒人”就是杜月笙。戴笠不仅看中了平楚山的才干，更看中了平家在上海滩的势力。

“上海滩，江、平、楚”，三大世家在上海扎根数十年，早已树大根深，每一个世家都是一支军队。戴笠需要的就是这样扎根于民众之中、可以随意隐藏的军队，这样的军队往往会起到出其不意的效果。

“平先生！”杨毓香早在指定地点候着，等平楚山的车子到了，没等车停稳，便拉开车门坐了进去。

“出事了？”平楚山继续向前行驶。

“王树声死了，不是咱们动的手。”

“怎么死的？”

“中毒。”

“谁动的手？”

“不确定。”

“有怀疑对象吗？”

“百乐门舞皇后，安娜。”

平楚山猛地踩住刹车：“安娜？”

杨毓香点点头：“我们到达之后，只有安娜跟王树声接触过。到达之前，无法确定。”

“启动‘折翼计划’。”平楚山继续驱车向前，“陈逯是个老政客，先摸清楚情况，再制定刺杀方案。”

杨毓香点点头：“嗯。西湖小组的目标是谁？”

“宫崎翼。”

“该杀！没有他提供南京的翔实资料，小鬼子也不可能这么快拿下南京。想起大屠杀，恨不得现在就宰了宫崎翼。”

“欠下血债的，一个也跑不掉！”这时，平楚山转头看了看杨毓香，假装关切地问，“伤好了吗？”

“好了。”

“我调查过，你被刺杀的原因，是因为程西山被杀时，你在英国领事馆。”一枪没有除掉杨毓香，自然出乎平楚山的意料。当毛玠在报纸上留暗码，告诉他杨毓香到位时，他起了再杀杨毓香的冲动，所以指派杨毓香作为他的联络人。这一次，他不着急了，既然人已到上海，就不能不明不白地死，“青松”的招牌不能砸了。他决定摸清出杨毓香出现在英国驻津领事馆的真相，再决定是否设局除掉杨毓香。

“那天，我的确在英国领事馆。”

平楚山装做漫不经心地问：“为什么去英国领事馆？”

“我在天津的潜伏身份是银行职员，日本人利用银行系统制定了一项名为‘雪崩’的计划，意图摧毁天津金融体系，后来被英租界警务处破坏，我不小心被卷了进去，那天是去做笔录的。”

平楚山凝视着杨毓香：“你竟然知道‘雪崩计划’。”

“我还在英国领事馆见到了一个人。”

平楚山一惊："谁？"

"梅森伯爵。"

"梅森伯爵？他是从天津来的？"平楚山倒吸了一口凉气，"你看到是谁杀了程西山吗？"

杨毓香摇摇头："我只看到程西山被杀了，没有看到凶手。"

平楚山缓缓停下车："回去好好休息。"

～ 143 ～

[上海，日占区，华德路，摩西会堂]

就在临门一脚的时刻，王千木还是放弃了搜查摩西会堂。拉乌尔神父的话，不是刀子，而是手雷，足以引爆他心中最深的担忧。

"真好，你给了我一个拒绝土肥原的借口。"

这句话说得云淡风轻，却包含着某个频率，在同频人的耳朵中能引起共振。第一个感到振聋发聩的是陈烽丘，舟山路商业街片区是他的辖区，特高课早就下了命令，不得打扰摩西会堂，并在必要时实施保护。这个时候就是必要时刻，他拉住了王千木的胳膊，说了一句令王千木振聋发聩的话："日本人给的面子，都是虚的，坏了他们的事，第一个毙的就是走狗，就是咱们。"

走狗！多么刺耳！这话刺激了王千木的神经，让他膨胀了月余的脑袋忽然清醒下来。是啊！他们都是走狗，走狗得看主人的面子。这时，拉乌尔神父的话陡然在他耳中轰然响起。如果真因为他坏了土肥原贤二的大计，他可承担不起这个责任。

所以，他绝不能给拉乌尔神父那个借口，立刻修正了他的思路。

"把会堂四周全都围起来，连只苍蝇都不能放跑了。"王千木在会堂四周布下了天罗地网，只要把敌人缩在口袋里，早晚都能抓住的。

从某种程度上来说，暂时的危机算是解除了，毕竟王千木不敢入院搜查，梅子青和苏立生也就不用躲在地下室里了。

"你在《生活周刊》工作过吧？"弗兰克看着从地下室出来的苏立生。

苏立生点点头："你见过我？"

“王羽，你不会忘记吧？”弗兰克突然掏出手枪，对准了苏立生。

苏立生反问道：“你认识王羽？”

弗兰克的面色非常难看：“我看到你杀了王羽。”

这时，拉乌尔神父走过来喝道：“放下枪，弗兰克！”

弗兰克心痛地说：“我可以确认他是特务。我看到他杀了王小姐。”

拉乌尔神父微微一愣：“你确定？”

弗兰克重重地点点头：“淞沪会战时，小鬼子攻占了闸北，我躲在一片废墟里，看到王小姐跑进了一条小巷子，却被苏立生开枪打死了，我……我没说错吧！”

拉乌尔神父叹了口气：“王小姐常到会堂，一来二去的，和弗兰克成了好朋友。所以，苏先生，别怪弗兰克无礼。”

苏立生闭上了眼睛：“的确是我杀了王小姐。”

弗兰克再次握紧手枪：“你承认了！”

梅子青不解地问道：“你怎么杀……”

“这一直是我的梦魇。”苏立生打断了梅子青的话，“当时，小鬼子占领了闸北，我们就往租界跑，我们看到一条小巷子，就像没头苍蝇似的跑了进去。她先跑进去的，哪知里面藏着一队小鬼子，齐刷刷地端着枪对准了她。我没得选择，只能开枪。是我亲手杀了她，可我若不杀她，她就会被……被……她是一个女生，绝不能落到鬼子手里。”

弗兰克的神情变得恐怖：“你撒谎！你撒谎！”

梅子青看着弗兰克：“你知道王小姐是他什么人吗？”

弗兰克愤怒地回答：“他们是同事。”

梅子青摇摇头：“王小姐是苏先生的女朋友。”

弗兰克不敢相信地说：“怎么可能？”

安妮在一旁劝说道：“弗兰克，不可鲁莽。”

此时，拉乌尔神父微微一笑：“这件事好办，问一下当事人就好了。”

弗兰克不可思议地说：“王小姐死了，怎么问？”

梅子青一惊：“难道王小姐还活着？”

拉乌尔神父笑了笑说：“半个月前，我在日本领事馆见到了王小姐，我们还打了招呼。”

苏立生也点了点头："她的确还活着！"

"会堂被包围了，还是想想办法怎么出去吧。"拉乌尔神父伸手按住弗兰克的手枪，示意他放下。

~ 144 ~

[伪满洲国，哈尔滨，关东军情报部]

一阵疾风吹过，雪花簇拥着投向门廊的地面。门廊上插着一面膏药旗，被雪覆盖了，这时又被风卷了起来，像是有人从墙上拔下来似的，落在廊前，陡然一个跳跃扎在了厚厚的积雪中。那块钉在墙上写着"关东军情报部"的木牌，却是纹丝不动。情报部大院的屋顶上落满了雪，四栋日式风格的房子，几乎成了白房子。

一阵踩雪的咯吱声响起，通往情报部办公楼的路上，梅晋元穿着厚厚的大衣，正迎着风雪向前走去。

参谋长室内，沙发半围靠着壁炉，室内十分暖和。土肥原贤二坐在沙发上，手里端着一杯热咖啡，向坐在对面的一个中国人望了一眼。那个中国人50多岁，正是满铁副总裁、八咫乌机关负责人宫本正仁。宫本是裕仁天皇赐的姓氏，实际上他姓爱新觉罗，是位王爷，大清国灭亡后，东渡日本娶了裕仁天皇的堂姐为妻，成了天皇外戚。

宫本正仁向窗外望了一眼："这是满洲国的初雪，非常干净，而且迷人。"

土肥原贤二笑了笑："你这个王爷，还是思念故国的。"

"小楼昨夜又东风，故国不堪回首月明中。"宫本正仁幽幽地叹息一声，"参谋长信任那个老神父？"

"拉乌尔可是西伯利亚犹太人的精神领袖，足足两万人。"

宫本正仁应道："如果这两万人是帝国士兵，他们就会像一把匕首一样，直插远东红军腹地。"

土肥原贤二点点头："留西柯夫交代了，苏联在远东部署60万红军和1000多架飞机，而关东军对苏兵力只有九个师团，倘若苏联突然开战，关东军无异于螳臂当车。"

“看来，争取老神父还是非常关键的。”

“我要说服拉乌尔在远东组建反苏铁血同盟，武器由关东军出，资金由满铁出。”

宫本正仁点了点头：“只要安全，资金不是问题。我的人会查清他的。”

“‘老鸾’？”

“‘老鸾’会取得老神父的信任。”

土肥原贤二喝了一口咖啡：“对苏一战，势在必行。”

宫本正仁接道：“关东军情报部和满铁八咫乌策划的跨国行动，这个时候尤为显得重要。”

土肥原贤二点点头：“刺杀巴维尔·菲金！”

“巴维尔·菲金，苏共第五局掌门人。”宫本正仁也端起咖啡杯抿了一小口，“苏共第五局隶属于苏联内务人民委员会，第五局是海外情报局，巴维尔是苏共海外特工的头子，刺杀了他，全世界都安静了。”

“关东军对外宣称清剿了苏共满洲情报网，难免有漏网之鱼。如果这条鱼是条大鱼，莫斯科还是能掌握关东军的动向，那么帝国就不能贸然出兵西伯利亚。”土肥原贤二将咖啡杯放在茶几上，“刺杀巴维尔的意义，比清剿苏共满洲情报网重要得多，不但能让苏共第五局暂时无法运转，帝国军队可趁机出兵西伯利亚，而且还是对莫斯科最大的震慑。”

“刺杀巴维尔的行动，代号‘神风’！”宫本正仁也放下咖啡杯，“刺杀小组会像神风一样，来无影去无踪，悄无声息地干掉巴维尔！”

“‘神风’，庇佑日本之风！好！”土肥原贤二向大门处望去，“梅晋元快到了吧？”

宫本正仁抬起手腕看了看表：“应该就要到了。”

“监控级别？”

“一级。”宫本正仁点了一根雪茄，“从上海到哈尔滨，一路都有满铁的人监视，梅晋元没有任何机会联系外界。”

土肥原贤二点点头：“大本营中国课长影佐圭吾来电，有望在年内结束日华事变。”

“新政府领袖人选敲定了？”

“汪精卫。”

“国民政府副总裁，孙中山的学生，威望自然比唐邵诣、吴佩孚之流要高。”

“如若组府成功，日华事变便可结束。”

“日华事变一结束，日苏事变就会爆发。”

“所以，‘神风计划’只许成功不许失败。”

“只要巴维尔死了，苏联在满洲才是真正的聋子、瞎子，帝国便可直驱西伯利亚。”

说话间，梅晋元到了。他走进屋里，先把大衣脱了挂在衣架上，才向土肥原贤二和宫本正仁问好。

宫本正仁示意梅晋元坐下，说：“你所陈述之事，事关重大，所以我要亲自听你的陈述。”

土肥原贤二笑了笑：“梅先生的答案，一定要让宫本先生信服，否则你是很难再回上海滩了。”

“‘雪崩计划’失败，仅满铁就损失一亿美金。”宫本正仁从身上掏出一把手枪，轻轻上了膛，放在了茶几上，“满铁掌握证据，‘雪崩计划’执行期间，秋白萍私自去了天津。”

梅晋元恭敬地坐下来，解释说：“‘雪崩计划’，我只闻其名，这是帝国高级别计划之一，溥仪的财政大臣怎么会知道？”

土肥原贤二说：“‘雪崩计划’是日满联合行动。”

梅晋元想了想，说：“这么说，秋白萍了解‘雪崩计划’。”

“‘雪崩计划’，哪里听到雪崩的声音了？”宫本正仁愤愤地说，“计划失败的原因是情报泄露。”

梅晋元皱了皱眉头，说：“所以，你们怀疑是秋白萍所为。”

宫本正仁盯着梅晋元问道：“满铁掌握一条重要情报，你和秋白萍在天津见过面。”

“不错，我们见过面，还开了房。”梅晋元平静地伸手拿起桌上的雪茄，“秋白萍，原名江秋水，上海滩江家的二小姐，我的前妻。”

土肥原贤二的眉毛一动：“你们曾是夫妻？”

宫本正仁诧异地问道：“你的妻子不是死了吗？”

梅晋元自顾自点上雪茄吸了一口，缓缓道来：“十年前，江秋水给我戴了顶绿帽子，外面有了男人，我要与她离婚。江家顾及颜面，自导自演了假死这出戏。江秋水假死后，就到了哈尔滨，改名秋白萍。十年间，她借助江家财富，不仅成为哈尔滨女首富，还成为溥仪的财政大臣。六年前，我也演了一出假死戏，来了天津。三年前，我们在天津偶遇，旧情复燃。”

宫本正仁追问：“秋白萍去天津就是为了见你？”

梅晋元微微一笑：“说俗点，就是为了上床。”

土肥原贤二问：“可有证据？”

梅晋元微微一笑：“偷情谁会留下证据？”

土肥原贤二反问：“没有证据，怎么证明你说的是真的？”

梅晋元平静地说：“参谋长也无法证明我说的是假的。”

宫本正仁用手指敲了敲桌子：“看来，只能用老办法了。”

土肥原贤二问：“什么办法？”

宫本正仁说：“密审！”

梅晋元拿着雪茄的手一顿：“密审？”

宫本正仁点点头：“绑架秋白萍。”

梅晋元一惊：“这不妥吧？她可是满洲财政大臣。”

“满洲是谁的满洲？”土肥原贤二冷笑一声，侧头问宫本正仁，“谁来密审呢？”

宫本正仁说：“满铁。”

梅晋元严肃地问：“我要做什么？”

宫本正仁说：“第一，协助满铁绑架秋白萍；第二，你也是被绑架的对象。”

土肥原贤二皮笑肉不笑地说：“如果你们的口供一致，就放了秋白萍。”

梅晋元问：“若不一致呢？”

宫本正仁冷笑一声：“你们都会被送到‘东乡’。”

梅晋元疑惑地重复一声：“‘东乡’？”

土肥原贤二的脸上露出邪恶的笑容：“东乡部队[1]，番号659，特种部队。”

① 东乡部队，即731部队，1938—1939年称为“东乡部队”，秘密番号为满洲第659部队，日本侵略军细菌战制剂工厂的代号。

~ 145 ~

[伪满洲国，哈尔滨，中央大街，秋公馆]

中央大街上空飘着雪，尤其在明亮的街灯照耀下，它们就像一个个长着翅膀的小精灵，向四面八方毫无目的地乱窜着。

靠近松花江畔的一家店铺，是家化妆品店，店招叫“秋色”，与这飘雪的冬夜一点儿也不映衬，却能让人怀念温度适宜的秋日。这家秋色名品店是连锁店，老板是个女人，人称“秋老板”。秋老板约莫四十七八岁年纪，保养得很好，看起来不过40岁。

秋老板就是秋白萍，哈尔滨女首富，“满洲国”唯一的女财政大臣。实际上，她的真名叫江秋水，正是上海滩首富江家的二小姐，梅晋元的前妻。之所以说是前妻，是因为二人离了婚。志不同道不合的，分开才会幸福。民国二十七年，江秋水有了婚外情，喜欢上了一个中日混血的共产国际，他叫武田正雄。这个武田正雄正是共产国际捷列金小组组长，也是引导她走向共产主义道路的同志。这“同志”加“爱人”的情感，最易酝酿山崩地裂的力量，所以她义无反顾地爱上了武田正雄。以梅家的傲骨，自然容忍不了这件事，所以就有了江家导演的一出假死的戏。江秋水到了哈尔滨，改名秋白萍，管理江家在东北三省的产业。她继承了江家善于经商的基因，不过五六年的时间便成了哈尔滨女首富，能成为伪满洲国财政大臣，则得益于她是总理郑笑胥的学生。

秋白萍从轿车里下来，看着路灯周围飞舞的层层叠叠的雪花，不禁看得有些痴了。

一个女店员站在店门口，也仰着头看雪花，她的脸庞好看极了，活脱脱的一个欧阳夏，简直像一个模子里刻出来似的，只是更为成熟，更有妩媚之姿。

这个女子的确和欧阳夏有关系，正是她的双胞胎姐姐，名叫欧阳慧。她和欧阳夏都属于军统，她是军统哈尔滨站“玉”小组成员。

欧阳慧收回目光，向秋白萍微微躬身：“秋先生！”

秋白萍回过神来，扭头问道：“新货到了？”

“下午刚到。”

秋白萍微微点头，走进店里。店内装修豪华，香水、口红、名包应有尽有。一侧柜台上，放着一个带格子的盒子，盒子里插满了口红，一个男子正低着头挑选。其他的店员看到秋白萍，都躬身问安："秋先生。"

"能称得上先生的女人不多，您一定是个了不起的人。"那个男子转过身，赫然是中山功。

欧阳慧微微一笑，介绍道："秋先生是满洲国财政大臣。"

中山功惊讶地说道："您就是大名鼎鼎的秋老板？！"

秋白萍莞尔一笑："给这位先生打八折。"

"谢谢。"中山功趁着店员的目光盯在秋白萍身上，从兜里掏出一支口红插在盒子一角，嘿嘿一笑，"我还是买香水吧。"

"同样打八折。"秋白萍扭头向柜台望去，一眼便看到多出来的那支口红，吩咐欧阳慧，"把这盒口红包起来，我带走。"

那支口红是中山功传送给秋白萍的消息。中山功是受人之托，托付人就是梅晋元。

秋公馆就在颐园街 3 号，那是一栋苏俄别墅式的建筑。秋白萍把那盒口红放在梳妆台上，照例开始护肤。她坐在镜前，望着镜中的自己，过了片刻，她幽幽地叹息一声，低头拉开抽屉，拿出一张照片，正是梅子青的近照。她看着女儿的照片，眼圈一红，一滴眼泪掉落在照片上。

秋白萍站起身，从桌上拿起烟，吸了一根平复了一下情绪，然后打开那盒口红，取出中山功放进去的那支。她拧开盖子，里面是个空膛，卷放着一张纸条。她掏出纸条展开，只见上面写着两行字——

老相好已到家

偷情之事暴露，请速做准备

秋白萍拿着纸条走到桌前，放进烟灰缸里点燃，然后走到窗前拉开窗帘，一边吸着烟一边看着窗外的飘雪狂舞……

～ 146 ～

[上海，日占区，华德路，摩西会堂]

清冷的月光潜入室内，微微有些光亮。苏立生坐在沙发上抱头沉思。梅子青看着他难过，竟然起了怜悯之心，恍若他就是一个受伤的孩子。她在沙发前坐下，温柔地揽住苏立生的肩头。苏立生轻轻地将头歪在梅子青的肩上。

“你是昨天晚上见到的王小姐吧？”梅子青轻柔地说，“王小姐还活着，这是好事呀！”

苏立生忧伤地说：“于我而言，喜忧参半。”

梅子青淡淡一笑：“不过是个抉择而已。”

苏立生抬起头，看着梅子青：“你知道我为什么悲伤？”

梅子青笑了笑，站起身：“你的小心思呀，我怎么看得透呢？我和王小姐，难为着你了，是不是？”

苏立生也站起身：“你这么玲珑剔透，倒是给我指了一条明路。”

“我有这么大能量吗？”

“你懂我，所以……”

梅子青伸手制止苏立生：“有些话，别说得太早。”

“我知道我的心思。”

“王小姐不懂你吗？”

苏立生不答反问：“她怎么活下来的？究竟发生了什么事？”

梅子青微微一笑：“你有很多机会再见她的。”

“不，我不会去见她。”苏立生见梅子青只是笑，又提高声音说，“你不信？”

“信不信的，跟我有什么关系？”梅子青向窗户走去，“你怎么知道神父会帮我们？”

“我跟踪了大总管。”苏立生也跟着向窗户走去，“大总管见过拉乌尔神父。”

梅子青惊愕地转身看着苏立生：“我爸爸认识拉乌尔神父？”

“不止认识这么简单。”苏立生认真地说道，“大总管见过神父之后，第二天就离开了上海，奇怪的是土肥原也离开了。”

梅子青望着苏立生，轻声说道："你怀疑……"

苏立生点点头："我怀疑拉乌尔神父是土肥原的人，摩西会堂是日本人的据点。"

梅子青一脸的惊奇："那你为何还要躲到这里？"

"咱们要安全脱身，就得利用这层关系。"

"你有什么脱身之计？"

苏立生笑了："知道为什么要把狙击步枪藏起来吗？"

"掩藏证据。"

"对呀，没有证据，我们可以是猎物，也可以是猎人。"

"猎人？"

"最好的防守就是进攻。"

梅子青的眼睛一亮："抓捕拉乌尔神父！"

苏立生嘿嘿一笑："我说过，你是最懂我的人。"

在会堂抓捕神父，自然有些难度。苏立生的做法是简单粗暴的，直接硬来。趁着神父熟睡之际，他提着枪走到神父的门前，确定屋里毫无动静之后，便掏出工具开锁。谁知，他的举动早被弗兰克盯上了。弗兰克提前躲在神父对面的房间里，一直在门后守着。

听到动静，弗兰克举枪出来，枪口对准了苏立生的后背，冷冷地说："别动！"

苏立生立刻举起手："别冲动！"

"放下枪！"

苏立生将手枪丢在地上。这时，神父屋里也传来了窸窸窣窣的声音。

弗兰克呸了一声："这下不用狡辩了吧，你就是狗特务。"

吱呀一声，拉乌尔神父打开了房门，看着二人举动，微微一愣，说："这是怎么回事？"

弗兰克立刻接道："他撬您的门。"

拉乌尔神父看了一眼苏立生，问："为什么呢？"

苏立生理直气壮地说："别演戏了，你是共产党。"

拉乌尔神父笑着说："我怎么可能是共产党？！"

弗兰克推了苏立生一把，说道："进去！"话音未落，弗兰克扑通一声突然倒在地上。原来是梅子青用枪把弗兰克砸晕了。

梅子青立即把枪口对准拉乌尔神父："神父，你被捕了。"

恰在此时，门外传来了汽车的鸣笛声。三辆轿车齐刷刷地停在摩西会堂门口。陆川带着一群日特下了车，向会堂里走来。

一个特务伸手拦住："不能进。"

陆川伸手扇了那个特务一个耳光："滚！"

"陆大少！"王千木急忙向陆川走去，"你这是做什么？"

"奉总领事之命，抓捕这里的神父。他是共产党。"陆川向会堂望去，看见苏立生和梅子青押着拉乌尔神父走下外置楼梯，招了招手，"苏主编！"

苏立生高声喊道："陆大少！抓到了！"

"这是只老狐狸，能嗅出咱们的味道。"陆川一边推开大门，一边向王千木解释，"所以，我才请苏主编和梅小姐进行抓捕，他们是文化人。"

王千木无奈地点头称赞："高明。"

"陆大少，事办成了。"苏立生押着拉乌尔神父走到门口，交给陆川，"我们回去了。"

陆川回头吩咐日特："给他们一辆车。"

梅子青和苏立生走到一辆轿车前。苏立生打开副驾驶车门，让梅子青坐进车里，然后才绕过车头上车。

王千木看着拉乌尔神父，阴森地说："神父，领事馆不知道你是苏共通缉犯吗？"

拉乌尔神父摇了摇头："你说什么，我不知道。"

王千木突然拦住苏立生的车："停下！"

苏立生摇下车窗，问道："怎么了？王先生！"

王千木冷笑一声："拉乌尔神父是苏共通缉犯，怎么会是共产党？"

"他是苏共通缉犯？我不知道。有疑问，问陆大少。走了！"苏立生说着启动车子，不再理会王千木，开车驶离。

陆川不屑地看着王千木："怎么，王先生怀疑我抓错了人？"

"这是总领事的命令吗？"

陆川嘿嘿地笑了："不打着总领事的旗号，你们会听话吗？"

王千木怒视着陆川："你？！"

“这是大总管的安排。”

“大总管根本不在上海。”

“这是大总管临走前布置的行动。如果你有疑问，等大总管回来，你直接问他吧。都是干活的，别为难我。”陆川指着拉乌尔神父，向日特一挥手，“带走！”

~ 147 ~

[伪满洲国，哈尔滨，松花江畔，满铁满洲调查部]

雪已经停了，松花江被大雪覆盖。与中央大街仅有一街之隔的江畔，有一片洋房，其中三栋洋房被一圈高墙围住了。高墙里面种植着许多树，即使在萧索的冬季都无法看到洋房一楼的门窗。在这个白雪皑皑的时节，树冠、树枝上的白雪更形成一道屏障，将院子围得如同一个白雪城堡似的。

这个地方就是满铁满洲调查部所在地，大门是道铁门，黑漆漆的，没有标志，也没有文字，只在门中央写了一个“7”字。附近的居民都称它为“7号公馆”。这时，7号公馆的黑漆大门开了，一辆轿车驶进公馆，沿着道路缓缓行驶。

轿车最终停在主楼洋房前，门前挂着一个满铁标志的牌子。车门打开，鸟羽鹤从车里下来，径直向洋房走去。

这栋洋房是宫本正仁的办公楼，此刻他正坐在客厅里，等着鸟羽鹤。

鸟羽鹤向宫本正仁鞠了一躬：“先生。”

宫本正仁哼了一声：“为何杀了东方白？”

“他查到了许少醉的秘密。”

宫本正仁不禁大怒：“混账！死了一个青木太，他还不引以为戒吗？”

“我怀疑有人挖了陷阱，一步步引他上钩的。”

“有怀疑对象吗？”

“宫崎翼。”

宫本正仁冷笑一声：“宫崎翼想步青木太的后尘呀！”

“还有一个人。”

“谁？”

“‘老汤’。”

宫本正仁沉思片刻，低声嘟囔一声：“梅晋元？！”

“宫崎翼和梅晋元见面了。”

宫本正仁示意鸟羽鹤坐下，顺便点了一根雪茄，问：“大小姐，还好吗？”

鸟羽鹤坐下恭敬地回道：“我来哈尔滨前，见了大小姐一面，她很好。”

“她想怎么做？”

“她说，潜伏最重要。”

宫本正仁吸了一口雪茄，问：“可信吗？”

鸟羽鹤说：“宫本家族的大小姐，潜伏不重要。”

宫本正仁叹了一口气：“我这个做父亲的，还不如你懂她。”

“我一直把她当作亲生女儿。”

“谢谢你。”

鸟羽鹤微微一笑：“我永远是鸟羽家族的奴仆。”

“大小姐是我的第一个女儿，可惜无法入籍，她是我心中的痛啊。”

“大小姐不在乎私生女的身份。”

“大小姐不在乎，可我在乎。”宫本正仁顿了顿，又问，“许少醉有什么建议？”

“他说，宫崎翼死。”

“然后呢？”

“我做部长。”

“就这么办吧。梅晋元呢？”

“他说，由先生定夺。”

宫本正仁缓缓点点头：“许少醉办事颇有分寸！”

“真没想到，他竟然策反了留西柯夫。”

宫本正仁摇了摇头：“不是他策反了留西柯夫，而是留西柯夫必须叛逃莫斯科，许少醉只不过是在对的时间、对的地点出现而已。”

“梅晋元如何处理？”

“梅晋元卷入‘雪崩计划’之中，已被全面监视。”

鸟羽鹤点头应道："适当的时候，我会亲自动手。"

"土肥原是只老狐狸，如果满铁有越权的迹象，恐怕他会下手的，所以梅晋元只能交给关东军情报部。"宫本正仁凝眉思索片刻，"你来密审梅晋元。"

～ 148 ～

[上海，法租界，福开森路，梅苑]

回到了梅苑，洗了个热水澡之后，梅子青还是心有余悸。从父亲办公室到西园大厦，再到提篮桥监狱，王千木的杀招一个接一个，显然是布局已久。可是，他为何要这么处心积虑地置她于死地呢？这背后隐藏着什么阴谋呢？

父亲！一定是父亲！

王千木的杀招，毫不顾忌甚至忽略父亲的存在，这背后隐藏的信息太可怕了，难道父亲真的回不来了吗？

梅子青的内心更加恐惧了，毕竟血浓于水呀！在岩井公馆，她和父亲早就成为一体，父亲出事了，她也会跟着出事的。敌人肯定会斩草除根的。

在巨大的恐惧中，她穿着性感睡衣走到了书房，给了苏立生一个结结实实的吻。她需要那个吻给她力量，需要那个吻给她温暖。是啊，她太悲催了，心早就凉了，男友离世，父亲遇险，她失去了所有的依靠，那些不可预知的危险如同冰山似的紧紧箍住了她。她需要苏立生的吻，来融化紧箍着她的令人窒息的冰山，带给她还有人爱、还有人疼的人间温暖。

面对如此性感的女人，苏立生自然毫不吝啬他的吻。但他能感知梅子青的吻不是出于爱，那是没有温情没有爱意的吻。等梅子青松开他之后，苏立生假装开心地问："这是什么意思？"

"我允许你喜欢我。"梅子青不想多做解释，转身向客厅走去。

苏立生摸了摸嘴唇，回味着，扑哧一声笑了。

"傻笑什么！"梅子青听到笑声，觉得那声音亲切极了。

苏立生走出书房，拉开靠近门前的酒柜。酒柜上面一层放着五六个酒杯，中间一层放满了整瓶的洋酒，下面一层还有半瓶洋酒。

"庆祝一下。"苏立生拿出那半瓶洋酒和两个酒杯。

梅子青咬着嘴唇问：“庆祝——什么？”

“大难不死，必有后福。”苏立生被梅子青迷惑了，隐晦地回答，瞧见她向梅晋元的遗像走去，忍不住摇了摇头，“不放心？”

“检查下比较稳妥。”梅子青向遗像后面看去，忽然一愣。

“你比我还谨慎。”苏立生将杯子放在桌上，倒了两杯洋酒，抬头看到梅子青的表情，眉头微皱，“怎么了？”

“窃听器不在了。”

“什么？”苏立生疾步走到遗像前探头一看，窃听器果然不在了。

“窃听器不在了，我爸爸一定知道咱们发现了。”

“关键是什么时候知道的？”苏立生举起一只酒杯，仰头一饮而尽。

“你觉得哪里不对劲？”

“大总管早知道咱俩的身份，为何不抓咱们？”苏立生又倒了一杯酒，一饮而尽。

“不想抓我？”

“那我呢？”

“怕你供出我？”

“是我杯弓蛇影了。”

“难道是我爸爸察觉到你跟踪他？”

“我就是担心这个。”

梅子青心中一惊：“他见拉乌尔神父，难道是个陷阱？难道拉乌尔神父真的是共产党？”

此时，苏立生也是一愣：“你的意思是，大总管借咱们的手抓了拉乌尔神父？”

梅子青漠然地点了点头，转身走到沙发前坐下来，点了一根烟，那种该死的心悸的感觉又冒了出来。

“大总管不是神仙，他怎么可能算出你何时刺杀王千木？”苏立生走回来，又倒了一杯酒，“别担心了，岩井公馆的消息是对的，拉乌尔神父就是苏共通缉犯。”

梅子青仰起头，再次确认：“真的吗？”

苏立生将一杯酒递给梅子青：“嗯，放心吧。”

梅子青接过酒杯，又问："陆川怎么圆这事？"

"陆大少会有办法圆谎的。"苏立生喝了一口酒，"对了，你是怎么知道王千木会去提篮桥监狱的？"

"昨天我收到了一封信。"

"信烧了吗？"

"没有。"

"为什么没烧？你也怀疑这是陷阱吧？"

"就算怀疑，我也要试一试。"梅子青仰头喝了杯中酒，"只有为少醒报了仇，我才能过了这道坎。"

"信呢？"

梅子青放下酒杯，走到酒柜前，从中间一层的洋酒里面拿出一个空酒瓶，那封被卷成了条状的信纸就塞在那个空酒瓶里。她拧开瓶盖，倒出信纸，转身递给苏立生。

苏立生接过信纸打开，只瞥了一眼，神情陡然一变："这是王羽的字。"

梅子青一愣："王羽？她不是军统吗？"

"她是上海救国会的人，曾在《生活周刊》上班。我怀疑她是军统，还没找出证据，她就遇难了。"

"你是怎么知道我要杀王千木的？"

"有人给陆大少寄了封信。"

"也是一封信？"

"我怀疑也跟王羽有关。"

"如果是王羽，为何不直接寄给你？"

苏立生摇摇头："我也想不明白。"

梅子青继续分析："寄信的人，一定知道我和陆川是同学，也知道咱们的关系，他算准了陆川会将信给你看。"

苏立生点点头："知道《新中国报》是岩井公馆的人可不多。"

梅子青眼睛一酸："我爸爸？"

苏立生摇摇头："不，王千木！"

梅子青气得直跺脚，咬牙切齿地说："王——千——木！"

苏立生低头又看了看那封信："可是，王羽的目的是什么？"

"王小姐是咱们的人？"

"不一定。"

"为什么？"

苏立生拿起信纸："字是她的字，可无法证明她是'白沙'同志的下线。"

"单独联络点，只有我和少醒知道。"

"也许是我多疑了。"苏立生又倒了一杯酒，"你怀疑什么？"

梅子青指了指那封信："一般性的接头，不会说在哪里工作，这样太危险。"

"或许，她是个新手。"

"或许，她是故意的。"

苏立生拧眉思索着："故意？"

梅子青尝试着分析说："一个潜伏在日本领事馆的同志，太有价值了。她的用意很明显，让组织联系她。"

"她是王千木的女儿，如果她是敌人，如果这是个圈套，那就太可怕了。"

"见，还是不见？"梅子青的指头不小心碰到了嘴唇，想起刚才接吻的一幕，脸上竟然升起了绯红。

~ 149 ~

[伪满洲国，哈尔滨，中央大街，金公馆]

欧阳慧就住在秋色名品店的二楼，是个一室一厅的套间，客厅还带有一个露台。露台上已经堆满了雪，灯光照在雪上发出盈盈的光芒。屋内生着炭火，不是太冷，电话响起的时候，欧阳慧露出赤裸的上半身，微微打了一个哆嗦，拉亮了台灯，伸手接听电话。

电话里只有敲击的声音。同样的敲击节奏，连续敲了三遍。

欧阳慧表情极其严肃。她身旁躺着一个年轻男子，这时癔症着醒来，一只手搭在了欧阳慧的身上。欧阳慧向他示意噤声，男人嘻嘻一笑，伸出另一只手环抱住她。

敲击声结束了，只听电话那头传来挂断的声音。

欧阳慧挂上电话，掰开男人的手，冷笑道："穿上衣服，滚蛋！"

男子一愣："欧阳……"

欧阳慧厉声说道："滚！"

"外面下雪了，很冷的。"

欧阳慧用被子盖住身子，伸手拉开床头柜的抽屉，拿出一支手枪，抵在男人的脑袋上，冷冰冰地说："滚！"

男人吓得一哆嗦，扑通一声滚落到床下，哆哆嗦嗦地穿上衣服，踉踉跄跄地打开门跑走了。

欧阳慧放下手枪，双手微微发抖，拿起床头的烟盒，抽出一根点上，背靠床头，表情十分麻木。一根烟吸完了，她穿上衣服，坐在书桌前，写下一组摩斯密码，掏出《三国演义》，破译出一行文字——

玉碎计划启动，准备随时殉国

欧阳慧看着破译内容，拉开抽屉，从里面拿出一个盒子。她双手抚摸着盒子，轻轻打开，里面放着一张照片，正是欧阳慧和欧阳夏的合影。她将照片贴胸抱着，泪水顺着脸颊流淌下来。

欧阳慧又点了一根烟，将照片和破译内容放进烟灰缸里点着，然后拿了包和外套走出门。徒步走了半个小时，欧阳慧来到挂着"112 号"铁牌的金公馆，这是一座普通的俄式洋房。她见门上落锁，便从包里掏出钥匙，打开门进去。

她刚走到二楼窗户前，便看到外面扫来一道车灯光，知道金树云回来了，驻足俯瞰。一辆轿车沿着厚厚的积雪驶到大门前，不远处另外一辆轿车也缓慢行驶着，往前行驶五六米也停了下来。

欧阳慧心里一紧，她知道金树云已经被日特盯上了。

实际上，金树云是故意暴露行踪的。这个叫金树云的男子，不过 30 岁出头，是伪满洲国哈尔滨警察厅经济股股长，真实身份是军统哈尔滨站"玉"小组组长。

他之所以暴露行踪，就是在执行"玉碎计划"。

宁可玉碎，不为瓦全。"玉碎计划"就是要整个谍报小组"玉碎"，从而保全重庆要保全的人。

金树云下了车，从包里掏出钥匙，开门进屋，正要伸手拉灯，便听到欧阳慧的声音 ：“别拉灯！”

金树云听到声音确认道 ：“欧阳慧？”

“是我！”

“我被监视了，不能不拉灯。”金树云向楼上望去，“去我卧室！”

“好！”欧阳慧向主卧室走去。

金树云拉亮了客厅的灯，放好公文包，上了楼走进卧室。卧室的窗帘拉着。欧阳慧站在窗帘前，轻轻掀起一角向外观察，正看到那辆轿车。

金树云对欧阳慧说道 ：“‘玉碎计划’启动了。”

欧阳慧放下窗帘 ：“还能活几天？”

“这是最后一天。”

欧阳慧在床上坐下，拿起床头柜上的烟和打火机，点了一根烟。

金树云平静地问道 ：“不想死？”

欧阳慧将烟和打火机丢给金树云，反问道 ：“你想死？”

金树云接过烟和打火机，点了一根烟，说 ：“不想死，也得死。”

欧阳慧掀开被子 ：“今晚——不走了。”

金树云向窗户望去 ：“你也没法走了。”

欧阳慧的眼泪刷地一下流了下来 ：“我们的命，不如猪狗！”

“不，我们是为国家而死的。”

“国家？”欧阳慧有些愤恨，吸烟的手微微一抖。

金树云看着欧阳慧的眼睛，认真地说 ：“你跑吧！”

“我跑了，计划失败，我们的家人还能活吗？”

“计划不会失败的。你的任务早就完成了，没必要死在哈尔滨。”

“计划启动了，我就是想跑能跑得了吗？”

“0817。”

“什么意思？”

“莫斯科银行保险柜密码，里面有伪造的证件。”

“我的证件？”欧阳慧微微一愣，眼圈一红，“你早就计划……”

金树云深情地看了一眼欧阳慧 ：“我不想你死。”

欧阳慧站起身，坐到金树云身旁，伸手抱紧了金树云。

“我检查了很多遍，所有证据链都齐备，放心吧。”

欧阳慧松开了手臂，重复了一遍：“0817？”

“嗯，我女儿的生日。”

“你的老婆和女儿在上海？”

“拜托你照顾她们。”

欧阳慧泪流满面，动情地说道：“你的家人就是我的家人。”

金树云看着欧阳慧，突然紧紧地抱住了她。

~ 150 ~

[上海，日占区，虹口，6 号公馆]

6 号公馆是一栋独立洋房，宛如绿油油的菜地里长了一根红萝卜，独特的红砖原石让房子凭空增添了岁月感，恍若每一块砖里都刻满了故事。房子的四周全是草坪，显得空旷辽阔，院墙周围都是高大的树木，遮住了外面的视线。房子有前后院，前院里有遮阳伞，伞下有两张桌子，上面还有残羹冷炙没有收拾。三四棵老梅树上扯着电线，悬挂着一溜儿灯泡，将院子照得透亮。后院是菜田，白菜已被夜霜打了，如同女子抹了夜状，在月光下迷离着光影。

二楼卧室内，一盏台灯还亮着，源千雪站在床前，正在穿内衣，额头上汗津津的。她妩媚地看了一眼床上的军统老六，笑颜如花，然后又钻进了被窝里。

“你真美！”军统老六由衷地赞美。

源千雪嫣然一笑，开口说的却是：“梅子青在现场，她很可能是共党。”

“我关心的是苏立生。”

“我早怀疑他是共党。”

“关键他是谁？”

“你怀疑他是谁？”

“‘青花’。”

“东方白不是‘青花’吗？”

军统老六摇了摇头：“中共白沙小组有了新组长，不过一直没有露面。如果‘青花’死了，中共不可能这么快调来新组长的。”

“你在白沙小组有人？”

军统老六点点头：“嗯。”

“我来查苏立生。”

“先确认他是不是共党，如果不是，没必要在他身上浪费精力。”

源千雪仰头凝视着军统老六：“如果梅子青是共党，你会杀了她吗？”

军统老六面无表情地回答：“会。”

源千雪开心地笑了：“梅晋黾的确去了东京。”

“梅晋黾是梅子青的二叔。”

“中日和运能否成功？”

“这就要看双方的诚意了。”

“这是蒋委员长的意思吗？”

军统老六抬头盯在电灯泡上：“我还不清楚。梅晋黾是外交部亚洲司司长，他的身份是可以去东京的。”

源千雪也向电灯泡望去：“关键他是代表谁去东京的？”

军统老六皱了皱眉头说：“你怀疑不是委员长吗？”

源千雪笑了笑：“眼晕，困了，睡吧。”

军统老六嘿嘿一笑：“不是委员长，那就是汪精卫！梅晋黾背叛了委员长！”

源千雪拉了拉被子，一语双关地说：“这点事，令人着迷，也折腾人，累了，睡吧。”

第三日

1938 年 11 月 12 日　星期六

民国二十七年　农历九月二十一

戊寅年　癸亥月

第四章　谋局者

～ 151 ～

［ 上海，日占区，岩井公馆；公共租界，英伦西餐厅 ］

那一刻，她彻底迷失了。她迷失在蛊惑人心的情感里。

那一刻，许少醒是如此鲜活地坐在她的对面，朝着她微笑。

那一刻，她本应是无比的兴奋，可却感到了毛骨悚然的惧意。

接着，便是无尽的迷失，宛如遇到了海啸，巨大的水幕当头扑过来时，那恐惧便如水幕般宽阔，当人在水幕之中便再无意识了。周边都是呼啸的海水，都是窒息的帷幕，一个人挣扎连影子都看不到。

虽然大家都称他为许少醉，可她却看到那分明就是她的许少醒。

梅子青和苏立生走进会议室的一瞬间，她看到了坐在一侧的许少醉，陡然间呼吸加重，腿逾千斤，无法移动。

苏立生看到许少醉时，心里猛地一惊，上前攥住梅子青的胳膊。梅子青却本能地甩掉苏立生的手。

苏立生低声说："人死是不可能复生的！"

这时，梅子青有些清醒了，可还迷失在那无边无际的水幕里，她似乎看到了尽头有光点，是太阳在水幕上映出的小圆点。她向那光点游去，可巨大的海水如同巨人般一锤砸下，将她埋向更深的地方，连那光点都变得恍惚，一下子遥不可及了。

"这是什么状况？死人复活了？"她听到陆川的问话，声音那么近，又那么遥远。

“大家都很惊诧吧？来，我介绍一下。”木村苍介指着许少醉说，“他叫许少醉，德国慕尼黑军校毕业，曾在盖世太保总部供职，刚刚回到上海。”

他叫许少醉！不！他是许少醒！她坐在椅子上，却如坐针毡，她想站起来走掉，却如同被海水裹住，丝毫没有力量摆脱那巨大的迷失。

许少醉向众人微微一笑：“诸位，许少醒，中共白沙，是我的双胞胎哥哥。”

千叶葵站在一侧解释道：“他们的信仰是不同的。”

木村苍介也笑着介绍道：“许先生能屈就于公馆，全是千叶小姐的功劳。”

千叶葵羞涩地笑了笑：“我是他的未婚妻。”

梅子青听着众人叽叽喳喳的说话，耳边只觉嗡嗡作响，无法集中精神。她摊开笔记本，拿起笔在纸上画线圈，努力让自己平静下来，似乎听到木村苍介喊她“梅副主编”，她听到了，却无力回应。

“子青，机关长喊你呢！”苏立生在她肩膀上轻轻一拍。

那一拍，似乎给了她力量。她借着那力量，向水幕中的光点游去：“副机关长！”

木村苍介的脸色微怒：“昨晚的行动，是大总管的意思吗？”

一只手从光点处伸出来，攥住了她的手，将她提出了水面。她听到苏立生向众人解释：“子青昨晚写稿子，凌晨三点才睡，真是心疼她，我劝她说，执行行动够累的了，还写什么稿子。她却说，嘿嘿，说什么呢？我还是不说了，情人间的对话，羞于对外人讲的。”

梅子青回过神，扬起了头说：“昨晚的行动……”

这时，陆川接过话茬向众人说道：“是大总管的意思。”

木村苍介面对陆川不悦地道：“没有问你。”

陆川没有理会，继续说：“我是执行人，大总管直接给我下的命令，我请梅小姐和苏主编帮的忙。”

木村苍介的脸色难看：“总领事大发雷霆。”

“真他娘的倒霉，人刚到公馆，总领事就来了电话，要立刻放人，立刻！”陆川突然提高了声音，忽然意识到什么，又低了下来，“大总管说，有什么责任他扛，所以我才……才……”

“大总管有大总管的责任，你有你的责任。”木村苍介哼了一声，“从此刻起，免去陆川行动课副课长一职，由许先生担任。”

幸亏会议没那么长，只是宣布了这个决定。梅子青走出去时，是昂首挺胸的仪态，梅家的傲骨得挺直了。许少醉的出现，加速了岩井公馆的派别分化，苏立生和陆川在众目睽睽之下，以歇班的态度做软抵抗，带着梅子青去英伦西餐厅吃饭。

“陆川，对不住了！”在二楼的一间包房里，梅子青举起杯子一饮而尽。

“这是出好戏，等着瞧吧。”陆川笑了笑，“我是大总管的人，木村趁大总管不在撤了我的职，大总管的脸往哪搁？”

“等我爸爸回来看好戏吧！”梅子青又给自己倒了一杯酒，一饮而尽。

“别这么喝！”苏立生疼惜地看了看梅子青。

陆川吥了一声：“真是闹鬼了，许少醒、许少醉这个哥俩长得还真像。”

苏立生说：“双胞胎，虽是个小概率事件，但也有百分之一的概率。不过，长得像的概率更小，只有千分之一。我曾见过四胞胎的，四个都很像，这种概率百万分之一。”

陆川提醒道：“你们可得小心些，许少醉不简单，受过盖世太保的严格训练。”

梅子青晕晕乎乎地问：“他为什么回上海？”

“这个得查一查。”陆川猜测着说道，“或许，跟新上任的盖世太保亚太区区长巴赫有关。”

苏立生一愣：“巴赫？”

陆川点点头，说道：“德国领事馆的副总领事。”

梅子青毛遂自荐：“我来查！”

苏立生立刻摇头否定：“你不行！”

“我为什么不行？”

苏立生向陆川笑了笑：“她喝醉了。”

“我有些好奇，你们的关系是真的，还是假的？”陆川见二人沉默不语，嘿嘿一笑，“我看呢，真的假不了，假的真不了。”

苏立生看着梅子青，关切地说：“下午，你就回家休息吧。”

梅子青疲惫地点点头：“昨晚闹腾了一夜，的确困了。”

苏立生取过梅子青的餐盘，将牛排切成小块，又递到她面前，说：“空腹喝酒，对胃不好，吃点东西。”

陆川撇了撇嘴，说：“酸！”

梅子青拿起叉子叉了一块牛排，边吃边说：“我们当然是真的！”

陆川笑着点点头：“真的好！真的话，那个许少醉就影响不了你。”

苏立生马上瞪了陆川一眼：“陆大少，以后少在子青面前提那个名字啊！”

朋友的陪伴，驱逐了脑海中的“海啸”，神思都回来了。迷失，她想起这个词时，忍不住扑哧一声笑了。这笑声点燃了欢乐，苏立生和陆川趁机举杯。听到脆生生的碰杯的声音，她只觉心思活泛了，侧头向楼下望去，却看到平寒雨和小蝶从车里下来，她们也到西餐厅吃饭来了。又不经意地一瞥，却发现了不平常的事，陈烽丘带着一个狱警便衣跟踪她们。这一发现，令她精神集中起来，边吃饭边琢磨究竟发生了什么事情。

平寒雨不是来吃饭的，而是来找欧阳夏的。欧阳夏正在二楼的另一间包房里吃饭。一个人有一个人的情致，她坐在窗前，一边喝酒，一边想着事情，忽然她的脸绯红一片，那是少女的害羞，也是情窦初开的欢喜。一周前，梅晋元还在上海，她将她的私密告诉了他。是真的私密，可又不能不让他知道。她的男人岂能不知她左胸下方有颗黑痣？可是，她说出来后，脸上就泛起了红晕。她虽然装作不在乎，可是怎么能不在乎呢？为什么要告诉他呢？真是为了安全考虑吗？还是……欧阳夏轻轻地呸了一声，满心欢喜地笑了。梅晋元为何会问她的私密？这问话里包含了什么讯息？欧阳夏将头靠在窗户上，享受着暖暖的阳光。她也不吃亏，她的一个私密换了一个大秘密，梅晋元右胸斜上方有个疤痕，竟是一个贯穿伤，开枪的竟是八咫乌机关特工“老枭”，这是她第一次听到“老枭”这个代号。

阳光真的很惬意，她慢慢眯起眼睛，冷不防包房门被推开，吓了她一跳。她扭过头，见开门的是平公馆的小蝶，眉头微微一皱，责怪她走错了房间。

小蝶微微一笑：“没错，找的就是你。”

欧阳夏奇怪地问：“找我做什么？”

这时，平寒雨从门外走进来，打了个招呼：“欧阳小姐。”

“二小姐！”欧阳夏见是平寒雨，立刻明白了，她将酒杯放在桌上，端坐着看着平寒雨，拿出了一副谈判的架势，有些事情是需要守护的，譬如梅晋元是她的未婚夫。

“我可以坐下说话吗？”平寒雨也是相当克制，吩咐小蝶，“出去，带上门。”

“可以。”欧阳夏看着小蝶关上门出去，“二小姐专程来找我，是为了老梅花吧？”

平寒雨愣了愣：“你叫他老梅花？”

欧阳夏会意地笑了：“哦，你也叫你先生——老梅花！”

平寒雨的脸色一寒：“以后不许你这么叫！”

欧阳夏冷笑一声：“二小姐是个要面子的人。”

“上海滩平家，丢不起面子。”

“我们做舞女的，倒是无所谓。”

“不，我看得出来，欧阳小姐也是一个要脸的人。”

“要脸和要面子，虽然是一个意思，但听着真别扭。”

平寒雨静静地说：“开个价吧。”

欧阳夏仰起头：“开什么价？”

“离开梅森伯爵。”

欧阳夏戏谑地笑道：“不说你的梅先生了？”

此时，平寒雨淡定地笑了笑：“无所谓，平家要的是面儿。”

欧阳夏不解地问：“几个意思？”

平寒雨拿起酒瓶看了看，给欧阳夏添了点酒，然后说道：“他是晋元也好，是梅森伯爵也罢，既然跟晋元长了相同的脸，他就得是我的丈夫。”

欧阳夏冷笑：“二小姐好霸道呀！”

平寒雨淡然一笑：“青帮出身嘛，就这个样子。”

欧阳夏缓缓起身：“告辞。”

平寒雨沉声威胁：“坐下！”

欧阳夏笑了笑，端起酒杯一饮而尽，将空酒杯丢在了桌上，向门口走去。

平寒雨看着在桌上滚来滚去的空酒杯，突然从包里掏出一把小手枪，对准了欧阳夏的后背：“信不信，我开枪打死你。”

“这里是公共租界，杀人是要偿命的。”欧阳夏的手放在门把手上，顿了顿说道。

平寒雨冷笑着：“偿命？会有很多人争着替我为你偿命的。”

“好啊，动手吧。”欧阳夏转过身，戏谑看着平寒雨，“不过，你杀了他的未婚妻，你们就是仇人，他还会娶你吗？”

平寒雨站起身，举枪向门前走去。她走到门前时，却缓缓拉开了门，示意欧阳夏出去。

这时，梅子青、苏立生和陆川刚好从包间出来，恰好看到这一幕，不禁都愣在那里。

陆川赶忙上前询问："雨姨，您怎么来了？"

欧阳夏看到梅子青，幽幽一叹："二小姐要杀我！"

平寒雨莞尔一笑："可惜呀，太惜命了，不敢开枪。"

梅子青走到平寒雨身边，从她手里取过手枪，说："雨姨，我送您回家。"

欧阳夏对梅子青说："劝劝二小姐，梅森伯爵的确不是你爸爸。"

梅子青点点头："对不起，欧阳。"

平寒雨哼了一声："跟她说什么对不起。"

陆川也随时附和："就是，跟她说什么对不起。"

梅子青瞪了陆川一眼："别火上浇油啦！"

此时，平寒雨面对众人微微一笑："我不是来杀她的，我只是告诉她，我要嫁给梅森伯爵，从今天起，我要和她竞争。"

梅子青一愣："雨姨！"

平寒雨平静地说："女人呢，总要为自己的幸福搏一搏。"

陆川笑着挽住平寒雨的胳膊："雨姨，我支持您！"

面对眼前尴尬的局面，苏立生边使眼色边对梅子青说："子青，赶紧送二小姐回家吧！"

平寒雨看着苏立生，好奇地问道："你就是子青的男朋友？"

苏立生立刻点头："是的，二小姐。"

平寒雨招呼着："你还没去过平公馆呢，一起去吧。"

～ 152 ～

[湖南，长沙，军统长沙站]

一栋庭院幽深的院子，墙上写着一个"焦"字，并画了一个纵火的符号。墙下堆着几桶汽油和煤油。院内，戴笠背负着双手，正和长沙站站长谈话。

"局座，日军于昨日攻陷长沙北大门，今日开始向新墙河进攻。武汉沦陷后，机关、工厂以及大批难民和伤兵涌入长沙，人口骤增呀！"

戴笠严肃地说："在战前，长沙是上海和南京的大后方，囤积了大量军用物资，倘若不事先做好准备工作，疏散人口，转移物资，而毫无预兆地放火焚城，后果将不堪设想。"

一辆轿车疾速驶到院前，戛然停下。沈醒推开车门，顾不得关车门，一头冲进院子，边跑边喊道："局座，张省长下令焚城！"

戴笠陡然愣住："什么？"

沈醒跑到戴笠身边报告："长沙实施'焦土抗战'——焚城！"

"什么时候？"

"今天。"

"为什么这么着急？"

"长沙城内流言四起，说鬼子今夜入城，城内已经大乱。"

"简直是胡闹！小鬼子还远在汨罗江以北呢，何谈进攻长沙？我去见老头子，必须制止长沙即刻焚城。"戴笠愤怒地骂道，向长沙站站长瞥了一眼，"去，尽最大可能阻住长沙焚城！"

看着长沙站站长疾奔出去，戴笠皱着眉头问沈醒："电报发过去了？"

沈醒又报告说："'玉碎计划'已经启动。"

戴笠仰天长叹："为了一个'白影子'，就这么把'玉'小组送到了敌人的枪口上，唉！"

"这个'白影子'是何许人物？"沈醒小声地问道。

静默片刻，戴笠才压低声音说："老头子的侍从室。"

沈醒一惊："侍六组的人？"

"除了侍六组组长唐横，还有两个是老头子极其信任的人。"戴笠抬头向门外看了一眼，"一个是'姜太公'，老头子还称他一声'主任'；另一个就是这个'白影子'。"

"我听说侍六组有个'影子组长'，不会就是这个'白影子'吧？"

戴笠点点头："嗯，就是他。"

"我还以为'影子组长'在重庆呢，谁知道在东北。"

"老头子从来没放弃过东北，东北就是老头子心中的刺呀！"

“咱们不是为了‘白影子’，咱们是为了委员长才牺牲的‘玉’小组。”沈醒有点自欺地安慰自己。

戴笠叹了口气：“也只能这么自我安慰了。”

“委员长亲笔书函，唐横亲自送来，局座也无能为力。”

沉默片刻，戴笠注视着沈醒：“从此刻起，你什么都不要做，务必盯紧此事。‘玉碎计划’砸了，老头子会宰了我。”

～ 153 ～

[伪满洲国，哈尔滨，满铁安全屋]

神风潜骇，忽焉左右。

刺杀苏共第五局掌门人的“神风计划”，已经部署许久。

这是一个极其疯狂的跨国刺杀计划。

在中国东北的一隅之地，一小撮间谍竟然谋划如何刺杀远在万里之遥的黑海的苏共第五局掌门人，这种疯狂的计划，也只有疯狂的人才去为之。

作为一个变节的将军，留西柯夫早已疯狂了，这位30出头的苏共第五局远东分部部长，已经屠杀了230多名苏联间谍，几乎清除了苏共满洲谍报网。

土肥原贤二和宫本正仁无疑也是疯狂的人，当然他们只是关东军和满铁的代表，这两个强大的屠杀机器准备将战火燃烧到更远的地方……

满铁安全屋是一栋俄式别墅，四周隐藏着数以百计的满铁特工，留西柯夫就躲藏在别墅里，坐在书房桌前叼着烟，翻看一摞厚厚的名单资料。书房里满屋的烟气，烟灰缸里塞满了烟头。他有些急躁，找不到要找的人，气得直拍桌子。

“你这是吸了多少烟？”宫本正仁和土肥原贤二一起走进来，挥了挥手驱赶烟雾。

留西柯夫气急败坏地说：“你们是怎么搞的？我提供的资料如此详细，为何还出纰漏？”

宫本正仁负着双手问：“怎么了？”

土肥原贤二绷着脸问：“还有漏网之鱼？”

留西柯夫点点头："苏共满洲情报网，共有234人，你们只找到了232人。"

宫本正仁笑了笑："挂漏一二，在所难免。"

留西柯夫猛烈地摇头："不！不！那两个人才是关键！"

土肥原贤二安慰他说："留西柯夫将军，慢慢讲，不着急。"

留西柯夫伸手在桌上一拍："怎么不着急？我说过，'武田先生'才是核心人物，这是苏共第五局的最高机密，你们为何还抓不到他？"

土肥原贤二不理会留西柯夫，说："另一个人是谁？"

留西柯夫气极败坏地说："他的代号'刺刀'，是个潜伏特工。他们一定会刺杀我的。"

宫本正仁嘿嘿一笑："他们没有机会的。"

土肥原贤二走到留西柯夫身前，注视着他的眼睛，说："放心吧，留西柯夫将军。"

宫本正仁向桌上资料望了一眼："图画好了吗？"

"巴维尔的父亲极其神秘，据说是一个老牌特工。他是何时死的，怎么死的，死在何处，在苏共第五局是一个谜。我只知道，他父亲葬在索契。"留西柯夫将桌上凌乱的资料拿起来，下面是一幅建筑平面图，"五六年了，巴维尔每年都回索契扫墓，今年也不例外。"

土肥原贤二凑上前去看："这是一次难得的刺杀机会，绝不能错失。"

留西柯夫点点头："按照老规矩，巴维尔扫墓时，会在红墅小住几天。"

土肥原贤二喃喃地说："红墅？"

留西柯夫指着图纸说："红墅是巴维尔家的老宅，为了办公方便，他把老宅改建成了第五局的据点，取名为'红墅'。嘿嘿，红墅就是我负责监督修建的。索契位于黑海之滨，一年最低温度不会低于5℃，依山傍水，北部的山挡住北方西伯利亚的寒风，南部的黑海吹来湿润的海风，是苏联冬天最温暖的地方。巴维尔是一个享受生活的人，所以在改建红墅时，特意建造了一处温泉疗养中心。"

宫本正仁指着一张平面图问："这就是红墅浴室的平面图？"

土肥原贤二见留西柯夫点头，接着问："浴室内有多少人？"

留西柯夫说："门前有两名贴身护卫，浴室外大厅和通道上也有两名警卫，除了浴室侍应生和按摩师，其他人严禁进入。”

宫本正仁拊掌笑道：“这是一个千载难逢的好机会。”

“温泉使用过的水，通过下水道流进外河，到了晚上，用水量减少，下水道里的水会变浅，我们可以沿着下水道涉水潜入。”留西柯夫将平面图调整了角度，更利于土肥原贤二和宫本正仁观看，他伸手在平面图上比画着，“沿着下水道上行，会看到下水道上部一角有一处半米见方的铁栅栏，那是厨房污水口，而厨房与浴室的锅炉房咫尺相隔。”

宫本正仁兴奋地说：“真是天赐良机。”

土肥原贤二微微一笑：“你有什么想法？”

“刺杀人数不必过多，最好半数是苏俄人。七个人左右即可。头天晚上，刺杀小组进入下水道，直达铁栅栏，先上去一个人，再用绳索把其他六人拉上来，然后经厨房进入锅炉房。早上锅炉工一来，就把他干掉，只要热气热水照常供应，就不会有人来打扰。下午两点，巴维尔进入浴室后，先按兵不动。待到三点整，两人迅速接近通道上的两名警卫，将他们一举击毙，剩余五名队员则直奔温泉浴室，其中三人对付浴室门口的两名贴身护卫，另外两人枪杀巴维尔！”留西柯夫的手指在桌上一弹，“我们必须做到一击必中，否则就会前功尽弃。”

宫本正仁看着图纸，思索片刻说：“有了图纸，很快就会重建一座一模一样的温泉疗养中心。”

土肥原贤二慎重地点点头：“一定要精准，毫厘不差。”

留西柯夫又拿出几张图纸：“厨房、锅炉房、通道、浴室门口之间的距离，我已经精准标出，建造时一定要严格执行。”

土肥原贤二点头：“放心吧，帝国做事向来以严谨著称。”

留西柯夫稍微松了口气，说：“这个我放心。”

宫本正仁向留西柯夫望去：“宇多课长具体负责‘神风计划’。”

留西柯夫将图纸叠起来，交给宫本正仁：“抓紧时间建造吧，小组队员还要模拟训练，必须无比纯熟才能行动。”

~ 154 ~

[伪满洲国，哈尔滨，中央大街，马迭尔宾馆]

梅晋元的每一个举动似乎都带有目的性。譬如，他问欧阳夏的私密，这当然不是什么防患于未然的安全意识，而是他要救一个人。这个人就是欧阳慧。“玉碎计划”是他亲自制定的，什么小组却是戴笠挑选的。他知道“玉碎计划”的结局，可为了保护“白影子”，他似乎没有别的选择，只能将牺牲降到最低。“玉”小组的照片通过秘密渠道转到了他的手里，他看到了欧阳慧的照片，更看到了欧阳夏迷人的笑容。那一刻，他决定要救下欧阳慧。欧阳慧是一个特工，如果知道欧阳夏的私密，就有可能取得她的信任，就有办法救她。

从金公馆开始，梅晋元就跟踪着欧阳慧，看到欧阳慧去了一趟莫斯科银行，取了钱和证件，猜到她要离开哈尔滨。当然，他也看到欧阳慧被关东军情报部盯得死死的。跟踪到马迭尔宾馆时，见欧阳慧去吃西餐，他知道机会来了。

关东军情报部决定在马迭尔宾馆绑架他和秋白萍，按照部署计划，他要在宾馆给秋白萍打电话，这就是一个绝好的机会。

欧阳慧要了一瓶洋酒，举杯痛饮，眼泪沿着杯沿流了进去，她就连酒带泪一起饮下。

“红酒不能这么喝的。”梅晋元在欧阳慧的桌前坐下来。

欧阳慧瞥了梅晋元一眼，厉声说道：“滚！”

梅晋元毫不介意地笑了笑：“有什么烦心事？或许我能帮助你。”

欧阳慧鄙夷看了一眼梅晋元：“你太老了，不是我的菜。”

“有人可是不嫌我老哦。”梅晋元从兜里掏出怀表，轻轻打开放在桌上，往前推了推，“这是我的未婚妻。”怀表内壳里贴着的是欧阳夏的照片。

“不要拿我的家人威胁我，我不会离开哈尔滨的。”欧阳慧拿起怀表看了看，瞥了一眼梅晋元，又将怀表丢到桌上。

“你受人要挟了？”梅晋元微微一笑，“我听不懂你的话。我叫梅森·霍华德，欧阳夏是我的未婚妻。我没有别的意思，只是你们长得太像了，所以才冒昧打扰。”

欧阳慧冷笑一声，拿起刀叉切牛排：“小夏身上有颗黑痣，在什么地方？”

“你是她姐姐，还是妹妹？”

“姐姐。”

“太私密了，羞于说出口。”

“讲！”

“左胸下方。”

欧阳慧看着梅晋元神情有点激动，喝了一口红酒，低低地说道：“对不住。”

“怎么了？”

“日本人要抓我。”

“你是反日分子？说吧，我能帮你做什么？”

“你住在马迭尔？”欧阳慧看到梅晋元点头，神色一喜，“晚上我会邀请你跳舞，然后一起离开。日本人会认为我们去别的地方开房，就算跟踪也会保持距离。”

梅晋元点点头：“明白了。你要离开哈尔滨？”

“我不想死在哈尔滨。”

梅晋元看着欧阳慧，认真地说：“我帮你。”

“谢谢。”

“我们是一家人。”

欧阳慧又拿起桌上的怀表，看着表壳里的照片，眼圈微微一红，说：“你只要帮我离开马迭尔就好，其他的事情不要卷进去，好好照顾小夏。”

“没事的。”梅晋元向欧阳慧背后瞧去，看到饭店大堂里散游的日特，看到关东军情报部行动课课长宇多光一直盯着欧阳慧，便伸手给自己也倒了杯红酒，端起来喝了一口，“有人监视你呀！”

“关东军情报部的！”欧阳慧笑了笑，“他叫宇多光一。”

“他会对美女手下留情吗？”

欧阳慧冷笑道：“日本人是讲感情的种族吗？”

梅晋元点头附和：“一群畜生。”

欧阳慧迟疑片刻，低低问道：“你和我……你和小夏一样吗？”

梅晋元笑了笑，说："没有共同的信仰，小夏会嫁给我吗？"

"你不该这个时候来哈尔滨的。"

梅晋元耸了耸肩："我不来，怎么帮你呀！"

欧阳慧浅浅一笑："你的嘴挺甜，难怪小夏不在乎你的年龄！"

"我要做个无礼的举动，别介意。"

欧阳慧莞尔一笑："吻我！"

"你跟小夏一样，都是冰雪聪明。"梅晋元站起身，走到欧阳慧身旁，在她的额头上轻轻地吻了一下，提高声音说："晚上见，欧阳小姐。"

"晚上见，梅森伯爵。"欧阳慧媚笑着应答。

梅晋元掏出钞票，放在桌上，径直走到大堂吧台打电话，他知道电话早被关东军情报本部监听了，所以他抢先开口说话："秋，是我！"

"你？！"电话里传来秋白萍吃惊的声音。

"我到了哈尔滨。"

"你怎么来了？"

"想你了。"

"你我都是什么年龄了，这话能信吗？"

"你还不是跑到天津找我吗？我去找你吧！"

"不方便。"

"嗯？"

"我是个单身女人，你来我家，算是怎么回事？"

"我在马迭尔宾馆。"

梅晋元和秋白萍的通话记录，被第一时间送到了关东军情报部参谋长室，土肥原贤二和宫本正仁都看了，两人轻描淡写地笑了。

宫本正仁吸着雪茄说："监听满洲大臣电话，是例行程序，秋白萍一定知道。"

土肥原贤二点点头，问道："她还会去马迭尔宾馆吗？"

"会去的。"宫本正仁笑了笑，"监听电话是日满高层心知肚明的事，他们不会捅破这层窗户纸的。"

"宫本，我要回上海了。"土肥原贤二突然说道。

宫本正仁奇怪地问："不是五天后才回的吗？"

“影佐来电，他和汪精卫的代表已经抵达上海。”

“和运非常重要，要马上回去。”

“‘神风计划’已移交给东条英机，密审秋白萍就有劳你了。”

宫本正仁兴奋地点点头：“中日和运成功，参谋长的愿望便可实现了。”

～ 155 ～

[上海，公共租界，南京路，沙逊大厦]

这或许是上海滩最奢华的别墅公寓了，它位于沙逊大厦的顶楼，绿色的屋顶是财富极权的象征，如同一个闪着绿光的巨兽，日夜俯瞰着黄浦江的脉动。它的主人是个犹太人，大家都称呼他“沙逊先生”。沙逊先生是位世界巨富，大约 50 多岁，继承了沙逊家族从鸦片战争时代积累下来的财富，将生意做到了全世界。在上海滩，他拥有太多的物业，包括这栋沙逊大厦，还有苏州河边 L 形的滨河大楼。

安妮的大事，就是见这位世界巨富。

一个中年犹太人领着安妮来到顶楼别墅的门前，他对安妮显然是恭敬有加，有种奴仆对主子般的敬畏。那扇与世隔绝的门开了，安妮走了进去，看到沙逊先生正在客厅里剪雪茄。

“爸爸。”安妮的声音很轻，恍若不愿惊扰了沙逊先生。

“先吃饭。”沙逊先生点着雪茄，带着女儿进了餐厅。餐厅面积很大，长条形的餐桌可以坐下一二十个人，桌上摆满了佳肴。

安妮瞧见满桌佳肴，不由怔了怔：“还有其他人吗？”

“没有，只有你和我。”

“太浪费了。”安妮柔声叹息。

“我有的是钱。”沙逊先生在主位上坐下来，侧身看着站在餐桌前安妮，脸色一沉，“我的女儿好不容易回家吃饭，我这么做错了吗？”

安妮摇了摇头，说：“我只是您的私生女。”

“你是我唯一的女儿。”沙逊先生有些不高兴，手指在桌上轻轻一弹，带着命令的口吻，“坐！”

安妮走到餐桌前坐下，看着沙逊先生说道：“知道妈妈为什么宁愿病死，也不接受您的钱吗？”

沙逊先生脸色很难看：“提她做什么？”

安妮的声音变得很响亮：“妈妈是个有原则的人。”

沙逊先生轻轻拍了一下桌子：“难道我没有原则吗？”

“你有你的原则，妈妈有妈妈的原则，只不过原则差别太大罢了。”

沙逊先生沉默片刻，抬头问安妮：“你的原则是什么？”

安妮垂下头：“我没什么原则。”

沙逊先生哼了一声：“没有原则，为什么这么久都不来看我？”

“爸爸身边有太多人，不缺我一个。”

沙逊先生疼惜地说道：“傻孩子，爸爸就缺你一个。”

安妮抬起头，不动声色地问道：“爸爸，柏林的事您知道了吗？”

“知道了。”

“您要怎么做？”

“你希望我怎么做？”

“我希望爸爸能伸出援助之手，帮助咱们的同胞。”

沙逊先生看着安妮：“你是个善良的孩子。”

“他们会来上海吗？”

“会来的，他们无处可去，上海是条活路。”沙逊先生从兜里掏出一张地契递给安妮。

“爸爸！”安妮接过来打开看，眼睛陡然亮了，脸上露出灿烂的笑容。

“从今天起，你就以沙逊家族的名义做这件事，腾空苏州河畔的河滨大楼，作为他们抵沪的临时住所。”

安妮兴奋地说：“谢谢爸爸，我这就去安排。”

“孩子，陪爸爸吃个饭吧。”沙逊先生拿起筷子，夹了菜放进安妮的盘子里，“这么多菜，就是为了让你每样都尝一尝。瞧瞧，你都瘦了。”

“爸爸！”安妮的眼泪在眼圈里打着转转。

“不哭。”沙逊先生眼里闪烁着坚定的光芒，“放手去做吧，需要多少钱只管向爸爸要。日本人那边，我会打通关系的。你和拉乌尔神父一起，先把房子腾空。这些事，需要我的善良美丽的小天使去做。”

安妮开心地笑起来，拿起筷子陪沙逊先生吃饭。

~ 156 ~

[上海，法租界，北三门街]

军统上海站 7 号联络点设在一个平民区的三岔路口处，占据了视野上的优势，整个片区都是同样的居民楼，极为隐秘。若非出了叛徒，76 号根本就找不到这个联络点。

“军统就是有钱呀！”斜对面的一栋居民楼里，李墨群手持望远镜看着 7 号联络点，喃喃说道，“这是 7 号联络点，整个上海滩不知还有多少个？”

苏成一正在擦拭枪支，呸了一声 ：“有一个算一个，全部端掉。”

李墨群将望远镜交给一个特务，转身走到沙发前坐下 ：“我掌管第三处时，第三处在上海滩就两个点，我也只知道其中一个点。”

“不知道的那个，就是陈耕的点吧？”

“是呀！陈耕一死，这个点就再也找不到了。”

苏成一感慨道 ：“陈耕死得倒也壮烈。”

李墨群也禁不住骂道 ：“倒显得咱们太他妈渺小了。”

“渺小怎么了，活着最重要。陈耕是伟大了，可人呢，早他娘的成一摊烂泥了。”苏成一提枪向窗户走去，忽然看到 7 号联络点的窗户里飘出一缕烟，脸色不由一变，“坏了，被他们发现了，他们在烧文件呢！”

李墨群猛地站起身，急促地吩咐 ：“快抓！”

苏成一带着众特务蜂拥而出，冲到 7 号联络点时，遭遇了“手雷雨”，噼里啪啦地被炸死了一大片。这一阵爆炸过后，7 号联络点突然静了下来。李墨群也下了楼，命令苏成一进去搜捕。苏成一指挥着特务们冲了进去，屋内忽然又传来一阵枪声，片刻之后又归于沉寂。

李墨群和一个特务站在门前，静等着里面的消息。这时，一辆轿车像蜗牛似的从一条路上驶来，想必是听见了枪声，不敢靠近，却一拱一拱地向前挪动着。

李墨群看到了那辆车，并没有在意，不料那辆轿车突然加速向他冲来，直接撞向他。他连忙向后退去，伸手将那个特务拉到前面。那个特务反应机敏，一个前扑，趴在了车头上。李墨群一个箭步，跳到了楼内。

那个特务透过车玻璃，看到开车的竟然是大明星萧红如，不由一愣。萧红如脚下猛踩油门，直接将那个特务顶在了墙上，撞断了他的双腿。李墨群躲到楼门后，掏出短枪，向轿车射击。

这时，毛玠从一扇窗户里跳了出来，连续向李墨群开枪，迫使他不敢露头。萧红如赶紧倒车，毛玠跑到车子旁边，一把拉开车门，钻了进去，一枪打碎玻璃，继续向 7 号联络点门前射击。

“快走！”毛玠沉声说道。

萧红如看到毛玠，神色一惊，急忙猛打方向盘，向一个岔路口驶去，向那个断腿的特务瞥了一眼，说：“他看到我了！”

毛玠一边开枪，一边从身后拔出一把斧头，用力向那个特务掷去，正劈中那个特务的额头。

萧红如猛踩油门，车子穿过窄窄的街道疾速向前驶去。

苏成一听到枪声，急忙冲了出来，等他赶到李墨群身前，车子已经驶远了。他看见李墨群左胳膊流着血，用力扯破自己的衬衣给李墨群包扎，急忙问道：“伤得重吗，主任？”

“他妈的，被弹片崩了一下。”李墨群的面目狰狞，“门外那个兄弟看到了匪徒的脸。”

苏成一给李墨群包扎好，疾步走到大门前，扭头看到那个特务，说：“死了，被斧头劈死的。”

“毛老二干的！”李墨群疾步走出来，看着特务头上的斧头，狠狠地踹了一下门，“毛玠！”

第五章　突破口

～ 157 ～

［上海，日占区，虹口，岩井公馆］

对于许少醉担任岩井公馆的职务，木村苍介骨子里是排斥的。作为坂西利八郎这个第二代间谍王的学生，他有自己的理想和原则。接受许少醉是不得已而为之，这是土肥原贤二下的命令，与“白皮书计划”有关，木村苍介只好照办。不过，这倒激起了木村苍介强烈的好奇心，通过渠道得知许少醉不仅在岩井公馆担任职务，还是特高课行动课课长、满铁特别调查员，甚至渗透到了第十三军特务连和海军陆战队特务处。得知这一系列身份的背后，是帝国在上海滩有一个大动作，这个大动作集合了外务省、陆军部和满铁，而许少醉就是这个大动作的执行人。

这个大动作是从一个身份被识破的共产国际开始的。这个共产国际叫叶戈尔，是圣约翰大学的俄语老师。巧合的是，叶戈尔也是楚笠君 12 岁的女儿——楚楚的老师。

许少醉将叶戈尔的资料交给木村苍介，很快就抓捕到叶戈尔。只可惜，审讯的时候，叶戈尔突然心梗窒息死了，杉本哲立刻向在会议室等待结果的许少醉、木村苍介、千叶葵等人汇报。

“叶戈尔死了。”杉本哲非常沮丧，伸手在桌上拍了一下。

木村苍介厉声问道：“怎么回事？”

许少醉哼了一声：“用刑过度吧？他可是有严重的心脏病！”

杉本哲低头汇报：“对不起，我们忽视了，在审讯过程中他心脏病犯了，没救过来。”

千叶葵略带遗憾地说道：“叶戈尔可是找到苏共第五局上海小组的突破口啊。”

木村苍介看向许少醉：“许副课长，怎么办？”

许少醉严肃地说：“这是个不该犯的错误。”

杉本哲低头应道：“我们心急了，应该先给他检查身体。”

这时，许少醉看了看千叶葵，问了一句题外话：“小葵，你不是爱吃白俄菜吗？”

千叶葵愣了愣，不解地重复着：“白俄菜？”

许少醉笑了笑：“听说霞飞路上的乐木轩，做的就是白俄菜。”

杉本哲也点点头：“是的，我去吃过。”

许少醉向千叶葵点了点头：“小葵可以去尝尝。”

千叶葵困惑地说：“乐木轩酒楼是苏共……”

许少醉打断千叶葵的话：“叶戈尔常去乐木轩酒楼斜对面的红十字会医院检查身体，他一个苏俄人，岂能不尝尝家乡菜？”

木村苍介会意地笑了笑：“或许呀，这酒楼里就有他的接头人。”

“小葵常去尝一尝，一定会有所发现的。”许少醉点了一根烟，“另外，我还有一个消息，苏共第五局的‘5号’就在上海。”

这个消息连木村苍介都吃了一惊：“苏共‘5号’？！”

许少醉平静地说：“苏共第五局的王牌特工。”

杉本哲不假思索地问道：“许副课长有共党的渠道？”

木村苍介瞪了杉本哲一眼：“杉本君，越级了。”

杉本哲连忙起身，向许少醉躬身道歉：“对不起。”

许少醉笑着摆摆手，说：“不怕诸位见笑，我之前是苏共第五局的特工。”

木村苍介微微一笑：“许副课长原本是苏共第五局的特工，潜伏在盖世太保总部，不过现在是大日本帝国的特工。”

杉本哲再次起身行礼：“许副课长，请多指教。”

许少醉老谋深算地笑了笑：“‘5号’是苏共第五局的灵魂人物，抓到了他，就等于手握一张王牌。”

木村苍介似笑非笑地说道：“此事就拜托许副课长了。杉本君，好好配合许副课长。”

“哈依！”这时，杉本哲又从文件夹里取出两张照片放在桌上，一张是郭斌的照片，一张是老楚的照片，“我们调查了朱若愚的关系网，这个叫郭斌的跟他走得最近。我们跟踪郭斌，发现他这个月往楚公馆送了三封信。”

许少醉若有所思地问：“三封信，有问题吗？”

“次数并不多，只是信有问题。这三封信，收信人是楚公馆的管家老楚。”杉本哲一边向许少醉解释，一边向老楚的照片一指，“就是他。”

“这个老楚我认识。”千叶葵凝眉思索，“三个月前，我们的密探在法租界查到一个地下印刷厂，曾给共党印过小报，那家印刷厂管事的就是这个老楚。”

木村苍介不满地问道：“此事为什么没有上报？”

许少醉轻描淡写地一笑：“租界的印刷厂多多少少都给共党印过小报，他们只是求财。”

千叶葵点点头：“最主要的是，被陆大少压了下来。”

“陆大少？为什么？”木村苍介再次质问。

千叶葵说：“老楚给了陆大少一笔钱，陆大少拿了钱，就把事压下来了。”

木村苍介怒道：“八嘎！”

许少醉淡然一笑：“这对中国人来讲，是稀松平常的事，拿钱消灾，不违背大原则。”

木村苍介语气缓了缓，对杉本哲说：“继续。”

“邮政总局高层中有我们的人，他查了邮局的登记册，发现根本没有这三封信的记录。换句话说，送信只是为了接头。”

“他们，或许都是中共白沙小组的？”木村苍介看着桌上的两张照片，“楚公馆呢？有没有可能是共党的联络点？”

许少醉摇摇头：“以我对楚公馆的了解，不太可能。”

杉本哲疑惑地问：“许副课长了解楚公馆？”

许少醉诡秘地一笑：“楚笠君本不姓楚，她的丈夫姓楚，叫楚品弦，曾是上海滩的印刷大亨，六年前忽然死了。后来，楚笠君继承了楚家的财富，兴建了楚门饭店，搞得风生水起，就连杜月笙之流都是楚门饭店的常客。”

千叶葵问：“楚笠君本姓是什么？”

许少醉微微一笑："许，言午许！"

杉本哲吃了一惊："你们都姓许？"

"楚笠君正是家姐。"许少醉颇有深意地说，"我能担保，家姐不是共党，楚公馆不是共党的联络点。"

木村苍介看着许少醉，问："那老楚呢？"

"老楚，六年前到的楚家，底细我不太清楚。"

木村苍介对杉本哲道："求实查证，不能让许副课长为难。"

许少醉叹了口气："老楚与我那共党二哥接触过，或许他真有可能是共党。"

杉本哲说："我会仔细查证的。"

许少醉抚了抚头发，笑眯眯地说："我会避嫌的。"

木村苍介和许少醉对视着："楚公馆该去还是要去的，楚董可是帝国争取的对象。"

"我明白。"许少醉仰头吐了一串烟圈。

～ 158 ～

[上海，法租界，霞飞路，公董局家属楼]

萧红如站在12号楼的客厅里，四下打量，抬头看见窗外的梅树开花了，星星点点的美极了，脸上不禁荡起笑容。她走到窗前，推开窗子，伸手摘了一朵，插在了耳边的发髻上，嫣然一笑。怕毛玠看见，又偷偷摘下来，放在鼻尖嗅了嗅，轻轻地丢在了窗外。

"坐！"毛玠从酒柜里拿出一瓶洋酒、两个杯子，走到沙发前坐下。

萧红如转过身，走到沙发前坐下，轻声说道："今天谢谢你！"

"陈耕临走前，把你托付给了我。救你，就是我的事。"毛玠倒了两杯酒，递给萧红如一杯，"来，压压惊！"

萧红如一愣："托付？"

毛玠看着萧红如，认真地说："陈耕没跟你说吗？"

萧红如喝了一口红酒，有点懵懵地说："没有。"

“看来，有些事你还不知道。好吧，我告诉你托付的含义吧。”毛玠看着萧红如精致的面容，喝了一口红酒，“陈耕让我娶你。”

“扑——”萧红如嘴里的酒全部喷到了毛玠的脸上，她急忙站起身，连连道歉：“对不起！对不起！”

“坐下！”毛玠示意萧红如坐下，从兜里掏出手帕擦了擦脸，“吓着你了？”

“阿耕让你娶我？”萧红如缓缓地坐下，“你答应了？”

“兄弟之托，不可辜负。”

“你是军统的毛二哥！”萧红如摇了摇头，“我是一个拍过裸体电影的女演员，还陪过其他男人睡过觉。”

毛玠目不转睛地盯着萧红如，沉声说道：“为国献身，值得敬仰。”

萧红如没有看毛玠，举起杯子一饮而尽：“托付的事，还是忘了吧。”

毛玠指着房子说：“你就住在这里，不走了。”

萧红如轻轻地摇摇头：“不，这里不是我的家。”

毛玠不悦地问道：“难道陆公馆是你的家？”

萧红如泪如雨下：“阿耕死了，我哪里还有家！”

毛玠斩钉截铁地说：“从今以后，这里就是你的家。”

萧红如依然坚决地说：“我要走了。”

“你去哪里？”

“回陆公馆。”

毛玠冷笑道：“你喜欢陆文泰？”

“看来，你还不知我为何跟陆文泰在一起。”萧红如苦笑一声，“阿耕怀疑陆文泰是满铁特工‘老鸢’。”

毛玠愣了愣：“你一直在调查陆文泰？有什么发现吗？”

“我刚住进陆公馆，我在他的书房里发现了一个标志。”

“什么标志？”

萧红如低头咬破手指，在纸上画了一个“八咫乌”的标志。

毛玠皱着眉头，仔细看了看说：“这是日本的八咫乌。”

“陆文泰就是满铁神秘机关——‘八咫乌’机关的特工，代号‘老鸢’。”

“你们调查多久了？”

“两年。”

“我都不知道这个八咫乌机关，你是怎么知道的？”

“知道李墨群为何查不出阿耕吗？”

毛玠哼了一声：“李墨群没那个本事。”

萧红如心痛地摇摇头：“阿耕还有个身份，他是侍六组特工，隶属‘影子小组’。”

毛玠惊诧地问道：“影子小组？侍六组神秘小组，潜伏在伪满洲……不错，陈耕是从哈尔滨调过来的。”

“我和阿耕来上海，就是奉‘白影子’的命令调查陆文泰的。”

“你们都是‘影子小组’的？”

“嗯，我必须找到确切证据，证明陆文泰就是‘老鸢’。”萧红如缓缓站起身，“这是我和阿耕的任务。”

毛玠也站起身，痛快地说：“好，我会帮你找到证据的。”

萧红如的眼圈又红了：“谢谢。”

毛玠盯着萧红如的眼睛：“记住，从今天起，你就是我的女人，不，我的妻子，无论何时何地，这一点永远不会改变。”

“这是何必呢？你又不爱我。”萧红如的眼泪扑簌簌地落下来，落在了“八咫乌”的图标上。

“慢慢会爱上的。”毛玠伸手拿起酒杯，仰头一饮而尽。

～ 159 ～

［上海，日占区，北苏州路，河滨大楼］

河滨大楼本是苏州河畔的高档公寓，由犹太沙逊家族所建。日军占领虹口后，住在里面的英美客商全都搬到了租界，这里成了日本客商的集散地。

不远处，一辆黄包车停在了苏州河畔。王千木从车上下来，一边递给车夫钞票，一边看着陆文泰走进大楼的背影。

原来，陆文泰才是土肥原贤二安排在平楚山身边的“老鸢”。确切地说，陆文泰是土肥原贤二的学生，在关东军情报部任职参谋，也是木村苍介苦苦寻找的德意日三国会盟的关东军代表。他本要与“白虎”卢卡斯见面的，但在百乐门看到了岩井公馆设局抓捕卢卡斯的圈套后，便把自己彻底地隐藏了起来。

他是来见土肥原贤二的代表源千雪的，平楚山咬钩了，必须找个稳妥的重庆代表。约见地点是他定的，之所以在河滨大楼见面，是因为他要在这里布个局。

“平楚山咬钩了。”陆文泰见到源千雪，直接开门见山，他不想跟这个藏在背后的女人说太多。

“陆先生，工于谋略。”源千雪对这只“老鸢”却是非常恭敬。

陆文泰摇摇头：“还不如老师之一二。”

“需要我怎么配合陆先生？”

“我需要的军统呢？”

这时，敲门声响起。源千雪微微一笑，对陆文泰说人来了，便走到门前开门。进来的正是王千木，他示意源千雪关门，径直走到陆文泰面前，说：“我是千雪的父亲，王千木。”

陆文泰一惊：“军统头号杀手？！”

王千木笑了笑：“正是不才。”

陆文泰望向源千雪：“自己人？”

源千雪点点头：“76号高级顾问。”

王千木走到窗前，眺望着苏州河：“平楚山是青帮大亨，假军统是骗不了他的。”

“老师思虑周全。”陆文泰点了点头，“摩西会堂的行动，没人看出来吧？”

源千雪微微一笑：“这个局够深，除了当事人明白，局中人是看不明白的。”

原来，诱杀梅子青只是一个帷幔，虹口行动是一个“一石二鸟”的局中局。这个局，看似是一场精彩的谍杀，不过除了王千木以外，搅进去的间谍都是局中人。藏在深海中的谍局，是那些局中人不明就里地合演了一出戏，却不知是演给当事人拉乌尔神父看的。土肥原机关设局的目的是测试拉乌尔神父，确认他是否深藏不露，是否是共产国际，为让他创建反苏铁血同盟扫清迷障。确切地说，虹口行动只是这个深局的开端。

王千木说道：“拉乌尔神父是当事人，不过他不太像是深藏不露的人，土肥原将军是不是有些杞人忧天了？”

陆文泰摇头：“苏共第五局掌门人巴维尔·菲金的老师，成了苏共通缉犯，原因是救了流亡到西伯利亚两万名犹太人。最重要的是土肥原将军看中了这两万犹太人，要在远东红军的腰眼上插一刀，所以土肥原将军不得不谨慎。”

源千雪接着说道：“特高课查明，安妮是沙逊先生的私生女。”

王千木说：“摩西会堂就三个人，那个叫弗兰克的，看起来是个莽夫。”

陆文泰说：“弗兰克是个犹太人，他是拉乌尔神父忠实的信徒。”

源千雪说：“我和陆先生的任务，就是让拉乌尔神父创建反苏铁血同盟。”

王千木说：“这个事一旦被共产国际获悉，拉乌尔神父就是日苏战争的导火索。”

陆文泰说：“所以此事要万分隐秘，这也是土肥原将军无法直接出面的原因。”

源千雪说：“有什么法子做到万分隐秘呢？”

陆文泰笑了：“知道为什么在河滨大楼碰面吗？”

王千木猜测道：“河滨大楼，百老汇大厦，都是沙逊家族建造的，难道你想从沙逊先生身上做文章？”

陆文泰点点头：“前几天，柏林爆发了‘水晶之夜’[①]，希特勒开始屠杀犹太人了，你说，犹太人会不会到上海来呢？”

“一定会来的。”

陆文泰嘿嘿一笑：“沙逊先生是个老犹太，安妮是她的私生女，拉乌尔神父被道德绑架了，他不参与帮助犹太人的行动都难。”

源千雪会意地笑了：“河滨大楼是沙逊先生的产业。”

陆文泰走到窗前，目光掠过苏州河，向沙逊大厦顶端的绿顶望去，说：“今天上午，安妮去了沙逊大厦，满载而归，还专门到河滨大楼看了看，所以我断定沙逊这个老犹太，会腾空河滨大楼给逃难的犹太人住。出面的不是沙

---

① 水晶之夜，指1938年11月9日至10日凌晨，希特勒青年团、盖世太保和党卫军袭击德国和奥地利的犹太人的事件。“水晶之夜”事件标志着纳粹对犹太人有组织的屠杀的开始。

逊，是她的女儿安妮，还有拉乌尔神父。”

王千木竖起了大拇指：“你就在这里守株待兔。”

陆文泰点点头：“现在，这栋大楼还是帝国说了算，拉乌尔神父会出面交涉的，到时我们就能光明正大的谈话了。”

源千雪微微一笑：“光明正大，万分隐秘。”

～ 160 ～

[上海，愚园路，陆公馆]

夜色灰蒙蒙的，远处的景物全部融进了一块画布，近处还能看到人影。陆公馆的门廊前，一个烟头亮了一下，随即消隐在夜色之中。陆川凝视着大门口，见愚园路上静悄悄的，顺手将烟蒂丢在门外，转身走进屋内，关上了门。

掏出手电筒，陆川走到地下室的门前，飞快地旋转着密码器，瞬间打开密码门进去，反手关上门，举起手电筒四周察看。

这间画室，是陆文泰规定的禁区，陆川已偷偷潜入多次，每一次都希望有所发现，然而每一次都是失望而归。凭直觉，陆川断定这间画室里一定藏有秘密，可是秘密藏在哪里呢？

手电光照在墙上一组五幅人物画《嫦娥奔月》上。画没有装裱，是裸画，直接用图钉钉在了墙上。

这组画有什么奇怪的吗？陆文泰只收藏名家的画，自己的画几乎都卖了，这组画为何不卖？难道秘密就在这组画里？嫦娥奔月，嫦娥，他心中的嫦娥是谁？

陆川瞥了一眼旁边的画架，拿起画笔，照着其中一幅突出嫦娥脸部的画临摹起来。很快就临摹完成，他从画架上取下画，走到墙边取下图钉，摘下了原画。

这时，喇叭声忽然响起，陆文泰回来了。喇叭声吓了他一跳，也令人疑云陡升。陆文泰从来不会按汽笛的，一定是萧红如的警示。

陆川伸手将临摹画钉在原处，然后将画架、颜料归位，将原画折叠好揣入兜里，疾步走出地下室。

“阿川！”陆文泰推门进来，见一楼的灯亮着，便喊陆川。

“他回来这么早？”萧红如果然是跟着陆文泰一起回来的，她的目光向地下室飘去，果然看到陆川藏在地下室楼梯下面。

“陆叔叔！”吱呀一声，一楼客房的门开了，平少柔揉着眼睛出来。

陆文泰眉头紧皱，不悦地问道：“小柔，你怎么在这里？阿川呢？”

平少柔迷迷糊糊地转身走进客房：“我睡着了，阿川也睡了吗？”

陆文泰感觉有点蹊跷，疾步走进客房。

“老陆，年轻人的事少管！”萧红如一边示意陆川赶紧上来，一边紧跟着陆文泰走进客房。

客房是个套间，小客厅的茶几上堆着啤酒、洋酒，靠墙的地方放着一个画架，一侧放着颜料、画笔等工具，画布上是画了一半的肖像画，可以看出是平少柔。

平少柔从卧室里出来：“阿川不在呀！”

陆文泰站在卧室门口向里面扫了一眼：“你们睡在一起？”

平少柔的脸一红，垂下头：“我喝多了，什么都不记得了。”

萧红如瞪了陆文泰一眼：“老陆，怎么说话呢！小柔可是个懂事的孩子。”

哗啦一声，外面传来冲马桶的声音。

平少柔向外一指：“阿川去卫生间了。”

“阿川！”陆文泰转身看到陆川从卫生间里出来。

陆川似是没有听见喊声，一边走一边看杂志，突然一抬头看到了陆文泰，一副吃惊的样子。

“什么？”陆川声音很大，突然哑然一笑，从耳朵里掏出棉花团，“耳朵塞住了，小柔发酒疯，太吵了。”

平少柔哼了一声：“我才不会发酒疯呢！”

陆川嘻嘻地赔笑道：“我说错话了，是我发酒疯！”

陆文泰看到陆川手上的颜料，问：“手上怎么还有颜料？”

陆川看着平少柔，笑眯眯地说：“小柔让我给她画幅肖像，还没画完呢，她就喝醉了。”

平少柔撇着嘴：“早知道让陆叔叔画了，你画画速度跟乌龟爬似的，太慢了。”

陆文泰摇摇头：“阿川的画工不错，速度也不慢，在同龄人之间，算是不错的了。”

平少柔噘起了小嘴：“那就是阿川故意想灌醉我。”

萧红如明知故问：“阿川怎么会故意灌你？”

“我要告诉你们一件事。”平少柔兴奋地说，“我现在是阿川的女朋友。”

陆文泰心里一惊：“什么？”

“我是他的女朋友，所以他想灌醉我。”平少柔走到陆川身侧，伸手挎住陆川的胳膊，羞涩地说道，“你们刚在一起时，陆叔叔没想灌醉过萧小姐？”

萧红如微微一笑：“哪个男人没点小心思，不过可不能真让男人灌醉了。”

陆文泰气呼呼地对陆川说：“我告诉过你，不能和小柔谈恋爱。今天，我再重申一次。”

平少柔非常气愤：“陆叔叔，你太不讲理了，青梅竹马不是好事吗？我和阿川是很熟，可那又怎么样呢？一个人的左右手，更熟，熟透了，还不是天天在一起吗？”

“平家的孩子，我管不了。”陆文泰不理平少柔，仍旧瞪着陆川，“你，我还总能管得了吧？回你的房间！”

陆川一把将杂志丢在客厅沙发上，一句话都没说，转身向卧室走去。

萧红如在中间打着圆场：“老陆，你真不讲理！男欢女爱的事，你管不了的。”

陆文泰哼了一声：“管不了，也得管。我不能对不起平家。”

平少柔也哼了一声：“我去跟我爸爸说。”

陆文泰对萧红如说：“阿如，把小柔送回家。”

萧红如轻轻拉住平少柔的手：“这事急不得，先回家，咱们从长计议。”

平少柔　跺脚，转身离开。陆文泰看着平少柔的背影，不禁露出疼惜的目光。他看着车子驶出陆公馆，转身向陆川的卧室望去，突然疾步走向地下室。进了画室，拉亮灯，他仔细查看室内陈设细节，最终他的目光落在画架上，那张画布不在了。他拿起颜料盒，伸指蘸了蘸颜料，两根手指轻轻一撮，眉头皱得更紧了。

“阿川刚才在画室，他画了什么？”

~ 161 ~

[上海，法租界，福开森路，梅苑]

他是少醒！他是少醒！

不，少醒已经走了，他不是少醒！

梅子青站在老梅树前，吸着烟，耳畔轰鸣着，只觉头疼欲裂，不禁缓缓蹲在地上抱住了头，烟掉在了松软的土地上。麻木地捡起烟，上面还沾着泥土，梅子青没有意识地直接塞到嘴里，泪水也淌到了嘴角。顿时，她被烟、泥土和泪水呛住了，突然呕吐起来。

过了一会儿，哇的一声，梅子青终于哭了出来。

梅苑大门口，苏立生弯着腰透过门缝看到梅子青在哭泣，缓缓直起身，悄悄向后退去，他不愿让梅子青察觉有人窥视了她的窘态，不愿让她再面临难堪与尴尬。

痛哭一场之后，梅子青站起身，走到院内的水池前，拧开水龙头洗了洗脸。

她决定向王羽求证，到她和许少醒的单独联络点留下讯息，又直接回到梅苑。她表情悲凄地下了车，机械地走到大门前，看到里面透出些许亮光，知道苏立生回来了，连忙强装笑颜，拍了拍门。

“来了！来了！”苏立生飞快地跑过来开门，手里还拿着滴水的青菜，开心地说，“回来了。”

“做饭呢？”

“我在董兴川要了个铜锅，今天咱们吃火锅吧。”

“怎么想起吃火锅了？”梅子青关上门，跟着苏立生往屋里走。

“吃火锅，不冷清。”

梅子青愣了一下，走到东厢房门口，看到客厅中央放着一张方桌，桌上架着一个铜锅，周围摆满了菜，眼睛不由一酸，眼前浮现出十年前她和父母也在同样的位置吃火锅的场景，当时的画面其乐融融，那时的梅子青还是个小女孩，家也是温暖的……

苏立生将蔬菜放在一个盆里，转身看到梅子青站在门口，笑了笑说：“洗洗手，准备吃火锅！”

梅子青的眼睛一酸：“谢谢你！”

“这个家呀，就是少了些生气，冬天多吃吃火锅，熏熏。”

梅子青扑哧一下笑出声：“生气能熏出来呀？”

“你看，你一笑呀，生气就出来了。”

梅子青莞尔一笑，洗完手走到桌前坐下，说：“西湖小组有任务了，猜猜这次谁上了黑名单？”

苏立生夹了菜放到梅子青面前的碟子里：“该杀的鬼子汉奸太多，这哪能猜出来呀！”

“宫崎翼！”

苏立生边夹菜边说：“该杀！”

梅子青抬头看了苏立生一眼：“我这就算是向组织汇报过了啊！”

苏立生点点头：“这次要血祭30万死去的同胞。”

“西湖小组的任务，你不能参加。”

“我可是白沙小组组长。”

梅子青放下筷子，看着苏立生的眼睛，认真地说：“你说过，少醒的死，有可能是自己人出卖的。”

“有这个可能。”

“假如是真的，白沙小组就有内鬼，西湖小组是个双面小组，所有人都站在悬崖边上。”

苏立生的眸子里闪烁着光芒：“你不希望我站在悬崖边上？”

梅子青抿了抿嘴：“我希望我们掉下去的时候，你能拉我们一把。”

苏立生斟酌片刻，点点头说：“好，我来调查内鬼。”

梅子青也涮了点菜，放进苏立生面前的碟子里。苏立生立刻露出满足的笑容，夹起菜送进嘴里，那菜似乎带着特有的芬芳，脸上的笑容仿佛像一朵花似的绽放开……

~ 162 ~

[伪满洲国，哈尔滨，中央大街，傅家甸]

马迭尔饭店的舞厅内，欧阳慧和梅晋元刚跳完一支舞，呼吸略带急促，举止有些轻浮。梅晋元将头凑到欧阳慧的耳朵前，低声说着什么。欧阳慧咯咯地笑了，将手搭在梅晋元的肩上，轻佻地在他的额头上吻了一下，挎着他的胳膊向饭店大堂走去。

这一幕，自然都落入了日特的眼里。

大堂里，秋白萍坐在沙发上，周身围得很严实，只露出一双美目。实际上，无论她怎么伪装，都无法逃过刻意监视她的日特。她正在看报，眼睛的余光瞥见梅晋元走了出来，便用手指在报纸扣了一个小洞，恰好看见梅晋元正摘下左手上的戒指。

那个戒指是一个信号。秋白萍读懂了信号，等梅晋元和欧阳慧走出饭店后，她也疾步跟了出去，伸手拦了一辆出租车，吩咐司机去傅家甸。

梅晋元和欧阳慧同乘一辆出租车，目的地也是傅家甸。由于路上多是积雪，出租车开得很慢。一个小时后才到傅家甸，出租车在一家小酒店门口停下来。小酒店三面临路，一面背靠一片居民区。二人下了车，看着出租车摇摇晃晃地驶远后，走进了小酒店。

一队警察从一条街上拐了出来，踩着积雪经过小酒店后，又拐进另一条街继续巡逻。

这时，一辆轿车向小酒店驶来，开车的是一个30岁左右的日本人，正是满铁满洲调查部行动课课长安倍，他奉命抓捕欧阳慧。看到梅晋元和欧阳慧走进小酒店，安倍便将轿车停在小酒店对面。

小酒店接待处生着煤火炉子，炉子上烤着红薯，墙上挂着一张溥仪的画像。接待员是个年轻人，有点愣头青，一看就像混黑道的。

梅晋元抬头看着溥仪的海报问：“现在都得挂这个？”

接待员哼了一声：“满洲帝国是皇帝陛下的地盘，不挂康德皇帝的画像，难道挂日本天皇的画像？”

梅晋元笑了笑：“你是个小混混，不太懂政治啊。”

接待员呸了一声：“谁不知道康德皇帝是个傀儡皇帝！”

欧阳慧有些焦急，扭头向门口望去。

接待员看到貌美如花的欧阳慧，忍不住咽了一口唾沫，嘿嘿一笑：“老的不急，少的急呀！”

“我是满铁的密探。”梅晋元突然掏出枪对准接待员。接待员吓得身子一软，趴在了柜台前。梅晋元一枪把子砸晕了接待员，拿起柜台上的笔和纸写了一个地址递给欧阳慧，说："我还有另一个身份，英国间谍。"

欧阳慧接过纸条，急促地问："小夏知道吗？"

"军情六处在哈尔滨有个据点。"梅晋元点了点头，"你去这个地方，告诉他们，你是'盲点'的线人，今晚要离开哈尔滨。他们会用安全渠道送你出去，之后到上海总会找小夏。"

欧阳慧默记着："好的，我记下了。"

梅晋元环顾小酒店，向里面一指："这样的小酒店都有后门，我从前门出去，你从后门走。"

欧阳慧担心地说："这样太危险。"

"走！"梅晋元严厉地喝道。说完，他深深吸了一口气，掏出一根雪茄，挑开厚厚的布帘子走了出去。欧阳慧又看了梅晋元一眼，扭头向小酒店里面走去。

"铃木，注意。"安倍看到梅晋元走出小酒店，悄悄掏出手枪，提醒坐在后面的属下。

梅晋元走到轿车前，敲了敲车玻璃："有火吗？"

铃木摇下车窗，呵斥道："滚！"

啪的一声，梅晋元伸手一枪，击中了铃木的眉心。安倍猛地推开车门，一个打滚爬出了车外。梅晋元一边开枪，一边绕过车头。安倍滚到车尾，举枪还击。梅晋元正在射击，突然没了子弹，急忙躲在车头换弹夹。安倍趁机冲出，向车头连续射击。

一粒子弹打在车头上，飞起的弹片划破了厚厚的衣服，鲜血一下子从梅晋元的胳膊里冒了出来。他的手一抖，枪落在了雪地上。

"站起来！"安倍一个箭步跑到车头处，举枪对准了梅晋元。

梅晋元站起来，淡定地说道："安倍课长，我是'老汤'。"

安倍怒喝："为什么向我开枪？"

啪的一声，一粒子弹打在了安倍的头上，立刻爆头。

开枪的正是秋白萍。那个戒指就是梅晋元向她发出的求助信号。秋白萍踩着积雪走到梅晋元面前，看到梅晋元的胳膊渗出了鲜血，眉头一皱："没事吧？"

“小意思，被弹片划破了。”

秋白萍看了看安倍：“为什么要杀他？”

梅晋元正要说话，忽见一辆轿车从远处驶来，伸手从秋白萍手中夺过手枪。他将大衣袖子往上一拽，垫在伤口处，另一只手握紧手枪，抵住弹片划破的地方，不假思索地开了一枪。由于大衣很厚实，抵消了枪声，只听见沉闷的噗的一声，子弹从胳膊处贯穿。

秋白萍一愣：“老梅！”

梅晋元忍住痛，笑了笑：“没事，贯穿伤！”

秋白萍也看到了那辆车：“松岛凉子来了！”

“宫本的助理，监视我们的。”梅晋元将手枪上的指纹在大衣上擦掉，丢在了雪地里，“土肥原和宫本要绑架咱俩。”

“绑架？马迭尔饭店？”

“嗯。他们打算密审，在‘东乡’。”

“那是日本人的生化基地，一旦进去就出不来了。”

“所以，绝不能让他们绑架。”

“你要通过警察厅公开？”秋白萍抬头看见那队巡逻警察也奔了过来。

“安倍死了，宫本一定会把咱们要到满铁。”

“只要不去‘东乡’，咱们就有一线生机。”

那队巡逻警察冲到近前，纷纷举起枪对准梅晋元和秋白萍，同时大声喊道：“别动！枪子不长眼啊！”

梅晋元捂着胳膊上的伤口说：“我们不是凶手。”

这时，一个看着像警察队长的人走到梅晋元跟前，凶巴巴地问：“谁是凶手？”

“欧阳慧，她是军统。”

“一个年轻女人吗？”

“是。”

“你撒谎，枪响的时候，我看到她在后街。”

“她有同伙。”

“我是秋白萍。”秋白萍适时解下围巾，露出了脸。

警察队长看到秋白萍慌忙敬礼：“秋先生！”

“梅先生受伤了，快送医院。”秋白萍吩咐那个警察队长，并指着雪地上的枪，“那是匪徒的枪。”

这时，那辆轿车驶到小酒店前，一个二十五六岁的日本女人从车上下来，整个脸如同冰塑一样，冷、硬且面无表情。她走上前，看到安倍躺在地上，鲜血已经浸染了白雪。

“谁干的？”松岛凉子向众人扫视了一圈。

警察队长边敬礼边说道：“军统干的，秋先生是目击证人。”

秋白萍吩咐警察队长：“通知警察厅！”

松岛凉子垂头看着安倍的尸体，表情依旧冰冷，没有丝毫波动。

第四日

1938 年 11 月 13 日　星期日

民国二十七年　农历九月二十二

戊寅年　癸亥月

第六章　浮出水面

~ 163 ~

[上海，法租界，福开森路，梅苑]

鬼魂总是在夜间游荡。

间谍何尝不是有家回不去的鬼魂？间谍的世界又何尝不是人间地狱？

天灰蒙蒙的，没有一丝光。一个鬼魂的到来，令睡梦中的苏立生和梅子青惊悚起来。睡在书房里的苏立生，听到外面的拍门声，立刻惊坐而起，伸手拿起放在枕边的手枪。苏立生走到客厅，一眼看到站在楼梯口只穿了件单薄睡衣的梅子青，不禁一阵心旌摇摇。

“有人拍门！”梅子青向屋外指了指。

“大总管回来了？”

梅子青摇摇头：“有可能是王小姐。”

“你联系她了？”苏立生心里一惊，“快！收拾一下！”

梅子青转身回房，从衣柜里拿出一个枕头放在床上。苏立生回到书房，将被子塞进书柜里，把行军床放到书柜上方，取出一瓶除味剂喷洒房间后，这才走出房间。

梅子青披着外套走下楼梯：“我去开门。你睡楼上。”

苏立生伸手拉亮了灯，转身沿着楼梯走向二楼。

梅子青走到大门前，问：“谁呀？”

“静安寺的香客。”

梅子青伸手拉开了门，看到源千雪素装打扮，眉目清秀，不由呆了一下，然后说："请进来！"

"我叫王羽。"源千雪走了进来，顺手关上大门，透过门缝又向外边观察了一会儿。

梅子青静静地说："王小姐很小心。"

"少醒不小心，结果呢？"

"你跟少醒很熟吗？"

源千雪转过身，笑了笑："你吃醋了？"

梅子青不置可否地笑了笑："进屋说话吧。"

二人走进东厢房，源千雪闻到一股火锅味，羡慕地说："昨晚吃的火锅？味道还没散掉呢。"

梅子青莞尔一笑："董兴川的铜锅。王小姐请坐。"

源千雪边坐边说："梅小姐，挺会享受生活的嘛。"

"一个人，冷清。"

"梅小姐不是一个人住吧？"

梅子青避而不答，接着说："说说少醒吧。"

"梅小姐看到了信，为何不替少醒报仇？"

梅子青淡淡一笑："值得吗？"

源千雪微微一愣："嗯？"

梅子青轻轻叹了口气："还只是男女朋友，又不是父母兄弟，值得我替他报仇吗？"

源千雪疑惑地问："你不爱少醒？"

梅子青平静地说："爱！"

"为了爱情，不值得？"

"苟活于乱世，唯一值得的，是活下去而已。"梅子青说得风轻云淡，"王小姐是少醒的下线，少醒可是共产党，难道工小姐也是共产党？"

源千雪嘿嘿一笑："梅小姐不是共产党吗？"

梅子青摇摇头："我不是共产党。"

源千雪凝视着梅子青："是吗？我觉得你是。"

梅子青没有接话，反问道："少醒是死了，还是活着？"

"梅小姐怎么这么问？"

"直觉告诉我，少醒没有死。"

源千雪耸耸肩："少醒若还活着，他为何骗你呢？"

梅子青淡漠说："那就是他不爱我。"

源千雪冷笑地质问道："梅小姐是给自己找借口吧？"

"借口？我找什么借口？"

"听说梅小姐和苏主编同居了。"

"我是和梅小姐同居了。"苏立生走出卧室，一只手背在身后，面无表情地走下楼梯。

源千雪激动地站起身："阿生！"

"小羽，我想不明白，你就算没有被我打死，可是被日本人抓走，你怎么还能活下来？"苏立生背在身后的手伸了出来，一个冰冷的枪口对准了源千雪，"你要是说不清楚，我就开枪打死你。你明白，我不会下不去手的。"

源千雪目不转睛地盯着苏立生："你是共产党？"

苏立生依旧面无表情："这跟共产党没关系。"

"那你为什么要打死我？"

苏立生忽然收回了枪，嘿嘿一笑："是呀，我为什么要打死你？就算你是日谍，我和子青也在为日本人做事，大家一丘之貉，我没资格怪你的。"

"阿生！我……"

苏立生看着源千雪又慢慢举起了枪："除非，你是共产党！"

源千雪一挺胸，冷冷一笑："开枪吧，我就是共产党！"

苏立生一字一顿地说："别——逼——我！"

源千雪的眼圈一红，眼泪落了下来："你已经向我开过一次枪了，第二次也不会很难的。"

这时，梅子青站起身，对苏立生说："立生！放下枪！"

苏立生不为所动："她是共产党！"

梅子青轻声说："立生，王小姐曾经是你的爱人，如果你对她下狠手，我会心寒的，那会让我觉得有一天你也会对我开枪的。"

苏立生叹了口气，默默放下手枪，走到沙发前坐下来。

"好吧，我告诉你们真相。"源千雪也坐了下来，"我中了枪，被日本人救活了，后来我就成了日谍。"

苏立生冷冷一笑："我说对了吧。"

源千雪继续说："再后来，我遇到了'白沙'同志，他发展了我，我加入了共产党。"

梅子青反问道："你是个双面间谍？"

"我知道你们不会告密的。"源千雪微微一笑，淡淡地说，"就算告密，'白沙'同志已经死了，死无对证，你们也告不了我。"

苏立生哼了一声："你是有恃无恐呀！"

梅子青对苏立生摇了摇头："立生，别这么尖刻。"

源千雪对梅子青微微一笑："谢谢。"

梅子青挤出一丝笑容："我们都是女人，我理解你的感受。"

苏立生看着源千雪："我们有你写的纸条，那就是证据！"

源千雪咯咯一笑："你是个胆小怕事的人，看到我写的纸条，第一个反应就会烧了它。阿生，我太了解你了。"

苏立生咬着牙，恨恨地说："你都算计好了。"

突然，空气一下子安静了。片刻，梅子青打破僵局，犹犹豫豫地对源千雪说："对不起，王小姐，我和立生……"

源千雪打断了梅子青的话："梅小姐，不用说对不起。阿生不知我还活着，你们没有做错什么。"

梅子青深吸了一口气，不解地问道："王千木是你的父亲，为何要我杀了他？"

"对不起，我爱上了少醒。我是一个可以为了爱情而付出一切的人。"源千雪垂下头，"我希望能找到组织。"

"对不起，我帮不了你。"梅子青双手紧紧地握在一起，控制着不让自己的情绪爆发出来。

~ 164 ~

[上海，公共租界，河南路，梅公馆]

这是一栋老式洋房，虽没有新派洋房好看，但经过岁月的洗礼，也有了些味道。院子里种着法桐，在夏秋时节，整个院子都是郁郁葱葱的浓荫。到了冬季，略显萧条，也多了些暮色。这也是一座梅公馆，是梅晋黾的私宅，也是老一辈留下来的。

“土肥原是什么意思？和运这么大的事情，他不管不顾地竟然去了伪满洲，他们对和运不感兴趣了吗？”二楼书房里，年近40的梅晋黾穿着考究，手拿烟斗，一边吸烟，一边踱步。

“土肥原不得不去伪满洲。”一个40多岁戴眼镜的中年人，站在书房的窗前，望着窗外暮气沉沉的夜色，这位正是国民政府军委会侍从室副主任、国民党中央宣传部部长周佛麟。

梅晋黾停下脚步：“周部长有什么消息？”

周佛麟转过身，面对梅晋黾：“侍从室得到的消息，说日本人制造天津事件前，弄了个‘雪崩计划’，结果刚实施便被破坏了，日本人损失不小。”

“土肥原去伪满洲，是去善后吗？”梅晋黾的脸色稍微好了些，“一个失败的计划，比和运还重要吗？”

“站的角度不同，分量自然不同，所谓横看成岭侧成峰嘛！”周佛麟哈哈笑了，“晋黾老弟，咱们不着急。你这次去东京会谈，硕果累累。影佐圭吾陪你一起来上海，足可见日本人的诚意了。我跟汪先生汇报了，汪先生非常高兴，授权晋黾老弟全权负责和运谈判。”

梅晋黾摇着头说道：“我资历尚浅，难当大任。汪先生安排周部长来，是让周部长掌舵的，周部长切不可退缩呀！”

“好吧！咱们一起前进！”

“这是我拟定的和运条款。”梅晋黾走到桌前拿起一份资料，上面写着《中日和平运动条款》，递给周佛麟，“周部长是侍从室副主任、中宣部部长，笔风刚劲，入木三分，就请周部长定夺吧！”

周佛麟接过资料：“好！对了，晋黾老弟，我不得不提醒你一下，跟日本人和谈，绝不能再提那个‘伪’字。”

梅晋黾长叹一声：“一旦承认满洲国，你我可就成千古罪人了！”

“这是日本人提出的必要条件。”

“汪先生怎么讲？”

“汪先生说，摆在我们面前的只有两条路：第一条路，跟着老蒋高调抗日。只可惜，兵力不足以抵抗日本，也不足以控制共产党。”

梅晋毛点点头：“共产党不得不防。在防共这点上，我们跟日本是高度一致。”

周佛麟接着说：“第二条路，是把总理孙先生的遗志重新阐明和实行，对于日本，本着冤仇宜解不宜结的态度，努力转敌为友。第一步恢复中日和平，第二步确立东亚和平。”

“汪先生不忘总理之志，吾辈定当死不旋踵。”

“汪先生选择的是第二条路。要走这条复兴路，就要答应日本的必要条件。”周佛麟点着一根烟，吐了一口烟雾，“这是和谈的必经之路，绕不过去的。”

梅晋毛猛地抽了几口烟斗，说道：“有些坎，必须跨过去！”

周佛麟伸手在梅晋毛肩上一按：“晋毛老弟，主次要分明，纲举目张才能成事，否则就谈不下去了。”

“好吧！那我得强调一点，日本必须废除法外治权，不废除法外治权，中国人就低人一等。还有，必须交回租界，不交回租界，中国就低人一等。”

“这个我赞同，而且日军必须在两年内撤退。”

“周部长高瞻远瞩。”

周佛麟嘿嘿一笑：“日军驻扎中国，中国何谈和平？”

“对于收拾时局，根本在于稳定人心。所以，未来的新政府不能变更政体和法统。”

周佛麟不解地问道：“不变政体和法统，怎么区别于重庆政府？”

梅晋毛似乎胸有成竹，微微一笑：“变更国策！”

周佛麟竖起大拇指：“这是个高屋建瓴的解决办法，我会和汪先生商议的。”

“这个不着急。”梅晋毛又忧心忡忡起来，“眼下，最着急的是要和日本人签订协议。”

周佛麟又看了看文件，问：“影佐看过吗？”

“咱们还没敲定条款，不能给日本人看。”梅晋毛摇了摇头，望向窗外，“露易斯不是到上海了吗？怎么还没回来？”

周佛麟哈哈一笑：“这么惦念露易斯小姐？”

"周部长会错意了，我惦念的是吴佩孚的答案。"梅晋黾讪笑一声，忽听院外响了三声喇叭，陡然间兴奋起来，疾步走出书房，"回来了，回来了。"

露易斯·格林提着皮箱走进客厅，看起来风尘仆仆的样子。

"辛苦了。"梅晋黾快步走下楼梯，紧紧地抱住了露易斯。

露易斯·格林咯咯笑着推开梅晋黾："让我先喘口气。"

"顺利吗？"梅晋黾笑了笑，松开露易斯，接过皮箱放在门边。

"有汪先生的亲笔书函，能不顺利吗！"露易斯·格林一边脱外套，一边向沙发走去。

周佛麟走到楼梯口："露易斯小姐好！"

露易斯·格林抬头望着周佛麟："周部长也在这儿！"

"晋黾老弟睡不着觉，也不让我睡。"周佛麟走下楼梯，"吴佩孚看出信是假的了吗？"

露易斯·格林笑着摇摇头："没有。"

周佛麟自信地说："只要看不出是假的，吴佩孚一定会赞同汪先生在庐山会议上的意思：反对和运，一致抗日[1]。"

梅晋黾边接过露易斯·格林的外套边说："我一直在想，这么骗吴佩孚妥不妥当？"

周佛麟呵呵一笑："没什么不妥的。吴佩孚是和运谈判桌上的砝码，他反对和运，咱们才能在和运条款上占便宜。"

梅晋黾又自我解嘲似的说："都是为了中国之命运。"

露易斯·格林刚坐在沙发上，抬头问道："王树声死了吗？"

梅晋黾点点头："死了。"

露易斯·格林兴奋地说："太好了。我和吴佩孚打了个赌，只要王树声死了，他就会告诉日本人王树声是假代表，真代表还在上海。"

梅晋黾追问道："吴佩孚赌了吗？"

露易斯·格林得意地点点头："赌了。"

---

① 1937年7月28日，汪精卫在庐山第二次谈话会上讲话："……全国同胞，惟有本着一致的决心，向着一定的方针，迈步前进。任何困难，皆所不避；任何牺牲，皆所不辞……如果个个都愿以身殉国，则最后的胜利，必在我们……"

梅晋黾气哼哼地说：“吴佩孚是什么意思？他不相信日本人会杀了王树声，还是他根本不想出山就想顺坡下驴？”

周佛麟拍手笑道：“管他什么意思！现在呀，土肥原杀了吴佩孚的代表，吴佩孚戏耍了日本人，土肥原就会暂时搁置与吴佩孚的谈判，咱们组府就顺畅多了。”

露易斯·格林咯咯笑着：“周部长简直就是活诸葛呀！”

梅晋黾也点头赞道：“这步棋，走得的确高明。”

～ 165 ～

［上海，法租界，十六铺码头，紫光印刷厂］

清晨的十六铺码头是个可以听风落雨的地方，微微亮的天空，挟着挣破黑暗的那抹鱼肚白的光亮，将码头换洗得非复人间。这个时候，是码头一天最静的时候，黄浦江还在沉睡着，劳累太久的工人还在睡梦中，也没有吸血的富人来打扰。

静静地，从码头的一个拐角处起了风，虽是一道微风，但到了码头也惊扰了江水，发出哗啦啦的声响。

江畔的一块大石前，陆川倚在石上吸烟，看到一个穿风衣的男子走来，便挺直身子向他招招手。风衣男子走到陆川身前，从兜里掏出一个胶卷递给了陆川。

“满铁的情报就是含金量高。”陆川接过胶卷，笑了笑，“老家来信了，对咱们编辑的《红册》大加褒奖。”

风衣男子兴奋地说：“是吗？”

“这是你们红沙小组的功劳，他娘的岩井公馆的资料大多滥竽充数。”

这时，风衣男子也掏出一根烟点着：“发电报时小心些，日本人的无线电监测车进了租界。”

陆川诧异地说：“怎么可能？英美列强能同意？”

风衣男子吐了口烟圈：“工部局给陈耕举行了隆重的葬礼，这事惹恼了日本领事馆，英日最终交涉的结果，工部局警务处处长由日本人担任。”

"谁？"

"赤木亲之。"

"他有这么大的权力？"

"别小看了这个赤木，他是大使馆参事，高等二等官，相当于日本陆军少将，而且出身武术世家，剑道四段。"

陆川呸了一声："日本人无非是换了种方法渗透租界。"

"转告白沙小组，不到万不得已不要使用电台。"风衣男子将烟蒂丢进了江里，转身沿着江边向公共租界的方向走去。

梅子青刚送走源千雪，便接到陆川的电话，约她到霞飞路上一家早茶铺子吃早茶。

"这是满铁的情报资料。"陆川将胶卷递给梅子青。

梅子青接过胶卷收好："岩井公馆的也汇总好了。"

"不要使用电台了，租界里有日本人的无线电监测车。"

梅子青小心地问道："日军进入租界了？"

陆川摇摇头："不是，不过也差不多。工部局警务处处长换成了日本人，叫赤木亲之，是个厉害角色，叮嘱大家小心些。"

吃过早茶，梅子青直接去了紫光印刷厂。路上听到报童沿街叫卖"长沙焦土抗战，爆发文夕大火"，便停车买了份报纸。等到了大仓库时，见董竹和平少柔已经到了，便将报纸丢在桌上，询问他们看报了没有。

平少柔好奇地问："什么新闻？"

董竹扼腕叹息："国民党实施焦土抗战，美丽长沙付之一炬，一夜之间烧死了两万多人。"

梅子青急促地问道："怎么会发生这种事？"

平少柔连忙拿起报纸，边看边问："长沙政府没有做好撤退计划吗？"

董竹痛惜万分："畏惧日本人造成的。"

梅子青用手撑住桌子，声音低低地说："越怕，越出问题。"

平少柔将报纸摔在桌子上，愤怒地说道："南京是这样，现在又轮到长沙了。"

"文夕大火会给那些汉奸们以口实，他们会借机鼓吹和平运动的好处。"董竹看了看梅子青，"你们《新中国报》就是干这个的！"

“这几天有的忙了。”梅子青平复了一下心情，向门口望去，“她还没到吗？”

平少柔奇怪地问：“谁？谁要来？”

梅子青淡淡一笑：“西湖小组增加了一个人。”

平少柔兴奋地说：“是‘红梅’吗？”

“不是‘红梅’，是‘红燕’！”话音未落，萧红如从门外走了进来。

“萧小姐？！”平少柔听出了萧红如的声音，噌地一下站起来，转身向门口望去，“你是军统？”

萧红如看到平少柔时，也是一愣：“你也是军统？”

梅子青走到平少柔身旁，伸手在她肩上一按，低声交代：“她只是西湖小组的，记住了。”

“大家都不陌生，我就不再一一介绍了。”董竹拍了拍手，“说说我们的任务。”

“说任务之前，我要先说明一件事。”萧红如在椅子上坐下来，“大家都知道陈耕吧？我是陈耕的妻子。”

平少柔惊讶地张大嘴巴：“啊？你们……”

“为了调查陆文泰，必须有所牺牲。”萧红如的眼圈一红，“陆文泰很可能是满铁特工‘老鸢’。”

“陆文泰真是‘老鸢’？”梅子青诧异地问，“他是中国人，还是日本人？”

平少柔不假思索地说：“当然是中国人。我认识他有十年了。”

萧红如摇摇头：“不，他是日本人！他受过特别训练，刻意隐藏了自己是日本人的特征，若非同床共枕，若非我也受过训练，是很难发现他是日本人的。”

平少柔又是一惊：“他真是日本人？”

董竹慢慢地说道：“萧小姐是有发言权的。”

平少柔缓缓回过神，立刻意识到严重性：“他是日本人，满铁特工，那他对平公馆有什么企图？”

董竹看着平少柔解释道：“日本侵华，早在‘田中奏折’[1]被披露前，日本就派遣大批间谍潜入中国，监视或策反权贵人物，陆文泰渗透平公馆，目的就是为了监视和策反平先生的。”

平少柔脸色变得苍白，担心至极：“我要告诉爸爸。”

“不能轻举妄动。”梅子青温柔地拍了拍平少柔的手，摇了摇头说，“陆文泰是‘老鸾’的事，还不能公布于众，一旦被陆文泰察觉，恐怕萧小姐和平公馆都会有危险。”

董竹点点头：“子青说得对，现在急不得。”

“我会继续待在陆文泰身边，直到找出证据。”萧红如接着说。

“务必万分小心。”梅子青对萧红如说。

这时，董竹站起来，挥手示意大家安静，说：“我们说一下任务。这次刺杀的目标是宫崎翼，满铁上海调查部部长，日本对华特别委员会‘白皮书计划’三人组成员之一。”

梅子青补充说：“他还是南京血债的祸首之一，就是他提供的南京城防图，才导致日军不到半个月便攻下南京城。”

平少柔咬牙切齿地说：“30万同胞的血债，他必须拿命来偿。”

萧红如也站了起来，愤愤地说道：“阿耕的死，也要算在他头上。”

~ 166 ~

[上海，公共租界，河南路，梅公馆]

“国府是干什么吃的！怎么能出这样的事！太令人心痛了。”梅晋黾站在院里，一手拿着烟斗，一手看着报纸，脸色突然一沉。

露易斯·格林从屋里走出来询问：“怎么了？”

梅晋黾扬了扬报纸：“长沙大火，一夜之间烧死了两万多人，现在火势不减，死亡人数还在增加，当官的都跑了，死的都是老百姓。”

---

① 1927年6月，日本政府在东京召开“东方会议”，讨论并确定侵略中国的具体方针。会后，日本首相田中义一炮制了一份秘密奏折给天皇，声称“欲征服中国，必先征服满蒙；欲征服世界，必先征服中国”。

“这对‘竹内工作’[①]不是坏事呀？”

“我期待的中国是个和平的中国，是个理性的中国。”梅晋黾抬头看着萧萧落木，“抗日，如有实力，则为理性。没有实力，则是乱来。淞沪会战，80万对20万，失败；武汉会战，110万对30万，失败。这说明什么？中国人是多，但实力不足，多是散沙。再这么打下去，中国会亡国的！瞧瞧，长沙一场大火，死了多少人！黄河花园口决堤，死了90万人，400万人流离失所，千万人蒙受灾难！”

露易斯·格林走到梅晋黾身前，轻轻挽住梅晋黾的胳膊，说：“你不是一直在为你所期待的中国为之奋斗吗？”

梅晋黾的眼圈一热：“如今之中国，国土精华尽失，已到了内无粮草、外无救兵的境地。若论兵力，已无一个完整之师可以继续作战。若论外援，苏联是杯水车薪，欧美无片甲之赠。若论阴谋，美国的战略物资竟源源不断地输入日本，此仗如何打得下去？打不下去了！打不下去了！为拯民于水火，只能对日谋和，只能推进和运，这绝非是卖国求荣。”

“等你期待的新政府成功，中国人会看到你的苦心的。”

梅晋黾轻轻地握住露易斯的手：“谢谢你，露露！”

露易斯·格林抿嘴一笑：“不就是跑了北平一趟嘛！”

“露露，你是个聪明的女人，猜出‘竹内’是谁了吧？”

“汪精卫。”

梅晋黾点点头：“只要重光堂会议谈得顺利，汪先生便会挺身而出，挽狂澜于既倒，扶大厦之将倾，届时中国就有希望了。”

“吴佩孚能猜出来吗？”

梅晋黾又摇摇头：“‘任何困难，皆所不避；任何牺牲，皆所不辞’，这是汪先生几个月前在庐山会议的讲话，表面上汪先生还是支持抗日的。”

这时，屋内电话铃声响起，梅晋黾的眉头一皱：“是周佛麟的电话吗？”露易斯·格林走进屋内接听电话，然后向梅晋黾招了招手，捂住话筒轻声说：“平楚山！”

---

① 1938年，汪精卫与日方秘密媾和，为掩人耳目，日方称为“渡边工作”，汪精卫则称为“竹内工作”，其中“渡边”指的是高宗武（小说中是指梅晋黾），“竹内”指的是汪精卫。

~ 167 ~

[上海，日占区，虹口，岩井公馆]

“有些事情，看似表面上风平浪静，实则暗地里波涛翻滚。”木村苍介站在窗前，把玩着一串佛珠。

“老师说的是情报工作吧。”杉本哲站在木村苍介的身后，也望向窗外。

木村苍介回头笑了笑：“也可以这么说。”

“对于情报工作，我从没有放松过。”

“好了，别乱猜了。有些事儿，也该给你交交底了。”木村苍介转身向沙发走去，“你觉得东方白是‘青花’吗？”

杉本哲回答：“证据确凿——难道他不是‘青花’？”

木村苍介坐在沙发上，反问：“你觉得呢？”

杉本哲转了半圈，向木村躬身：“学生愚笨。”

“你是不够聪明，但非常忠诚，所以我信赖你。”

“谢谢老师的信赖。”

“东方白死了，无从辩解，关键是很多人愿意把他当作是‘青花’，所以他只能背这个黑锅了。只可惜，这些人，这个圈套，逃不过我的眼睛。”木村苍介狡猾地说道，“因为清水和美是我的人！”

杉本哲一愣：“‘青花’的下线？她不是‘青花’的下线！”

“她是我安插在陆文泰身边的间谍，顺便监视千叶葵和萧红如，代号‘朱砂’。”

“清水和美不是共党的话，东方白也就不是共党，这么说，‘青花’还潜伏在公馆。”

木村苍介点点头：“上层讲的是战略，中层讲的是战术，我们讲的是执行。”

“我会再仔细调查‘青花’！”

木村苍介摇摇头：“抓内鬼不是你的强项。这次我亲自调查‘青花’。”

“为什么监视陆文泰？”

“他就是‘原点计划’要找的帝国特使。”

杉本哲很诧异：“帝国特使？”

木村苍介转动着手里的佛珠，接着说道："陆文泰是关东军情报部参谋，级别是少将。"

杉本哲哼了一声："关东军的手伸得太长了吧！我去监视陆文泰。"

木村苍介摆摆手："我监视陆文泰的时候，只是有所怀疑。直到昨天，我才从三浦总领事口中确认。"

"他的身份透明了？"

"所以，现在不但不能监视他，还要无条件地协助他。"

"外务省向军部妥协了？"

"近卫内阁吵得很凶，听说近卫首相非常疲惫，有意退阁。"

杉本哲站得笔直："政治我不关心，我只关心分内工作。"

木村苍介满意地点点头："如此甚好。"

"另外，关于千叶葵，我调查清楚了，的确是满铁的人。"

木村苍介一拍桌子，怒道："叛徒！"

"如何处置？"

"叛徒必须死！"

"我会亲手结果了她。"

木村苍介摇摇头："不！满铁的眼线太多，不能贸然杀了千叶，还需想个一石二鸟之计。"

"在租界动手，比较稳妥。"

"嗯。就在乐木轩动手。"木村苍介的眼睛一亮，"你组建个小队，冒充军统西湖小组，在乐木轩刺杀千叶葵。这个小队成员由你亲自挑选，可以长期冒充西湖小组行事。"

~ 168 ~

[上海，法租界，霞飞路，针脚裁缝铺]

裁缝铺的门大开着，门外有车辆、人流穿过，也有"切笋啊切笋""削刀——磨剪刀""玫瑰——白糖——伦教糕"的吆喝声，应和着店内搓麻将的声音，别有一番韵味。

“这么早搓麻将，别人看到不怀疑吗？”杨毓香向门外望去。

毛玠哈哈一笑：“很少搓麻将吧？”

杨毓香笑了笑：“在临训班学过。”

万墨翰向大门一指：“通宵麻将，就得打到这个点儿。门大开，是为了散烟味儿。”

欧阳夏调侃道：“临训班？雏儿啊！”

杨毓香的脸一红，低低地说：“我还挨过一枪呢！”

万墨翰一边码牌一边说：“杨小姐算是可以了，临训班一毕业，就去了天津，还蹭了一下‘雪崩计划’的尾巴。”

毛玠说道：“跟着老八一起去的吧，老八年龄虽然小，但老成持重，他是不会跟你打麻将的。”

杨毓香点点头：“他说话做事总是一板一眼的。”

毛玠哈哈一笑：“所以呀，老板安排他做了总务处处长，是个大肥差。”

万墨翰笑了笑：“杨小姐可以去重庆找老八，比在上海强。”

“我喜欢上海。”杨毓香低头看牌，“别叫我杨小姐。”

“那叫什么？”万墨翰打了一张牌。

“叫我阿香吧！”杨毓香瞥见欧阳夏偷笑，“你们也是。”

欧阳夏咯咯一笑：“我一直叫你阿香呀！”

毛玠突然严肃起来：“说说任务吧。”

杨毓香说：“陈逯。”

毛玠伸手打了一张牌：“伪外交部部长，该杀！”

欧阳夏略带遗憾地说：“可惜呀！要是早一天知道，我就不拿辞职来要挟平楚山了。”

“他竟然同意你辞职了！”杨毓香拿起一张麻将，在手里搓来搓去，掩饰内心的慌乱。她知道平楚山就是“青松”，欧阳夏猛然提起，竟有些不自在。

万墨翰指了指杨毓香手里的牌：“能摸出来吗？”杨毓香摇了摇头。

“熟能生巧罢了。”万墨翰起了一张牌，在手里一摸，扣在桌上，喊了声“八饼”，手离开麻将时果然是八饼，得意地一笑。

欧阳夏咯咯一笑：“你就在小女生面前显摆吧！”

杨毓香的脸一红：“‘青松’说，让欧阳拿下陈友涛。”

万墨翰微微笑道：“这个好办，我和二哥都是陈友涛的牌友，经常在一块打牌，约个时间，带着小夏一起去。”

毛玠绷着脸说：“这个陈友涛可是个好色之徒。”

“所以才安排我去呀！”欧阳夏有些兴奋，“我还以为辞了职，就要天天憋在上海总会呢。”

杨毓香意味深长地笑了笑：“辞得正是时候。”

“平楚山辞退你，那是因为安娜的靠山是陈逯。”毛玠哼了一声，继续说道，“平老爷子可是个了不起的人物，平楚山跟他老子差远了，为了拍陈逯的马屁，竟然辞退了你。”

欧阳夏摇了摇头：“他是为了他妹妹，平二小姐嚷着要嫁给老梅花。”

万墨翰提醒道：“那你要小心了，很多人知道你是伯爵夫人。”

“伯爵夫人怎么了？不能水性杨花吗？”欧阳夏看到万墨翰打出的一张牌，立刻推倒了面前的牌，开心地说，“胡了！”

杨毓香笑着拍手：“欧阳，你的牌打得真好！”

欧阳夏得意地伸出手说道：“拿钱！”

～ 169 ～

[上海，法租界，霞飞路，楚公馆]

凭窗远眺，该是心静如水的，可她的心怎么忽然乱了起来呢？到了她这个年龄，拥有千万家产，该是万事不萦于怀的模样，她又为何忧心忡忡呢？

楚笠君站在窗前，看着女儿在花园里骑单车，心里虽然乱着，但脸上仍旧露起了欣慰的笑容。她转过身，看着整面墙的书柜，其中一格放着梅子青的整套书，《霞光万里》也放了一长排。书柜里除了书之外，还有一些相框、古董和工艺品。她的目光落在两个相框上，眼中闪动着泪光。她走上前，拿起一个相框看，正是她们一家三口的相片。照片中，她很年轻，二十六七岁的样子，她丈夫楚品弦约莫 40 岁，楚楚刚两岁多。看着看着，不由热泪盈眶。她掏出手绢，细心地擦拭着相框，又放进书柜里，顺手拿起另一个相框，却是楚品弦和梅晋元的合影。

她和梅晋元是老朋友，是那种无话不谈的挚友。

她想起一周前那个灰蒙蒙的清晨，想起他们共同谈起的另一个朋友，平楚山的妻子易冷梅。

“活着，才重要。”老朋友间的对话，简朴而又温暖。

“我活着，易冷梅就还活着。”梅晋元总是烟不离手。

“要是还活着，就得找到她。”楚笠君闻不得烟味，却仍惯着梅晋元，“满铁的黑盒子，写了些什么？”

“易冷梅是军统的‘缘竹’。”

楚笠君斩钉截铁地说：“不可能。”

“是呀！品弦兄才是‘缘竹’。”

“满铁会不会搞错了？”

“搞错的可能性是有的，不过满铁向来以严谨著称，不会错得这么离谱。”梅晋元摇头苦笑着，“更离谱的是，土肥原认为易冷梅是‘红沙’。”

楚笠君疑惑地问道：“怎么可能！错得太离谱了！”

梅晋元也满是困惑地说：“很大可能性是有人故意弄错的。”

楚笠君望着窗外回忆起往事：“六年前，平家惨案的凶手到底是谁？”

“我怀疑是‘老枭’。”

“开枪打你的那个？”

“从此以后，你不再是‘许仙’。”

楚笠君轻声说：“我没问题的。”

梅晋元坚决地说：“不，我不能让你有任何问题。”

“你要多保重，哈尔滨处处是陷阱。”楚笠君紧紧地握住老朋友的手，“你和秋的事儿，我真搞不懂。明明彼此欣赏，为何要分开呢？为何不能复合呢？”

梅晋元苦涩一笑：“道路不同，越走越远。”

“这不是苦了子青吗？”楚笠君惋惜地说，“不过，有你这么个知己，秋这辈子也算值了。”

梅晋元缓缓地点头：“品弦兄有你这个妻子，他才是值了。”

这些值不值得的，似乎不太重要，人都不在了，谈什么都没意义了。楚笠君看着照片陷入沉思，眼睛有些湿润。

“妈妈，您怎么了？”刚刚12岁的楚楚推门进来，看到妈妈的模样，愣了一下。

“楚楚！”看到楚楚，楚笠君随即展颜微笑，扬了扬相框，“没事儿，就是想你爸爸了。”

楚楚从妈妈手里取过相框，看着父亲的脸，眼圈也红了：“爸爸都走了六七年啦。”

楚笠君感慨道：“人生能有多少个六七年呢？”

楚楚将相框递给妈妈，眨了眨大眼睛，说：“所以呀，还要董叔叔再等个六七年吗？”

楚笠君怔了怔：“我一直想和你聊聊这个事儿。”

楚楚挽住楚笠君的胳膊：“妈妈，这都是什么时代了。我呢，首先表个态，我喜欢董叔叔。至于您喜欢不喜欢，得问您自己的心。”

楚笠君用手轻轻戳了戳楚楚的脑门：“你才多大呀！说话怎么老气横秋的。”

楚楚假装叹息：“大人没有大人样，我们小孩子不得快点长大呀！”

楚笠君将相框放回书柜：“妈妈还能再嫁人吗？快40岁了。”

楚楚噘起小嘴：“40岁怎么了？就是七老八十了，只要董叔叔愿意娶，您就能再嫁。”

楚笠君笑着转移了话题：“这段时间，学校怎么样？”

“日本人经常来查。一周前，我们的俄语老师被抓了，日本人说他是共产国际，一周都没回学校了。”楚楚不解地问，“妈妈，共产国际是什么？罪名很严重吗？我们老师还能回来吗？”

“叶戈尔老师！”楚笠君皱了皱秀气的眉毛，“关于叶戈尔老师，还有共产国际，这些事情不要在学校议论，知道吗？”

楚楚乖巧地点点头：“我明白了，共产国际就是共产党。”

楚笠君伸手摸了摸楚楚的头：“你三叔快到了，咱们去接他。”

母女二人一起下了楼，让看门的老肖把大门敞开了。楚笠君没看到老楚，便询问他去了哪里。老肖回答说钓鱼去了。

楚笠君还要再问什么，一辆轿车缓缓地驶到楚公馆大门口。车子停稳，许少醉和千叶葵走下车。今天的千叶葵一身中国人的打扮，身穿素雅端庄的旗袍，看不出是日本人。

楚楚跑过去迎接许少醉，兴奋地喊：“三叔！”

许少醉开心地拍了拍楚楚的脑袋：“楚楚，都长这么高了。”

楚楚噘着嘴埋怨道：“三叔一走就是三年。”

楚笠君向许少醉和千叶葵迎过来，千叶葵向楚笠君微微鞠躬：“大姐，您好！”

楚笠君问许少醉：“这位小姐是？”

许少醉微笑着说：“我的未婚妻，千叶葵。”

楚笠君的眉毛微微一蹙，仍不失礼貌地打招呼：“千叶小姐。”

楚楚看着千叶葵，笑嘻嘻地说：“三婶好漂亮！”

楚笠君上下打量着千叶葵，问道：“千叶小姐的父母在中国吗？”

千叶葵轻轻地摇摇头：“都不在了。”

“也是个苦命的孩子。”楚笠君说。

楚楚问道：“也是死于战争吗？”

千叶葵低下头：“这场战争，受苦的不仅是中国人，我们同样饱受苦难。”

楚楚撇撇嘴，毫无顾忌地说：“还是不打仗的好。”

楚笠君笑了笑，招呼大家：“是呀！不打仗多好呀！咱们进屋里说话。”

～ 170 ～

[上海，法租界，长乐路]

源千雪的确没有想到，在上海滩还有人敢绑架一名特高课课长。

从梅苑离开后，源千雪绕到了长乐路，忽然察觉有人跟踪，她本能地做出反击，谁知道那人的动作更加迅捷，出其不意地打晕了她。

源千雪醒来的时候，发现自己在一个两居室里。客厅空荡荡的，只有一张椅子，她就被绑在椅子上，双手、双脚和嘴都被胶布缠住了。她使劲挣扎起来，拖动了椅子，发出刺耳的声音。

一个男人一手提着手枪，一手拉着一张椅子，从房间里走出来，赫然是王千木。

“很奇怪吧？你的父亲为何会绑架你？不——”王千木在源千雪身前坐下来，举枪抵在她的额头上，“杀了你！”

源千雪的瞳孔慢慢变大。

“好吧，让我来告诉你吧。你不是王羽，王羽已经死了。”王千木放下枪，伸手撕开了源千雪嘴上的胶布。

源千雪惊慌失措地说：“爸爸，我就是王羽。我知道，您是在怪我把您拉下了水。”

“这是提篮桥监狱入监名单，我女儿的名字在上面。”王千木从兜里掏出一张发黄的纸，展开放在源千雪的面前。

源千雪看着名单，不再说话。

王千木放下名单：“我只想知道她是怎么死的？”

源千雪神色黯然，停顿了一会儿才说：“她中了枪，我们救活了她，可是她自己又拆开伤口，导致伤口发炎，死了。”

“我女儿殉国，我却卖国，我不如我女儿的骨头硬呀！”王千木长叹一声，“谁开的枪？”

源千雪摇摇头：“不知道。”

王千木猛地扇了源千雪一个耳光：“讲！”

源千雪双眼冒火，脱口而出：“八嘎！”

“你是个纯种的日本人。”王千木伸手摸了摸源千雪的脸，“你是跟我女儿长得一模一样，还是整了容？”

源千雪摆头甩开王千木的手，怒道：“王千木！”

“不想死的话，就回答我的问题。”

“整容。”

“你是谁？”

“源千雪。”

王千木呸了一声：“你是谁？”

“土肥原将军的学生，源千雪。”

“真实身份是什么？”

源千雪冷笑一声：“帝国机密，你真的要听吗？”

王千木哼了一声：“讲！”

“八咫乌机关的特工。”

王千木眉头一皱：“八咫乌机关？什么玩意？”

源千雪哼了一声：“我劝你莫要再问，这样对你我都好。”

王千木嘿嘿一笑：“做我们这行的，听到一个新鲜的机关，你觉得我会置之不理吗？”

“满铁的一个情报机关。”

“这么说，老六和满铁合作了？”

源千雪突然睁大了眼睛：“你……你知道这些？！”

王千木放慢了语速，加重了语气：“八咫乌机关，我在天津卫就已经知道了。”

源千雪感觉到了恐惧：“你……你什么意思？”

“八咫乌机关设在哪里？听说是个谜，就连老六都没找到。”

“我不知道。”

“有可能在上海吗？”王千木摇了摇头，自己否决了答案，“留西柯夫叛逃，跟老六有关吗？我知道，老六去过莫斯科。”

“留西柯夫就是六哥策反的。”源千雪嘴角含笑，“六哥就在上海，你要见六哥吗？”

王千木笑了笑：“我现在的身份，见了就是诀别。兄弟一场，还是不见的好。”

“你不可能见过六哥的。想从我嘴里套出六哥的信息，别做梦了。”

“你见过老六？”王千木仰面朝天，不再看源千雪，“老六也和我一样，为你们工作？”

“我无权回答你的问题。”

王千木再次举起枪，对准源千雪的头：“你的代号是什么？”

源千雪扬了扬头：“‘老鸢’！”

王千木微微一愣：“你也是‘老鸢’？”

源千雪冷笑一声：“如果你知道八咫乌机关，就会知道‘老鸢’有四个。山田寿和东方白，就是其中两只‘老鸢’。”

王千木摇摇头：“不，你不是‘老鸢’。”

源千雪哼了一声：“我就是‘老鸢’！”

“你太年轻了，‘老鸢’不会这么年轻的。”王千木掏出一根烟点上，“你是‘蝴蝶’吗？”

源千雪惊讶地看着王千木。

“惊讶了？”王千木朝她吐了一口烟雾，“不必惊讶！我知道的东西比你想象的要多。”

“我不是‘蝴蝶’。”

“谁是‘蝴蝶’？”

源千雪避开王千木的目光：“我不能告诉你！我说了就是死！”

“你可以告诉我八咫乌机关，甚至可以假装‘老鸢’，为何不能说出‘蝴蝶’是谁？”

“因为‘蝴蝶’是宫本正仁的女儿！”

王千木大吃一惊：“什么？宫本正仁的女儿？！”

“我只能说这么多，你要开枪的话，就动手吧。”源千雪说完，决绝地闭上了眼睛。

“你所说的一切，我都录了音。”王千木起身走到房间里，关了录音设备，取出一盒录音带。

源千雪愤怒地骂道：“王千木，你卑鄙！”

王千木拿着录音带走到源千雪面前，冷笑道：“瞧瞧你那张脸，是我卑鄙，还是你们卑鄙！你霸占了我女儿的脸，你们毁了我的名节，还他娘的说我卑鄙！”

源千雪看着录音带：“你录了音，就不会杀我了。快放开我！”

“若不是你这张脸，我今天会就地办了你。通知安娜，陪我睡觉。”王千木呸了一声，“转告老六，有机会我们兄弟俩喝一杯，虽然没见过面，但在名义上我还是他大哥。”

源千雪冷笑一声：“你不怕六哥宰了你？”

“你会告诉老六吗？你会告诉你的主子吗？你说了不该说的，按行规你就是个死！所以，你会闭上嘴的！从此刻起，你要听我的。”王千木晃了晃录音带，“喊我一声——爸爸！否则我就地办了你！”

“爸爸！”源千雪从牙缝里挤出两个字，眼中冒出怒火。

“好，乖女儿，今后咱们要互帮互助。放心，我会照顾你的。”王千木哈哈一笑，从兜里掏出一把小刀，“我在胶带上给你扎几个孔，以你的臂力三分钟可弄断胶带。我不会给你跟踪我的机会。”

王千木在胶带上扎了几下，将录音带放入风衣口袋里，将小刀丢在源千雪脚下，转身开门走了。

源千雪听到关门声，歇斯底里地狂吼一声，然后压低声音发着毒誓：“王千木，我会让你不得好死的！”

第七章　暗流

～ 171 ～

［上海，法租界，巨籁达路；日占区，提篮桥监狱］

一个小狱警的死，虽然不是太起眼的事儿，但背后的暗流却溢了出来。

那个小狱警是在跟踪小蝶的时候死的，凶手就是小蝶。

当时小蝶在巨籁达路走着，手里提着一个蛋糕盒。二小姐嘴馋了，想吃上海饭店的糕点，小蝶便去买了。回去的路上，本不用走这条路的，绕得太远了，小蝶走这条路，只因为这是一条僻静的路。僻静的地方，有利于杀人。

那个愣头愣脑的小狱警骑着一辆自行车，不远不近地跟着小蝶。他的目光有些下沉，正好落在小蝶的臀部上。那扭来扭去的臀部吸引了他的全部注意力，所以他根本没看到小蝶什么时候从挎包里掏出枪来的。

那个挎包就挎在小蝶的右臂上，小蝶用右手掏的枪，没有让小狱警发觉，这份功力应是常人所不及。

小蝶向前路望了一眼，见路上寂寂无人，突然转身举起了手枪，还是一把无声手枪。小狱警没见过无声手枪，看着那黑漆漆的枪口，突然握住了车闸，硬生生地停了下来。

小蝶向小狱警走近了两步："为什么跟踪我？"

小狱警装傻充愣地说："我没跟踪你呀，这是公共道路，你走得，我也走得。"

小蝶脸色一沉，手指轻轻扣动扳机，噗的一声，击中了小狱警的眉心。接着，小蝶将手枪放回包里，然后一手挎包一手提着蛋糕盒，走到一个公共电话亭前，拨通了一个神秘电话。

没过多久，陈烽丘就看到了那个小狱警的尸体。尸体放在一副担架上，陈烽丘抽着烟看了一眼，扭头看到王千木像个木头似的杵在一个角落里，忍不住叹了口气。

“谁杀的？”王千木走了过来，脸色十分难看，“是‘蝴蝶’吗？”

陈烽丘点了点头：“老大，知道尸体是谁送过来的吗？”

王千木蹙眉猜测道：“日本人？”

陈烽丘恨恨地说：“就是他娘的日本人。”

“日本人说什么了？”

“日本人说，不准再跟踪目标人物。”

王千木嘿嘿一笑：“看来，小蝶很可能就是‘蝴蝶’呀！”

陈烽丘低头看了一眼小狱警的尸体，嘘了口气：“他是白死了。”

王千木冷笑一声：“总比你我死好。”

陈烽丘把烟头一丢：“他娘的，幸亏我有事，不然也准他娘的吃枪子。接下来怎么办？”

“绝不能再跟踪了，把消息透露给苏成一。”

陈烽丘皱了皱眉头：“真要弄死苏成一吗？”

王千木哼了一声：“他不死，谁腾位？76号行动队队长必须是我的人。”

~ 172 ~

[上海，公共租界，静安寺路，千岛湖咖啡店]

从某种程度上来讲，梅晋黾是梅晋元和平寒雨的牵线人。上海滩平家的大少爷和江南梅家的二公子从小就是玩伴，几十年来结下了深厚友谊。大嫂“离世”后，梅晋黾见大哥郁郁寡欢，便撮合了大哥和平二小姐。本来是一桩好事，谁知六年前大哥死了，辜负了二小姐的大好年华。这也是梅晋黾觉得愧对平家的地方。

老朋友的约见，梅晋黾自然是要见的。但却不知道，他的约见行程被他的情人出卖了，而且一直跟踪他到了千岛湖咖啡店。

露易斯·格林看着梅晋黾走进咖啡店，对买她情报的人说："陆先生，他要见平楚山。"

买情报的人正是陆文泰，他的手指在方向盘上跳动着，瞥见了梅晋黾的背影，不解地问："他不能见平老大吗？"

"你可知程西山是谁杀的？"

陆文泰反问道："不是你杀的吗？我雇的你呀！"

露易斯·格林笑了："晋黾和平楚山是老朋友，平楚山和程西山是老朋友，你说我是亲自动手杀人呢，还是设局让平楚山动手呢？"

"怪不得程西山被杀时，平老大不在上海。"陆文泰笑了笑，"你是怎么做到的？"

"杀汉奸！"

陆文泰了然地点点头："国府外交部亚洲司司长，有杀汉奸的机会绝不会放过的。"

"可惜呀，一个杀汉奸的人，快要成为汉奸了。"

陆文泰嘿嘿一笑："他没得选！中国没得选！"

"怎么办？"露易斯·格林向千岛湖咖啡店望去。

陆文泰冷冷一笑："只要你闭嘴，我就跟天津事件没有关系。"

"要我闭嘴呀？"露易斯·格林从包里取出口红抹了抹嘴唇。

"开个价吧。"

露易斯·格林眨了眨眼睛："合适吗？"

陆文泰漠然地说："不合适你不也是做了吗？"

"你看着给吧，值多少钱，你心里有谱的。"

"你们杀手只认钱吗？"

露易斯·格林笑着说："只认钱对你们好呀，不用担心我杀了你，是不是？"

陆文泰哼了一声："你敢威胁帝国特工？"

露易斯·格林伸出手揽住陆文泰的脖子，在他的脸上亲了一口，留下一个浅浅的口红印儿："我约了萧小姐喝咖啡，要不我杀了她？"

"你敢？"陆文泰的脸色一寒，见露易斯·格林要下车，又笑着说，"好了，我知道你是个有原则的人。钱准备好后，就放在麦加利银行的保险柜，还是61号。"

露易斯·格林转身又揽住陆文泰的脖子："我可以免费陪你睡觉的。"

陆文泰摇了摇头："免了吧！跟一把刀子睡觉，睡得着吗我？"

露易斯·格林莞尔一笑，推开车门走了。陆文泰看着露易斯·格林的背影，无奈地摇了摇头，开车离开了。露易斯·格林转身看着轿车驶离，从包里掏出手帕厌恶地擦了擦嘴唇。

老朋友见面，自然是暖心的欢喜。平楚山将煮好的咖啡端到老朋友面前，嗔责道："来了上海也不打声招呼。"

"不打招呼，你不也知道了。"梅晋黾接过咖啡喝了一口，"上次的事，谢谢你。"

"程西山做了汉奸，就算我不杀他，那些反日分子也不会放过他的。"

"天津事件闹得很凶，我心里有些害怕。"

"你害怕什么？我不说，你不说，还有谁知道？"平楚山见梅晋黾不说话，心里咯噔了一下，"你不是奉了老蒋的命令？"

梅晋黾放下咖啡："别问了！"

平楚山的脸色变得很难看："那个人知道是我动的手吗？"

"放心，她不会说的。"

"他是谁？"

梅晋黾摇摇头："我不能说。"

平楚山气得伸手在桌上一拍："你想害死我呀！我只是一个老混混。"

梅晋黾望着平楚山，淡定地说："楚山，这个人是我的人，我担保她不会说出去。"

平楚山站起身，气呼呼地说："咱们不用聊了。"

梅晋黾叹了口气："楚山兄，坐下来，我告诉你。"

平楚山坐下来，瞪着梅晋黾："说吧。"

"露露。"

平楚山心中疑惑："就是你那个法国小情人？她为什么要杀程西山？"

"她是个刺客。"

平楚山的眉头紧锁："刺客？"

"收钱杀人的那种。"

"你怎么跟刺客交往？"

梅晋黾端起咖啡喝了一口："有人要杀我，雇的她。她却爱上了我，没杀。后来，我也爱上了她。"

平楚山问道："什么人要杀你？"

"她不说，这是她的原则。"梅晋黾放下咖啡，"这下你放心了吧，她是个讲原则的人，所以她不会说出去的。"

"知道是谁雇的她吗？"

梅晋黾低头喝着咖啡："不知道。"

平楚山瞪着梅晋黾："说吧，你知道的。"

梅晋黾扛不住平楚山的追问："我在找你之前，跟踪了露露。我看到了雇主，你也认识的。"

"谁？"

"陆文泰。"

平楚山非常惊讶："陆文泰？他一个做电影又画画的，怎么会杀程西山？"

梅晋黾耸了耸肩："我哪里知道。"

平楚山端起咖啡，沉默片刻："晋黾老弟，此事莫再提。"

梅晋黾点点头："我就没打算说，不是被你逼急了，我才不说呢。"

"这次你准备待多久？"

"可能会长一些，半个月左右。"

"带着露露去百乐门玩吧。"

"好。"梅晋黾答应下来。二人断断续续地聊了些陈年旧事。平楚山本想敞开聊一聊，好好叙叙旧，可一想起陆文泰，顿觉索然无味了。

和他们在同一层楼喝咖啡的还有萧红如和露易斯·格林，她们的咖啡里却含着刀光剑影、生死离别。

露易斯·格林安慰道："陈耕是好样的。"

萧红如面带忧伤地说："阿耕说你是个杀手。"

露易斯·格林微微一笑："怎么，萧小姐有要杀的人吗？"

"我的生意做吗？"萧红如从兜里掏出一个鼓鼓囊囊的信封，放在桌上，推给了露易斯·格林。

"当然。杀谁？"露易斯·格林看了一眼信封。

萧红如平静地说："谁杀死了我，你就杀死谁。"

露易斯·格林笑了："你这是给自己报仇呀！"

萧红如轻轻地叹了口气："我有种预感，我快要死了。"

露易斯·格林拿起信封，爽快地说："好！这生意我接了。"

"谢谢。"

"别那么悲观！"

萧红如苦笑了一下："是呀！过一天就要开心一天。"

～ 173 ～

[伪满洲国，哈尔滨，满洲满铁调查部]

"玉碎计划"就是个死亡计划。金树云和欧阳慧就是破碎之玉。

在关东军情报部的合围之下，没有人能逃离哈尔滨，欧阳慧之前不信，这次信了。她按照梅晋元提供的地址，仅差一步就到了，结果还是被松岛凉子和宇多光一给抓了。

金树云必须引爆，那份保护"白影子"的文件就放在办公室保险箱里，他必须被抓住，才能救"白影子"。所以，当日本宪兵冲进他的办公室时，他从抽屉里取出一枚手雷，扔向保险箱。只有炸了保险箱，那份文件才能起到作用。

日本宪兵是不会让他炸毁保险箱的，就在他扔出手雷的瞬间，一个日本宪兵竟然扑向了手雷，用他的躯体压住了手雷。手雷爆炸了，那个日本宪兵也被炸得尸骨无存。

金树云转身跳出窗外，谁知日本宪兵早在窗外布下了织网，将他缚了个结结实实，丝毫动弹不得。

"玉碎计划"引爆的时候，梅晋元和秋白萍被带到了满铁满洲调查部，送到会议室等待问询。

宫本正仁在主楼二楼布置了一个简易的高尔夫训练场。梅晋元和秋白萍从楼下经过时，宫本正仁正拄着球杆俯瞰着二人，转头问松岛凉子："你怎么看？"

松岛凉子却反问另一个问题："大调查部要调查八咫乌吗？"

宫本正仁冷冷一笑："八咫乌是大调查部能调查出来的吗？"

松岛凉子说道："松岗洋右重回满铁，极其重视情报工作，在满铁内部设置'大调查部'，特工人员高达3000人，还不包括满铁特务处。"

宫本正仁皮笑肉不笑地说："特工不在于多，而在于精。"

"松岗来满铁之前，一直在外务省工作，日本退出国联便是他的杰作。"松岛凉子探出窗外，直到看不到梅晋元的身影，才缩了回来，"'老汤'在天津领事馆任职，便是松岗的安排。所以，我怀疑'老汤'是松岗的心腹。"

宫本正仁慢条斯理地说："这就是我想避过松岗在'东乡'密审的原因。"

松岛凉子点头称道："'东乡'的事儿，就连松岗也不得调查的。"

"可惜呀，我的计划被'老汤'打乱了。"

"所以，'老汤'一定有问题！"松岛凉子猜测着各种可能，"或许，他看出了什么？"

"知道吗？溥仪还专程过问了此事。"宫本正仁挥了挥球杆，判断着球的方向和力度，"秋白萍涉嫌杀死满铁特工，警察厅第一时间向溥仪做了汇报。溥仪说，秋白萍是满洲唯一的女大臣，希望咱们公开公平审理，还派了国务总理大臣郑笑胥过来监审。"

松岛凉子一愣："一个快80岁的大清遗老过来做什么？"

宫本正仁嘿嘿一笑："大清遗老，只忠于他的皇帝陛下，这是溥仪的意思。"

"溥仪要保秋白萍呀！"

"凡是涉及'雪崩计划'的人，谁也保不了。"宫本正仁冷笑一声，"不过，这个郑笑胥可是秋白萍的恩师。秋白萍就是凭着郑笑胥的关系，才坐上财政大臣的位子。"

"不能密审，必须拿到确凿证据，否则最终还是要放人的。"

宫本正仁又说："之前，山田寿发来密报，他怀疑'老汤'是英国间谍，代号'盲点'。"

"先生要清理门户？"

宫本正仁挥杆击球，看着球慢慢进洞，哼了一声："秋白萍，我管不着。'老汤'，我有处置权。"

"'雪崩'之后，还有余震。"

“或许呀，他们都跟‘雪崩计划’有关。”宫本正仁将球杆放在桌上，“走吧，去审审。”

宫本正仁和松岛凉子来到侧楼的时候，鸟羽鹤早已在门外候着。三人一起进去，在梅晋元和秋白萍对面坐下来。宫本正仁吩咐松岛凉子泡了两杯热茶，宽慰二人只是简单问询，不会太久。

“宫本，你这是在审我吗？我可是受害者！”秋白萍开门见山，直接挑明了宫本正仁的目的。

鸟羽鹤的脸色一变：“秋副总裁！”

秋白萍轻蔑地扫了一眼鸟羽鹤：“你是谁？”

梅晋元鄙夷地一笑：“他是从上海来的，上海满铁的一个哑巴，竟然张口说话了！”

“满铁上海调查部的？”秋白萍微微一笑，“你有什么资格审我？”

鸟羽鹤笑了笑：“我哪敢审副总裁，我只是做记录的。”

宫本正仁敲了敲桌子：“安倍是谁打死的？”

“军统。”梅晋元向刚刚处理好的胳膊一指，“我也挨了一枪。”

松岛凉子掏出秋白萍的枪，丢在了桌上：“指纹是谁擦掉的？”

梅晋元平静地应对：“你怀疑是我擦掉了指纹？”

松岛凉子冷冰冰地说：“我相信匪徒没有时间擦掉指纹的。”

秋白萍冷冷一笑：“有很多法子可以不留指纹的，凉子小姐不会不知道吧？如果知道，就是明知故问，要么就是在下套。”

梅晋元傲慢地笑了笑：“别审了，我交代。”

宫本正仁期待地问：“你交代什么？”

梅晋元一本正经地说道：“我还有一个身份，英国间谍，代号‘盲点’。”

鸟羽鹤吃了一惊：“你是英国间谍？”

松岛凉子冷冰冰地道：“你是叛国者。”

宫本正仁摇摇头：“他既然敢说出来，就不会是叛国者。”

梅晋元不置可否地一笑：“我是奉松岗总裁的命令，秘密打入军情六处，成为英国间谍的。”

鸟羽鹤质疑地看着梅晋元：“这是松岗总裁的命令？”

“二位先到楼上歇息吧。”宫本正仁结束了审问，走出审讯室，松岛凉子和鸟羽鹤连忙跟上。三人回到主楼，在沙发上坐下来。宫本正仁若有所思地看向窗外，一只立于枝头的鸟儿突然惊飞，雪花从枝头飘落下来。

松岛凉子轻咳一声，疑惑地说："难道程西山是梅晋元杀的？"

宫本正仁看向鸟羽鹤："有这个可能吗？"

鸟羽鹤说："程西山被刺杀时，梅大总管的确在英国领事馆。"

松岛凉子说："梅晋元在上海的公开身份是英国伯爵，军火商。"

宫本正仁也猜测着："满铁高层正计划向欧美国家购买武器，难道梅晋元是操作人？"

鸟羽鹤说："如果是，那梅晋元就不能审了。"

松岛凉子说："这也是他有恃无恐的原因吧！"

"有点意思。"宫本正仁向鸟羽鹤望去，"赤木亲之现在是上海工部局警务处处长吧？"

鸟羽鹤点点头："是！"

"通知大小姐，专程找一下赤木亲之，以我的名义请他调查山田寿的死因。"宫本正仁嘿嘿一笑，"压垮东方白的最后一根稻草，是'老枭'的秘密不错，不过将东方白推向深渊的，几乎可以断定就是梅晋元。第一，我要知道他为什么陷害东方白？第二，我要知道山田之死跟他有没有关系？"

鸟羽鹤垂首说道："大小姐会办妥的。"

宫本正仁忽然兴奋起来："大小姐给我长脸了，'白皮书计划'终于成功了，'渡边工作'可以结束日华事变。"

鸟羽鹤紧跟着说道："是啊，大小姐厥功至伟。"

"'渡边'——梅晋黾，他是梅晋元的兄弟吧？"宫本正仁的嘴边露出一抹冷笑，"这兄弟俩都有点意思啊。"

～ 174 ～

[上海，愚园路，兆丰公园]

老楚有些窝火，朱若愚刚刚牺牲一个多月，日本人肯定还在调查他的周边，郭斌却一个月找了他三次，有合适的借口还能搪塞。可是，郭斌却传达了一个江苏省委的决定，要利用白沙小组的渠道，把一批药品送出上海。这肯定是行不通的，朱若愚掌管的渠道，太容易出问题了。然而，郭斌的态度令他进退两难。郭斌说，就是死了也要把药品运出去。话都说到这个份上了，他还能说什么，同志们不怕牺牲，难道他老楚就怕了？终究还是不放心，他决定和副组长谈一谈。

约见的地方在兆丰公园，就在那片树木草丛围绕的池塘畔。

池塘四周静悄悄的，唯有老楚坐在凳子上聚精会神地钓鱼，身旁一个小桶里，有五六条小鱼，没有大鱼，旁边还有一个折叠凳。

“战果颇丰呀！”董竹走到老楚身旁，向小桶里望了望，笑了。

老楚哈哈一笑：“钓了半天，一条大鱼都没钓着。”

“小鱼也是鱼。前线是杀鬼子，咱们也是杀鬼子。”董竹打开折叠凳坐下，“怎么不在办公室谈？”

“没想明白。”

董竹笑了笑：“还有你想不明白的事儿？”

老楚心事重重地说：“延安不知咱们的境况吗？上海情报科本就立于危墙之下，‘白沙’同志死了，‘红沙’同志死了，‘黑沙’同志也不知在哪儿，一科三组都疲于应付鬼子的调查，眼看危墙将倒，江苏省委竟还帮着去推墙？”

董竹听到老楚的话，非常严肃地说：“老楚，你是老党员了，无论什么境况，都不要发牢骚。”

“老党员经历得多了，看得也透了。”

“经验是宝贵的，但经验是死的，活用才更有价值。”董竹掏出烟，先递给老楚一根，给他点上，“‘红沙’同志死了？你从哪里得到的消息？”

“苏紫监听到土肥原的电话，探听到小柔的母亲就是‘红沙’同志。”

董竹眉头一皱，生气地说道：“瞎胡闹！谁安排苏紫监听土肥原的电话？”

“她是一个年轻同志，想立功的心情是能够理解的。”

“纪律就是纪律。”董竹又掏出一根烟，在烟盒上顿了顿，“给苏紫同志一个口头警告，立刻停止监听！”

老楚心里堵得慌，猛地将鱼钩提起来，借机发泄一下情绪。

董竹点了烟，抽了一口说道：“还是谈谈你说的那堵墙吧。”

“江苏省委弄了一批药，运不出去，要借咱们的渠道。”

“茅山根据地急需药品？”

“嗯。”

董竹猛吸了一口烟：“运药。”

“太危险。”

“我们做的哪件事不危险？”

老楚咬咬牙：“好！运药！”

“我亲自运！”

“不行！你就负责开证明，药我来运，万一出事了，跟你也没关系。我个人的意见，不运。你是我的领导，你说运就运。不过，我保留我的意见。但是，这批药我来运！”老楚说完从兜里掏出一个烟盒递给董竹，“如果我和郭斌出事了，这是你联系苏紫的凭证。”

董竹接过烟盒，看了看，没有说话，默默地装入兜里。老楚摇了摇头：“电讯系统，没人了。”

董竹伸手按在老楚的肩膀上：“都得活着。”

老楚的眼睛一酸：“这几天老做梦，梦见老朱。”

董竹的手微微一抖：“你不能做第二个老朱。”

“有些事情，没得选。”老楚甩手将鱼钩扔进池塘里，“老朱也不想死，他也想看到一个崭新的中国，可是他不牺牲，那个崭新的中国就无从实现。你我也是一样。”

“还是放了吧。”董竹吸了一口烟，将烟蒂扔进草地，看了看小桶里的小鱼，站起身走了。

— 175 —

[上海，法租界，霞飞路，乐木轩酒楼]

乐木轩酒楼在霞飞路的西端，再往西可直达愚园路，斜对面是红十字会医院，夜晚时分霓虹灯式的招牌亮着，三层酒楼灯火通明，正放着白俄罗斯民歌。

千叶葵穿着一身旗袍，走到了酒楼前，抬头向店招望去。酒楼对面，一个卖烟的姑娘微微抬起头，悄悄地盯着千叶葵的背影，正是摩西会堂的修女安妮。她穿着地道的白俄罗斯服装，与摩西会堂穿修女装的安妮大相径庭。她将一盒烟递给了买烟的苏立生，眼圈突然红了。

"不哭啊，我这不是好好的嘛！"苏立生接过烟，安慰安妮。

"前天晚上真悬！"安妮强忍住泪水。

"看到门口那个女人了吗？"苏立生背对着千叶葵，"她是日本特务，我在跟踪她。"

"我能帮你做什么？"

"在她隔壁找个包间，告诉费拉基米尔，日本人可能盯上了乐木轩。"苏立生一边拆烟盒一边说，"你越长越好看了。"

安妮瞪大了眼睛："是吗？我能嫁给苏大哥了吗？"

苏立生讪讪一笑："快去！"

安妮撇了撇嘴，看见千叶葵走进酒楼，朝着苏立生哼了一声，疾步向酒楼走去。

苏立生走到一根电线杆下抽烟，忽然瞥见宫崎翼走到了酒楼门口，正向他所处的方位看，不由神情一紧，正要转身离开，一个40多岁的俄国人费拉基米尔却走上前借火。

"别动！你一动，宫崎翼就会盯上你。"费拉基米尔突然一拳打到苏立生的腹部，苏立生趁机栽倒在地，费拉基米尔伸脚假装猛踢苏立生，嘴里还骂骂咧咧的，"吃饭不给钱，打死你活该！"

宫崎翼的目光从二人身上收回来，转身走进酒楼。

费拉基米尔继续踢着，直到看不见宫崎翼的身影，才伸手将苏立生拉起来，笑道："疼吗？"

苏立生捂着肚子说："我打你一顿试试。"

玩笑过后，费拉基米尔问道："你在跟踪宫崎翼？"

苏立生拍了拍身上的尘土，说："费拉基米尔，小心些，日本人盯上了乐木轩。"

费拉基米尔突然反问："前晚你去了摩西会堂吧？"

"你怎么知道？"

“你的狙击步枪藏在窨井下，不要了？”

“那晚你也在舟山路？”

费拉基米尔点点头：“我的任务就是刺杀拉乌尔。”

“你们不是要活的吗？”

费拉基米尔哼了一声：“日本人眼中的红人，怎么抓活的？上面一句话，我们就得拿命去搏。”

“你想先斩后奏？”

“先弄死再说。”

苏立生耸了耸肩，抬头看到安妮在酒楼门前招手，便和费拉基米尔一起走向酒楼。这个费拉基米尔的真实身份是苏共第五局上海小组组长，安妮是小组成员之一，都是共产国际。苏立生和苏共上海小组打过交道，算是经历过生死的同志，也曾救过安妮的命。王千木围捕他和梅子青那晚，苏立生之所以选择摩西会堂，也因为安妮是会堂的修女。安妮确认了千叶葵所在包间，跟着苏立生一起去隔壁包间偷听。安妮的烟箱是有隔板的，最下面一层放着听诊器、显影液等间谍使用的常备工具。苏立生取出听诊器，放在墙壁上偷听。

不出所料，千叶葵果然是满铁的人，与她接头的人正是宫崎翼。

“这里可能是苏共第五局上海小组的联络点。”这是他听到千叶葵说的第一句话，果然被他料中了，所幸提前告诉了费拉基米尔。

宫崎翼不置可否：“是吗？”

“他说的。”千叶葵仰头喝了一杯啤酒。

“他对你还是有所保留的。”宫崎翼也给自己倒了一杯啤酒，“你说东方白不是‘青花’？”

千叶葵点点头：“清水和美是木村的人，她不是共党。”

宫崎翼分析道：“清水和美不是共党，东方白就不是共党，越完美的证据链，越能证明东方白的清白。”

“可是，是谁杀了东方白呢？”千叶葵又给自己倒了一杯啤酒。

宫崎翼平静地说：“利用黑盒子诱杀东方白，本是我和‘老汤’的计划，不料让人捷足先登了。”

“您怀疑是‘老汤’杀了东方白？”

宫崎翼谨慎地点了点头："在'老汤'没回来前，你暂停一切活动。"

千叶葵一愣："'老汤'能保我的命？"

宫崎翼淡淡一笑："梅晋元就是'老汤'！"

苏立生偷听到"梅晋元就是老汤"时，忍不住大吃一惊，一头撞在了墙上，发出咚的一声。苏立生立刻僵在那里，判断着宫崎翼和千叶葵是否听到了声音。

宫崎翼自然是听到了，他悄悄起身走到墙边，屏住呼吸，把耳朵贴到墙边仔细倾听着，没有听到声音，又换了一只耳朵去听，还是听不到声音。

这一边，苏立生按住听筒，仔细侦听，忽然听到啪的一声，听筒里传来手枪上膛的声音。

苏立生立刻行动起来，将听诊器扔给安妮。安妮接住听诊器，迅速放到烟箱里藏好。

"对不住了。"苏立生疾步走到安妮身旁，伸手去解安妮的上衣纽扣，安妮的第一反应是迅速按住，不解地盯着苏立生。

"被他们发现了。"苏立生解开安妮上衣的三个纽扣，马上也解开了自己上衣扣子，听到门外的推门声，立刻吻住了安妮。

嘭的一声，门被推开了，千叶葵的枪口对准了苏立生的后背。

苏立生一脸不耐烦地转过身："他妈的，谁啊？"

千叶葵看到苏立生，一愣："苏主编，你……"

安妮的脸羞得通红，赶紧背过身系上纽扣。

苏立生一脸尴尬地看着千叶葵："千叶小姐，你……"

"对不起，打扰苏主编了。"

"千叶小姐，请不要外传。"

千叶葵鄙夷地看了苏立生一眼，转身走出包间。宫崎翼向千叶葵一点头，将手枪放入衣兜内，径直走了。

苏立生看着安妮整理衣服，抱歉地说："对不起，安妮。"

安妮却满脸羞涩地低声说："我心欢喜。"

"安妮，我有爱的人了。"

安妮笑了笑："我知道你要说什么。你说得对，你太老了。"

"别再卖烟了。"

“我要放哨的。”

“刚才那个女人叫千叶葵，她会来抓你的。走，去找费拉基米尔。”

总经理室是苏俄的装饰风格，墙上挂着末代沙皇的肖像。费拉基米尔听完苏立生的讲述，神色里既有愤慨，也有为难。

苏立生肃容道：“对不起，费拉基米尔，必须把安妮送走。”

安妮噘起小嘴：“我不要走。”

费拉基米尔眉头紧皱，再次确认：“事情真到这一步了？”

苏立生肯定地点点头：“那个日本女人叫千叶葵，是木村苍介的助理，但是满铁的人，今晚她跟宫崎翼见面，虽然刚才蒙混过关，但千叶葵一定会来抓安妮的。”

费拉基米尔点点头：“我安排安妮去哈尔滨。”

安妮气呼呼地看着苏立生：“我不要走。”

苏立生看着安妮说：“安妮，不能拿生命冒险。”

费拉基米尔又向苏立生问道：“你判断，拉乌尔能杀吗？”

苏立生仔细琢磨了一下说：“拉乌尔身边有个叫弗兰克的，他不是一般人物，我怀疑他是日谍，暗中保护拉乌尔。”

费拉基米尔哼了一声：“那就一起杀了。”

苏立生反问道：“万一他不是一个人呢，你去刺杀就是自投罗网。”

这时，安妮仰起头，倔强地说：“所以，我更不能走了。”

费拉基米尔看着安妮，对苏立生说：“一个修女，一个卖烟的姑娘，很难让人联系在一起吧。”

安妮也坚决地说：“还要帮助犹太人，再大的危险，我也不会走的。”

看着二人，苏立生掏出一根烟点上，边思考边问：“叶戈尔是你们的人吗？”

费拉基米尔脸色一沉：“苏先生调查我们？”

苏立生摇头反问：“叶戈尔被岩井公馆抓了，你不知道？”

费拉基米尔惊讶地看着苏立生：“什么？”

“怎么？你真的不知道？”

费拉基米尔说：“苏共第五局上海小组，一共只有四个人，负责联络的同志去了北平，所以消息可能延迟了。”

苏立生又问："安娜是你们的人吗？"

费拉基米尔摇摇头："不是我们小组的，她是从哈尔滨调过来支援我们的，是外围人员。侥幸呀，幸亏调了过来，不然也死了。"

苏立生长嘘了一口气："还好是外围人员。"

弗拉基米尔反问道："怎么问起她？"

苏立生冷笑一声："她就是'白俄医生'。"

"什么？！"费拉基米尔惊愕地张大嘴巴，"安娜是日谍！妈的，叛徒！"

苏立生问："安娜知道乐木轩是你们的联络点吗？"

"不知道。先想办法救出叶戈尔。"

"晚了。叶戈尔死了。"

"死了？他的心脏病发作了？叶戈尔暴露了，那上海小组就危险了。"

苏立生站起身，准备告辞："好了，我能为你们做的只有这些。其他的，只能看你们的运气了。"

安妮重重地点了点头："我们会有好运的。"

～ 176 ～

[上海，公共租界，南京路，英伦西餐厅]

一个冒牌的西湖小组成立了。

杉本哲的确是个有勇无谋的特工，他物色的两个组员，都令人大跌眼镜。第一个是陆川，这不代表他信任这个花花公子，他只相信富家子弟惜命，不会是反日分子。

第二个是露易斯·格林。他宁愿找一个刺客，也不愿用公馆的人，按道理说这也是一招妙棋。第一，露易斯是法国人，不会牵连中国政府；第二，露易斯只认钱不认人，不在乎杀谁。可杉本哲忽略了一件事：他未必能驾驭得了这个法国女刺客。

刺杀千叶葵，这是冒牌西湖小组的第一个任务。

陆川约梅子青在英伦西餐厅吃饭，将这个消息告诉梅子青时，梅子青竟然没有什么反应，切牛排的手依然很稳，令陆川非常好奇。

“你早就知道千叶葵是满铁的？”陆川吃了一口牛排，边嚼边问，“所以你才让老苏去跟踪千叶葵？老苏是白沙小组的情报员？”

梅子青淡淡一笑：“别坏了规矩。”

陆川端起酒杯：“问多了，自罚一杯。”

“别往心里去。”

“只有守规矩，才能活长久。”

梅子青看着陆川，慢慢地说：“有件事，我一直想问你。”

“假路线的事吧？”陆川嘿嘿一笑，“我知道你终究会问的，给你们假路线是‘黑沙’同志的意思。”

“岩井公馆、特高课、土肥原机关，‘黑沙’在哪里？”

“别坏了规矩。”

梅子青也笑着端起酒杯：“那我也自罚一杯。”

“我陪你。”陆川端起酒杯也喝了一口，“知道吗？许少醉可不是一般人物。”

梅子青没有接话，轻轻放下酒杯，又切了一小块牛排。

陆川好奇地问道：“你不关心？”

梅子青淡笑一笑：“我该关心吗？”

陆川看着梅子青的脸，似笑非笑地说：“老苏不在，我以为你关心呢！”

“听听也无妨。”

“你呀！想听就问，咱们可是老同学。”陆川揶揄地笑道，“许少醉也是特高课行动课课长，跟满铁、十三军特务连、海军陆战队特务处都有关系。”

看到梅子青的眉头微微一蹙，陆川接着说：“放心吧，他不会是‘白沙’的。”

梅子青平静地点点头：“他当然不是‘白沙’。”

“认识这个吧？”陆川从兜里掏出一个木制弥勒佛，放在桌上，推给梅子青。

梅子青看着木制弥勒佛，诧异地问：“你怎么有这个？”

“这是梅大总管临走前给我的，要我这两天交给你。”

梅子青拿起木制弥勒佛：“他什么意思？”

陆川摇摇头："不知道。"

梅子青放下弥勒佛，抬起手腕看了看表："立生怎么还没来？"

陆川也有点担心地说："不会出事了吧？"

"我去乐木轩看看。"梅子青脸上露出焦急的神态。

吱呀一声，房门开了，木村苍介穿着便服站在门前，向梅子青和陆川笑了笑，说："真巧，我嘴馋了。你们不着急走吧？"

陆川不理木村苍介，自顾切着牛排，刀叉划着了盘子，发出刺耳的声音。

梅子青笑了笑，说："木村先生，喝点什么？"

"你们喝什么，我就喝什么。"木村苍介毫不客气地在陆川身旁坐下，"只有你们俩？苏主编不在吗？"

梅子青向外一指："他刚出去。"

木村苍介笑眯眯地问："出去做什么？"

梅子青苦笑地说："他忽然抽起风来，想喝乐木轩的啤酒，非要去乐木轩。"

陆川哈哈一笑："乐木轩牛呀！啤酒不零售，想喝就得去乐木轩。"

木村苍介皮笑肉不笑地说："说到乐木轩的啤酒，我也有些馋了，那就一起等等苏主编，看看有没有口福，在这里喝一杯乐木轩！"

梅子青强颜欢笑："没想到木村先生也喜欢喝乐木轩！"

木村苍介哈哈一笑："喝酒倒在其次，最主要的是想给陆大少赔个不是。"

"不敢！不敢！"陆川打着哈哈应道。

木村苍介抬手看了看手表："都这个点了，苏主编还没回来？"

"乐木轩啤酒……"苏立生快步走到门口，猛地瞧见木村苍介，立刻住了嘴。

梅子青站起身，埋怨地说道："你怎么才回来？木村先生来了。"

木村苍介看着刚刚进门的苏立生，说："我也想喝乐木轩的啤酒！"

陆川哈哈一笑："老苏你可以呀，能从乐木轩弄回啤酒！来，咱们喝酒！"

~ 177 ~

[上海，公共租界，静安寺路，十六铺码头]

董兴川火锅店是静安寺路的另一个符号，如果说静安寺是脱俗的，国际饭店是高雅的，那么它就是入世的俗物、低档的喧嚣。也可以说是富贵的象征，只是门槛低些，只要你舍得花钱，总可以去涮一把羊肉的，可以在热闹里窥见人世百态。

“给你的！”在董兴川火锅店的包间里，苏成一右手涮着羊肉，左手从兜里掏出一个信封拍在桌上。

陈烽丘放下筷子，拿起信封，从里面抽出一叠钱，又丢回桌上，耸了耸肩：“我图的不是这个。”

苏成一大口吃着羊肉，吐字不是很清楚：“你图的啥，我知道。这个，也不能少。”陈烽丘呵呵一笑。

“别嫌少，就是个意思。”苏成一边吃边说，“你掌管那么大的监狱，也不在乎这个。但对我来说不一样，我拿你的情报，给你钱，这就是买卖。”

“买卖，好！”听到这里，陈烽丘爽快地大笑，将信封装入兜里。

“你怎么知道军统7号联络点的？”

陈烽丘吃了一口菜，说：“北平、天津、青岛，三地军统站被端了，死了二三百人，听说了吧？”

苏成一放下筷子，缓缓道：“你也听说了？”

“王千木干的。”

“比咱们还狠啊！”

“你我都是小角色。”

苏成一又拿起筷子，点头笑笑：“也是。”

“我监狱里有个囚犯，叫霍老四，他提供了一个大消息。”

“什么消息？”

“平公馆，平二小姐的丫鬟小蝶，就是他妈的间谍。”

“真的吗？”苏成一追问，“哪国的间谍？”

“不知道。”

苏成一嘿嘿笑道：“最好是共党的间谍。”

陈烽丘举起酒杯 ："这个消息免费送给你。"

苏成一也举起酒杯 ："如果我立了功，不会少了你那份。"

"我想要的，你得多操心。"陈烽丘抬手看了看表，"我得走了，晚上夜班。"

"一个监狱长，还他妈的上夜班。"苏成一狡黠地笑了。

"陪娘们睡觉就是工作。"陈烽丘哈哈一笑，伸手在苏成一肩上一按，起身走了。他离开火锅店后，径直去了法租界，徒步走过了整条霞飞路，最终到了十六铺码头。夜色下，他看到江畔有一道人影，便点了一根烟，边抽着边向四周张望，确定无人跟踪时才走了过去。

"老陈。"那个人影转过身，赫然是毛玠。

"二哥！"陈烽丘走到毛玠身边，轻声打着招呼。

"安全吗？"

"没有尾巴。"

"王千木信你了吗？"

"日本人信我，他就得信。"陈烽丘嘿嘿一笑，丢了烟蒂踩灭，"可惜了，死了四个兄弟。"

"我给兄弟们报仇了。"毛玠冷冷一笑，"我劈了他们五个。"

陈烽丘低声说道 ："王千木要栽赃苏成一。"

"苏成一，黑名单上的小人物，送他一程。"

"已经推了一把。"陈烽丘又点了一根烟，"平二小姐的丫鬟小蝶，是个日本间谍，代号'蝴蝶'。"

毛玠若有所思地重复了一声 ："'蝴蝶'？"

"六年前平家惨案的幕后主凶。"陈烽丘向黄浦江深处望了一眼，"苏成一会去调查'蝴蝶'，他只要去调查就必死无疑。"

"这个'蝴蝶'很重要吗？"

"日本人下令，不准调查'蝴蝶'，这可是少有的事儿。"

"'蝴蝶'是个马蜂窝。"毛玠嘿嘿一笑，"好啊，苏成一捅了马蜂窝，就他娘的蜇疼了 76 号。"

陈烽丘得意地说 ："我会推波助澜的。"

毛玠又严肃地说道 ："老板下了死命令，一定要除掉王千木。"

陈烽丘挠挠脑袋，头疼地说："不太好办呢。"

"你负责打探消息，除掉王千木由西湖和顽石两个小组来办。"毛玠转身向江心望去，"回吧，路上小心些。"

"走了，二哥。"陈烽丘向毛玠一点头，沿着黄浦江畔向前走去。

～ 178 ～

[上海，法租界，福开森路，梅苑]

晴天一声霹雳，卖国贼！

父亲是卖国贼，大汉奸！

简直不敢想象，江南梅家怎么可以折了脊梁，江南梅家怎么可以失了傲骨？

啪的一声，一只水杯从梅子青手里滑落，摔碎在地。那飞溅而起的玻璃碎片，扎到了她的腿，她也不觉得痛，无法感觉到痛了，还有什么比遭雷劈还痛的呢？

"你说什么？！"正在倒水的梅子青，一脸惊愕地看着苏立生。

"烫着了吗？扎着了吗？"苏立生赶紧从梅子青手里取过暖瓶，放在桌上。

梅子青魂不守舍地问："你说什么？你说我爸爸是满铁的'老汤'？"

苏立生点点头："嗯，我亲耳听宫崎翼说的。"

"我爸爸真是日谍？！他真是个汉奸？！"梅子青愕然地走到沙发前坐下，突然想起什么，侧身从包里掏出那个木制弥勒佛，"这是我爸爸去伪满洲之前，让陆川给我的。"

"大总管为什么给你这个？"

梅子青噌的一声起身："后面平房。"

苏立生也突然醒悟到什么："走，去看看。"

令他们惊奇的是，平房里面的监视器材已经不在了。空荡荡的，只有桌上那盏台灯的开关线末端挂着一张纸片。梅子青疾步走到桌前，伸手摘下纸片，只见纸片上写着几行字——

赤木亲之调任工部局警务处处长
他是陆军部高级间谍
与满铁副总裁宫本正仁私交不错
极有可能重启山田寿之案
做好清理工作

“可信吗？”梅子青疑惑地将纸片递给苏立生。

苏立生接过纸片，迅速浏览：“赤木亲之是陆军部高级间谍，这绝对是日本人的绝密信息，也只有‘老汤’这样的间谍才能拿到。”

梅子青木然地说：“我爸爸真的是‘老汤’！”

“子青，这是个好机会。”

梅子青愣了一下：“什么机会？”

“大总管是满铁‘老汤’，还掌管着岩井公馆，只要待在他的身边，就能拿到重要情报。”

梅子青讷讷地说：“我要做一个乖女儿？！”

“子青，这是你的任务。”

梅子青没有答话，转身走出平房，站在树下仰望着疏朗的星空。她听到苏立生的脚步声，转过身，眼中闪着泪花，问道：“你要怎么做？”

“‘老汤’的事，我必须向延安汇报。”

梅子青的眼睛一闭，任由眼泪流淌：“我下不了手，大义灭亲，我做不到。”

“放心吧，只要有你在，延安就不会下锄奸令的。”

“终究有一天，我们要对汉奸进行清算的，不是吗？”

苏立生心疼地看着梅子青：“今夜你又要无眠了吧？”

梅子青泪流满面：“你能睡得着吗？”

“我也睡不着。”苏立生抬头瞥了一眼夜空中的星星，“咱们去虹口，把枪取回来！”

第五日

1938 年 11 月 14 日　星期一

民国二十七年　农历九月二十三

戊寅年　癸亥月

第八章　生死劫

～ 179 ～

［上海，公共租界，工部局，警务处］

新官上任三把火。

赤木亲之上任工部局警务处处长的第一把火，烧的就是陈耕的左膀右臂。这位刚过不惑之龄的老牌特工，不仅是陆军部的优才生，还是位剑道高手。赤木家族是日本长野的贵族，他向来也以雅士自居，衣者必得体，食者必美味。这一任职便是三年，后来潜心为梅机关办事，在珍珠港前夕被军统刺杀于法租界。（作者按：详见拙作民国谍战系列小说《叱咤之城》）

陈耕的左膀右臂就是安江和谢奎，这二位有些愚蠢，陈耕出事后，竟然眷恋官职，没有立刻逃走，结果被赤木亲之一把火点了。

赤木亲之穿着笔挺的西服，提着一把十全剑，穿过审讯室幽暗阴森的前厅，拐进一道门，便看到绑在审讯架上的安江和捆在电椅上的谢奎。

"不招？继续！我还没见过警察能抗住酷刑的，除非他们不是警察，是他妈的共党！"时年二十四五岁的行动队队长须贺健正在审讯，态度比较蛮横，安江被烧红的烙铁烫晕过去，谢奎也被电晕了。

赤木亲之问："招了吗？"

须贺健摇头："没有。"

"八嘎！"赤木亲之抽出十全剑，从桌上取过酒精，洒在剑刃上，然后把十全剑送到了火炉上。轰的一声，十全剑剑刃上升腾起火焰。他举着十全剑，走到安江身旁，一剑刺穿了安江的胳膊。

“啊！啊——”安江惊叫着醒来，看到烧着的胳膊，惨叫不已。

“我招！我招！”谢奎被安江的惨叫声惊醒，扭头看到安江的惨状，瞳孔都放大了。

赤木亲之哼了一声，又挥剑砍断了安江的胳膊，吩咐须贺健：“给他包扎，他是人证，留他一条活命。”

然后赤木亲之又转过身，凶狠地盯着谢奎，说：“你也是人证，如实招来，我不杀你。”

“我招！我招！”谢奎立刻怂了，“山田寿被我们烧成灰了。”

赤木亲之好奇地问：“这么个大活人，你们是怎么掩人耳目烧尸的？”

“直接送到火葬场烧的。”谢奎颤抖着说，“有合法手续。”

“合法手续？经常干这个？”

“嗯，不，也不经常，只烧了五六具尸体。”

赤木亲之嘿嘿一笑：“一整套的流程，不错！”

“签字吧！”须贺健解开谢奎胳膊上的绳子，将一支笔扔在他手边，手指在口供上一点。

谢奎握笔的手不停地抖，抖得写不了字。赤木亲之将十全剑压在谢奎的手上。谢奎的脸色一变，手竟然不抖了，麻利地签上了字。

赤木亲之哼了一声：“你们很残忍，我大日本帝国英雄的尸体，竟被你们烧成灰了。”

谢奎的手又开始颤抖：“这是陈处长的命令，我们只是奉命行事。”

“哼！支那人！”赤木亲之看着谢奎发抖的手，对须贺健说，“放心吧，我是不会杀掉人证的。你和他一起去把证物取回来。”

证物很快被取回来，直接送到了警务处处长室。证物只有三样：一支弓弩箭、山田寿的日记和只剩下半张的照片。

“凶手使用的武器是弓弩。”须贺健手里夹着一个公文包，指了指弓弩箭。

“能采集到指纹吗？”赤木亲之坐在椅子上，仔细地端详那支弓弩箭。

须贺健摇摇头：“早被擦干净了。”

“谁擦的？是凶手，还是陈耕？”

“谢奎说，是陈耕。”

赤木亲之眉头一皱：“陈耕擦掉指纹，那就是销毁证据。他是重庆分子，山田寿难道是被重庆杀的？”

“有这个可能。”

“重庆为什么杀山田寿？”

“山田君是天津满铁部长，重庆有 100 个理由可以杀他。”

沉思片刻之后，赤木亲之又问：“山田寿为何住进沙逊大厦？沙逊大厦与百老汇大厦近在咫尺，如果没有什么特别需求，他应该住在百老汇大厦才是呀！”

“这是从证物房找到的。”须贺健打开公文包，从包里取出一张烧了一半的照片和一个日记本，放在办公桌上。

赤木亲之拿起那半张照片：“另外半张照片上的人应该是个女人。”

“脸被烧掉了，剩下的部分找不到有用的价值。”

赤木亲之伸手拉亮台灯，将照片放在灯光下仔细察看，剩下的半张照片中还保留一只女子的手，女子的中指戴着一枚戒指，一枚普普通通的戒指，毫无稀奇之处。

“我知道这个女人是谁了。”赤木亲之仔细辨认戒指之后，眉头紧紧皱在一起。

须贺健惊讶地问：“是谁？”

赤木亲之指着女人手上的戒指：“你帮我看看，戒指上是不是有三个点？”

须贺健仔细辨认照片：“这是黑白照片，好像是有三个墨点，很有可能是洗照片时残留的墨。”

“这就是陈耕查不出来的原因。”赤木亲之放下照片，又伸手拿起日记本，翻到扉页，看到“湫漻寂寞”四个字，脸上一喜，说：“这就对了。”

须贺健好奇地问：“怎么回事？”

“那三个点，不是残留的墨，的确是三个点，那是赤木家族的家徽。”赤木亲之又拿起照片，指着戒指，“这是我送给鸟羽小姐的戒指。”

须贺健诧异地张大嘴巴：“鸟羽小姐？”

赤木亲之说道：“赤木家族与鸟羽家族本有姻亲，她原本是我的未婚妻，这枚戒指就是我送给她的。只可惜，鸟羽小姐热衷做间谍，十年前来了中国，我们自此分别。”

须贺健小心翼翼地问："山田寿要见鸟羽小姐吗？"

"山田寿为什么要见鸟羽小姐？"赤木亲之一边思考一边吩咐须贺健，"给宫本先生发电报，询问山田寿的真实身份。"

～ 180 ～

[伪满洲国，哈尔滨，关东军情报部]

关东军情报部早就掌握了军统的"玉"小组，那是从一个很小的漏洞开始的。"雪崩计划"失败后，关东军情报部和满铁总部在整个满洲进行摸查，结果发现了一个不搭调的事情。

欧阳慧，一个普通的店员，竟然经常跟随秋白萍去新京。这本来没有什么问题，老板奖赏员工是常有的事。可是，如果秋白萍有问题，那么这个小店员也大有问题了。

于是，松岛凉子和宇多光一就此展开调查跟踪。这一调查下来，发现的问题更大了，欧阳慧竟是哈尔滨警察厅经济股股长的情人。漏洞越来越多，一周后又挖掘出一个秘密，欧阳慧和金树云是军统的"玉"小组成员，正在执行重庆的特殊行动：保护一个摧毁"雪崩计划"的大人物。

知晓身份，洞悉行动，接下来就是钓出那个"大人物"了。没有怀疑的审讯，而是一场硬核的游戏。在那个充满智慧的游戏里，要么施酷刑让对手变节，要么设圈套让对手掉进去。审讯了一夜之后，松岛凉子发现酷刑对决意赴死的中国特工毫无用处，便决定设局下套。

"你们省些力气吧！"金树云被绑在电椅上，浑身是血，向地上啐了一口血沫子，"老子什么事情都不会招，招了死的不止老子一个人。老子不招，死了还他妈是英雄，明白吗？"

"敬英雄！"松岛凉子手里拿着一个文件袋，走进审讯室，竟然鼓起掌来。

"来个明事理的。"金树云向手拿烙铁的宇多光一翻了一个白眼。

松岛凉子走到金树云身边："你可以去做英雄了。"

宇多光一皱眉："杀了他？"

松岛凉子点点头："他没用了。欧阳慧招了。"

金树云嘿嘿冷笑："这些小伎俩连鬼都骗不了。"

"是吗？"松岛凉子伸手拍了拍，回头冲着门口喊，"带进来。"

两名关东军押着披头散发的欧阳慧走了进来，长发遮住了她的脸。欧阳慧身上的衣服都被扯烂了，隐私部位的衣服也没有幸免。

金树云怒喝："你们就是畜生！"

松岛凉子冷笑："面对一群饥渴难耐的帝国勇士，就算她今天不招，明天也会招的。"

欧阳慧突然挣扎起来，却哼哼唧唧地说不出话。一名关东军伸手打晕了欧阳慧，又把她拖了出去。

"这份文件就藏在你的保险柜里。"松岛凉子打开手中的文件袋，抽出一份文件，展示给金树云看，"上面有秋白萍的签字，你为什么保护秋白萍？"

"秋白萍是我的上级。"

"财长大臣，经济股长，中间差了太多级别，你说的上级到底是哪个上级？"

金树云呸了一声："欧阳不是招了吗？还他妈问我？"

"你们太聪明了，计划都是化整为零，她只说了她知道的，我希望你能补充她不知道的。"

金树云轻蔑地瞥了一眼松岛凉子："所以，她一个人招了也没用。"

松岛凉子冷笑："你我心知肚明，谁才是满洲的主人，是大日本帝国！就凭欧阳慧的供词，关东军就可拘捕秋白萍。"

"既然如此，你们去抓人吧！"金树云见松岛凉子脸色很难看，哈哈大笑起来，"我一个小小的经济股长，竟摧毁了你们的'雪崩计划'，我是死得其所了。"

松岛凉子转身拿起电话，拨了一个号码，说："欧阳慧交给你们了，好好享受吧！"

金树云的眼睛暴突："畜生！"

宇多光一走到金树云面前，皮笑肉不笑地说："支那女人就是用来安抚帝国军人的！"

金树云挣扎着骂道："畜生！你们这群畜生！"

宇多光一抬起手腕看着手表："你还有一分钟时间。记住，是你害了欧阳慧！"

金树云用尽全力挣扎，捆绑他的皮带发出啪啪的声响。

宇多光一阴险地笑着："还有 30 秒！"

金树云突然如泄了气的皮球，一下子瘫软下来："我招！"

松岛凉子立刻拨通电话："停下来！"

宇多光一给金树云松了绑，伸手拍了拍金树云的脸："讲吧，金先生。"

金树云有气无力地说："你们弄错了，泄露'雪崩计划'情报的不是秋白萍，而是郑笑胥。"

松岛凉子疑惑地问："满洲国务总理？"

金树云喘了口气，接着说："他已经投靠了重庆。"

松岛凉子扬了扬文件："秋白萍？"

金树云鄙夷地一笑："我们执行的是'玉碎计划'，目的是牺牲'玉'小组，嫁祸秋白萍，保护郑笑胥。"

宇多光一怒道："八嘎！"

两名关东军押着昏迷的欧阳慧走进来，将她放在椅子上。宇多光一端着一瓢凉水泼在了欧阳慧的脸上。欧阳慧的头发被冲开，嘴上贴着胶布，这时的她突然醒来，第一眼看到被松绑的金树云，面目扭曲地瞪大眼睛。松岛凉子伸手撕掉了欧阳慧嘴上的胶布。

欧阳慧脱口而出："假的！"

金树云愣愣地看着欧阳慧："什么假的？"

欧阳慧喘着粗气说："他们根本没有审我！他们是骗你的！"

金树云瞪着松岛凉子骂道："你们骗我！"

松岛凉子冷笑一声："你已经招供了，变节了，只有一条路可走。"

金树云瞥见宇多光一腰间的南造手枪，突然扑上去抢手枪，却被宇多光一一个背摔掼在了地上。

"宇多可是柔道高手。"松岛凉子冷冷地哼了一声，走到金树云身前，向欧阳慧望去，"我给你一条活路，还给你一个女人！这个女人，要么跟了你，要么就枪毙。"

金树云从地上爬起来："我要她。"

宇多光一伸手抬起欧阳慧的脸："你呢？"

金树云踉跄地走到欧阳慧身旁："我已经招供了，牺牲没有价值了。"

欧阳慧的目光涣散，讷讷地说："我跟他。"

松岛凉子得意地哼了一声："这就对了！送他们回去。"

四名关东军押着浑身是伤的金树云和欧阳慧走了出去。松岛凉子拨通电话向宫本正仁汇报审讯结果。宇多光一查看着审讯记录，等松岛凉子挂上电话，说："尽快形成报告，我还要去'东乡'。"

松岛凉子不解地："你要去'东乡'？"

宇多光一说："温泉中心就搭建在东乡部队。"

松岛凉子点点头："'俄国爱国主义同盟'的人，十点在圣索菲亚大教堂集合。"

"几个人？"

"四个人。"

"我去接他们。"宇多光一看了看手表，将审讯记录丢在桌上，转身拿起军服，一边穿一边走出审讯室。

～ 181 ～

[伪满洲国，哈尔滨，满铁满洲调查部]

一辆轿车停在 7 号公馆主楼前，时年 78 岁的国务总理从车里走下来。他穿着锦衣长袍，戴着怀表，手拄文明棍，颇有前清遗老的风范。不过他的脸色太疲倦了，向空洞洞的大门望了一眼，幽幽地叹了口气。堂堂满洲总理，仅次于溥仪的重臣，一手促成伪满洲国的前清遗老，竟然被如此轻视，他却怒不起来。哀其不幸，怒其不争！

郑笑胥向主楼走去，依稀可见宫本正仁站在客厅里吸着雪茄，正要迈上台阶的脚忽然一歪，差一点摔倒。幸亏他反应还算快，立刻用文明棍撑住，这才稳住了身子。

郑笑胥的脸色阴沉了下来。

"总理先生。"宫本正仁等郑笑胥到了门口，才哈哈大笑地迎上去。

“宫本……”

宫本正仁挥手制止：“我也姓爱新觉罗。”

郑笑胥沉吟道：“故国神游，多情应笑我，早生华发。”

“总理先生太多感慨了。”

“秋是满洲大臣……”

宫本正仁打断郑笑胥，冷笑一声：“我还是天皇外戚呢！”

郑笑胥脸色变得很难看：“满洲虽是小国，但日本却是友邦，总不能让外国看笑话，说我满洲是‘弱国无外交’。”

宫本正仁呵呵一笑：“总理先生言重了。”

郑笑胥无奈地说道：“那就放了秋吧！”

“总理先生先休息一下，待会儿一同去见秋先生可好？”

郑笑胥打开怀表，看了看时间，点了点头，说：“也好！我这一路都没有休息，的确有些乏了。”

这时，电话突然响了，宫本正仁向客厅里扫了一眼，说道：“总理先生稍等，我接个电话。”

郑笑胥没有回应，转身下了台阶，走到花圃前看花。

宫本正仁看着郑笑胥的背影，嘴角露出一抹冷笑。他走进客厅，接起电话，正是松岛凉子汇报审讯结果，得知郑笑胥才是破坏“雪崩计划”的背后主谋，脸上不禁暗藏杀机。

郑笑胥自然没有休息成，宫本正仁挂掉电话就带他去见了秋白萍。秋白萍住在侧楼顶层，屋檐上挂着一溜冰柱，被阳光映得五彩缤纷，煞是好看。秋白萍站在窗前看着，宛如被绚烂的色彩迷住了，一动不动。直到听见敲门声，她才转过身去开门，见是老师来了，顿感委屈，请老师和宫本正仁进屋叙话。

“老师，辛苦您了。”秋白萍给郑笑胥泡了杯热茶。

“放心吧，没事的。”郑笑胥向秋白萍微微一笑，示意她安心。

宫本正仁呵呵一笑：“关东军情报部破获了军统‘玉’小组，查出哈尔滨警察厅经济股股长金树云是破坏‘雪崩计划’的主谋。”

秋白萍不动声色地说道：“一个小小的经济股长，不可能接触到‘雪崩计划’的。在满洲，只有我和老师知道的。”

宫本正仁嘿嘿一笑："你将文件带回家了吗？"

秋白萍摇摇头："我只在新京看过文件，根本没有带回哈尔滨。"

"笔录了吗？"

"笔录？！"秋白萍想了想说，"对了，我笔录了一小部分，装在公文包里……"

宫本正仁微微一笑："然后交给了随同你一起到新京的欧阳慧，是吧？"

秋白萍点点头："是的。宫本先生怎么知道？"

"欧阳慧是军统，已经被抓了，她是潜伏在你身边的特务。她打开过您的公文包，看到了笔录文件，然后通知了戴笠。"

秋白萍一拍桌子："真是家贼难防！"

"好了，秋先生，你可以走了。"宫本正仁向郑笑胥望去，"总理还满意吧？"

郑笑胥的脸上露出一丝笑容："嗯，还好。"

秋白萍问："晋元呢？"

宫本正仁摇摇头："他还不能走。"

秋白萍执着地说："晋元是为了我才来的哈尔滨，他不能走，我也不走。"

宫本正仁有点不耐烦地说："秋先生。"

郑笑胥也担心地劝道："秋！"

秋白萍坚决地摇摇头，说："有些情义，比命还重要。我会留在这里，和宫本先生一起审讯晋元。"

宫本正仁不满地说："满铁的事情，秋先生最好不要插手吧！"

秋白萍微微一笑："宫本先生，我也是满铁的副总裁。"

宫本正仁无奈地说道："那好吧。"

郑笑胥看着秋白萍，再次劝道："秋，你真的要留下来？"

秋白萍对郑笑胥诚恳地说："老师，您舟车劳顿来救我，是个情字；晋元不远万里来找我，也是个情字；我调查清楚，还晋元一个清白，也是一个情字。"

郑笑胥点点头："君心似我心，情深不负，好！老师在哈尔滨等你。"

"老师，您可以帮我一件事吗？"

"讲。"

"中央大街有个圣索菲亚书店，我订了一本书应该到了。老师能帮我取回来吗？我想在这里看一看，打发一下时间。”

“什么书？”

“亚当·斯密的《国富论》。”

郑笑胥看了看宫本正仁，脸上绽放出得意的光芒：“看吧，满洲大臣时刻不忘学习，为建设满洲帝国鞠躬尽瘁。”

~ 182 ~

[上海，愚园路，陆公馆；公共租界，汇中饭店]

“千叶葵今晚会去乐木轩，这是个机会。”陆川一手接听电话，一手继续画画，“情报可靠吗？”

“‘青花’弄到的情报。”电话是梅子青打来的。

“青花”的情报令陆川更感兴趣了，他立刻拨通岩井公馆行动课的电话，与杉本哲商量晚上刺杀千叶葵的事。刚挂断电话，就听到开门的声音，然后看到平少柔走了进来，陆川不由眉头一皱：“你怎么有钥匙？”

平少柔瞟了一眼陆川：“别忘了，这本是我家的房子。”

陆川柔声说：“大伯吵你了吗？”

平少柔昂起头：“我爸才不会吵我呢！”

陆川灿烂地笑了：“是吗？我还以为老陆和大伯商量好了呢！”

平少柔莞尔一笑：“我爸说了，只要我喜欢的，他都支持。”

陆川兴奋地说：“看来，我们只要把老陆拿下就妥了。”

“难！”

“你什么意思？要撤呀！”

“我才不会撤呢！”平少柔放下包，伸手抱住了陆川。

“松开！再被老陆撞见，他非杀了我不可！”

平少柔咯咯一笑，松开了陆川：“你怎么没去上班？”

陆川指着画架说：“这不赶稿子呢嘛！”

“来，帮我一个忙呗。”平少柔从包里掏出一个封信，递给陆川，“借一下你捉刀的本事，临摹一封信。”

陆川接过信封，抽出信纸，只见上面写着几行字——

衔远山，吞长江，浩浩汤汤，横无际涯。

迁客骚人，多会于此，览物之情，吾谁与归？

时九月十五日。

陆川皱眉："《岳阳楼记》？"

"不能是《黄浦江记》吗？"

"有点意思！衔远山，吞长江，说是黄浦江也可。迁客骚人，多会于此，说的是南京路外滩——沙逊大厦，对吧？临摹谁的字？"

"览物之情，吾谁与归？这是一封幽会信。"平少柔笑了笑，从包里又掏出一个封信，抽出信纸，上面是全篇的《岳阳楼记》，纸质有些发黄。

陆川接过信纸："瞧这信纸，有些年头了。"

"十年前写的。"

陆川扬了扬两封信，自信满满："这个好办，有原稿，誊抄很容易。什么时候要？"

"午饭的时候。"

"这么急？"

"佳人有约的事，能不急吗？"平少柔扑哧一声笑了，"你放心，不是我去幽会。"

陆川假装嗔怒："你敢！"

"我出去办点儿事，你赶快弄。"说完，平少柔拎着包就走了。

平少柔驱车赶到沙逊大厦对面的汇中饭店，从车里拎出一个小提琴箱子，走到吧台前订了一间房。

"就这间吧！"平少柔看着空房记录，见 403、503 房空着，指着 403 房说。

"小姐贵姓？"

"我姓平。"平少柔向沙逊大厦一指，"对面电影公司的。"

平少柔拿了钥匙，提着小提琴箱子走进 403 房。她没有关门，在屋里等了片刻，便听到叮的一声脆响，一把同款钥匙丢了进来。她捡起钥匙，见上面贴着“503”号牌，脸上露出笑容，提着小提琴箱子又去了503房，把箱子悄悄放好后就离开了。

事情办妥，平少柔便赶回了陆公馆，她见陆川还在画画，立刻动了气，转头瞧见颜料瓶，拿起来准备砸陆川。

陆川用手挡住脸，笑嘻嘻地说道：“手下留情！”

平少柔丢掉颜料瓶，质问：“信写好了吗？”

“就这几个字，还要写一天吗？”陆川从兜里掏出一个信封，背着平少柔一举，“你不能温柔些吗？”

“少柔，少柔，就是缺少温柔。”平少柔喜笑颜开，走到陆川身旁，一把夺走信封，“怎么，不喜欢的话，别跟我在一起呀。”

平少柔一边打趣一边打开信封，抽出信纸，见临摹的字与原作一模一样，简直以假乱真，兴奋地在陆川脸上亲了一口：“谢谢你，我走啦。”

陆川一愣：“中午不一起吃饭吗？”

“我约了人，走了！”平少柔潇洒地转身离开了。

陆川望着平少柔的背影，从兜里掏出发黄的信纸，看着上面的字，眉头微微一皱，喃喃地说：“这是大总管的字，小柔为何要临摹大总管的字？”想不出个所以然，便掏出打火机点着信纸，丢进了烟灰缸里。

平少柔出了陆公馆，徒步走了千把米远，在一个巷子口看到了梅子青。她将信封交给了梅子青，颇为自豪地说：“看看吧！”

梅子青抽出信纸一看：“陆川还有这本事？”

平少柔骄傲地笑了笑：“他的本事多着呢！”

梅子青也笑了笑：“枪放好了？”

“这是503房的钥匙。”平少柔从包里取出一把钥匙，“董大哥雇的人，用的是假证件。”

“你留下痕迹了吗？你必须在汇中饭店。”梅子青接过信纸，见平少柔点头，松了一口气，“行动吧，今晚刺杀宫崎翼！”

“还有陈逯！”平少柔握紧了手，兴奋地踮了踮脚尖。

～ 183 ～

[上海，日占区，北苏州路，河滨大楼]

一切如陆文泰所料，拉乌尔神父果然来河滨大楼交涉了。土肥原贤二离开上海前，带着陆文泰见了第十三军司令松井太久郎，早就拿到了河滨大楼的管辖权。这令拿了拉乌尔神父七寸的陆文泰更稳操胜券了，接下来的问题就是如何悄无声息地把事情办成。

弗兰克是陪着拉乌尔神父一起来的，由于事关重大，被陆文泰的人挡在了楼下。

有了这一举动，拉乌尔神父便猜到是怎么回事了，所以见了陆文泰，不等他绕着圈子套话，直截了当地说："陆先生，我们直奔主题吧。"

"神父，请坐。"陆文泰一时间摸不清拉乌尔的意图，只得打太极兜圈子，"河滨大楼的物业，我已和海军陆战队签约，神父如此直截了当，我也就直言不讳了。这栋楼，绝不能腾空。"

"这不是我们的主题。"拉乌尔神父走到沙发前坐下，笑着摆了摆手，"我虽不知你的真实身份，但我知道你是代表土肥原和我说话的，对吧？"

"既然神父捅破了窗户纸，我也就不再绕弯子了。"陆文泰会心地一笑，"土肥原先生的意思，神父明白吗？"

"反苏铁血同盟。"

"神父的答案是什么？"

拉乌尔神父摇头苦笑着："我还有其他选择吗？"

"有的，放弃帮助犹太难民。"

"现在放弃，可是丢掉了初心。"拉乌尔神父叹了口气，"我成为通缉犯，初心就是救人。没了初心，就没了灵魂。不忘初心，方得始终。"

陆文泰笑着点点头："神父是答应了？"

"但我有三个条件。"

"请讲。"

"第一，不能为难逃难来的犹太难民。"

"可以。"

"第二，三个月内腾空河滨大楼。"

“这不是问题。”

“第三，河滨大楼腾空之日，我会和土肥原签约。这三个月内，请不要打扰摩西会堂。”

陆文泰有点失望地说：“不能先签约吗？”

拉乌尔神父微微一笑：“我总要看看土肥原的诚意吧？”

“前两个条件，我现在就可以答应你。”陆文泰看着拉乌尔神父脸上的笑容，更琢磨不透他的心思，只好实话实说，“至于第三个条件，我要请示土肥原先生。”

~ 184 ~

[上海，日占区，虹口，重光堂]

重光堂会谈两天前就已经开始了，由于土肥原贤二人在哈尔滨，谈判仅限于加深了解。影佐圭吾是个中国通，十年前便是日本驻上海领事馆武官，可以说对上海滩非常了解。十年弹指一挥间，已经成为大本营参谋部中国课课长的他，自然有更大的野心。所以，他很有耐心地与周佛麟沟通周旋，以便猜度汪精卫的心思。周佛麟很是圆滑，圆滑里透着精明，更透着对时局的渴望。那些小圆滑、小兴奋、小渴望，都被影佐圭吾一一收进眼底，知道周佛麟的脊梁比梅晋黾容易折断，那个梅晋黾太书生气了，妄图与庞大的战争机器讨价还价，真是愚不可及。

土肥原贤二是搭乘专机回来的，一到重光堂便让学生通知周佛麟、梅晋黾开会。二人来到重光堂，看到土肥原贤二笑容可掬的表情，周佛麟也跟着笑了，梅晋黾的心却沉了沉。

“土肥原将军不是在哈尔滨吗？”周佛麟在土肥原对面坐下来。

“老师乘坐专机直飞回来的。”影佐圭吾示意梅晋黾坐在周佛麟身侧，“这是帝国的诚意。”

“影佐课长，这是我们的条款。”梅晋黾坐下来，将手中的文件递给影佐圭吾。

影佐圭吾接过文件，转递给土肥原贤二。土肥原贤二接过文件，没有打开看，而是轻轻放在桌上，微微一笑："条款可以放一放，重要的事需要先敲定。"

周佛麟赶忙问道："什么事？"

土肥原贤二一字一顿道："汪先生的决心。"

周佛麟呵呵一笑："汪先生决心已下，条款一通过，我马上回重庆，请汪先生签字。"

土肥原贤二问道："汪先生不能拍一份电报吗？"

梅晋黾摇摇头："汪先生被蒋委员长监控了，拍电报太危险。"

土肥原贤二又说："首先，我是信任汪先生的。但是，大本营需要一个依据。"

"我亲赴东京不是依据吗？是日本还有第二人选吧？譬如吴佩孚。"梅晋黾见土肥原贤二默不作声，适时地笑了笑，"汪先生的意思是，条款不谈妥，他是不会离开重庆的。"

影佐圭吾哼了一声："汪先生离开重庆也非易事，需要帝国特工的协助才可以。"

土肥原贤二淡淡一笑："我早已安排特工潜入重庆。"

周佛麟双手合十："谢谢土肥原将军，看来将军也想与汪先生合作。那个吴佩孚做了多年寓公，政治威信早已荡然无存，汪先生可是国民政府副总裁。"

土肥原贤二缓缓地打开文件，粗略地浏览了一下条款，说："新政府必须承认满洲国。"

周佛麟点了点头："这一点，我们写在了条款里。"

土肥原贤二合上文件："希望尽快敲定合作条款。"

周佛麟兴奋地说："我们也希望越快越好。"

~ 185 ~

[上海，日占区，满铁上海调查部]

宫崎翼上了军统的"黑名单"。

刺杀宫崎翼是"折翼计划"的一部分，由西湖小组来负责。这是一个非常麻烦的行动。一来，宫崎翼是个老牌特工，擅于应对各种刺杀。二来，组长“红梅”梅晋元北上，失去了策划主导者。

何况刺杀对象又增加了一个陈逯。

这无疑是一次自杀式的刺杀行动。

对于革命者来说，牺牲是不需要准备的，那是随时随地都可能发生的。但是，梅子青觉得有些事情要在刺杀行动之前搞清楚，譬如许少醉到底是不是许少醒，譬如王羽的目的究竟是什么，所以她约了许少醉和王羽晚上八点在英伦西餐厅吃饭。

约好许少醉和王羽之后，她才到满铁上海调查部约宫崎翼。她到了调查部大门口，却没有进去，而是下了车后又看了看《申报》，顺便关心了下长沙大火的情况。《申报》的头条标题赫然醒目，竟是一篇批评的文章《长沙成废墟：是坚壁清野，还是自毁长城？》。这篇文章写得好，中国政府是该打打屁股了。等调查部的值班守卫注意到她时，才将报纸丢进车里，拿了一个文件袋向守卫走去。

“我是岩井公馆的。”梅子青亮出证件，将文件袋递给守卫，“这是宫崎部长要的文件。我还有事情要办，麻烦您送给宫崎部长。”

守卫确认证件后点头答应，看着梅子青开车走了，便将文件袋送往部长室。宫崎翼拿到文件袋，拆开封印，取出一张信纸，只见上面写着几行字——

衔远山，吞长江，浩浩汤汤，横无际涯。

迁客骚人，多会于此，览物之情，吾谁与归？

时九月十五日。

“衔远山，吞长江，浩浩汤汤，横无际涯……什么意思？”宫崎翼好奇地念着，突然心里一动，从抽屉里取出一本《源氏物语》，直接从后面翻开，最后一页空白处写着“老汤”两个汉字。他将书上面的“汤”和信纸上的“汤”做了对比，眉头一皱：“这是‘老汤’的字！”

这时，电话突然响了。宫崎翼接听，竟是梅子青打来的。

“宫崎部长，我是梅子青。信收到了吗？”

“哦，是梅小姐。”宫崎翼警觉地看了一眼那封信，“信收到了。是梅小姐写的吗？”

梅子青在电话里说：“不，是我父亲写的。”

“哦？梅大总管不是去满洲了吗？”

“宫崎部长，事情紧急，我就不兜圈子了。”梅子青似乎是在摩擦着什么，话筒发出滋滋啦啦的声音，“我父亲是‘老汤’，我也是满铁特工，我父亲招募的。今晚，云川电影公司见一面吧？”

宫崎翼皱着眉头问道：“为何在云川电影公司？有什么要紧的事？”

“山田寿。”

宫崎翼猛然挂断电话，似乎是下意识的行为。这一行为暴露了他内心的恐惧。他死死地盯住电话，一个劲儿地抽烟。原来西湖小组刺杀山田寿的当晚，询问侍应生云川电影公司怎么走的那个男子就是宫崎翼。他就是去见山田寿的，却不巧被苏立生看到了。

宫崎翼噌的一声站起来，从抽屉中取出手枪，疾步向门外走去。

被电话惊扰了心神的还有陈逯，只不过他的心是欢喜无边的。坐落在愚园路668弄25号的陈公馆，院子里游散着荷枪实弹的法国保镖。他刚从设在百老汇大厦四楼的伪政府外交部回来，心里憋着一股难以消散的闷气，望着桌上摆着四个大菜，拿起筷子却无法下咽。

这时，电话遽然响起。陈逯放下筷子，伸手摘下话筒，询问对方是谁。

“我，萧红如。”话筒里传来萧红如娇滴滴的声音。

陈逯脸上堆起笑容：“哦，萧小姐，吃了吗？”

“吃过了。”

“萧小姐打电话来，有何事呀？”

“陈部长晚上有空吗？”

“不好说，或许有。”陈逯听出萧红如的声音里藏着邀约的嗲声嗲气，心里虽然一乐，却拿捏起政客擅长的欲擒故纵来。

“是这样的！”萧红如的声音更柔了，“陈部长有空的话，我想去一趟电影公司，《女贵族》的剧本我看了，有几个地方涉及外交场景，我想向陈部长讨教讨教。”

陈逯眉毛一挑：“陆先生来吗？”

“不，就我一个人。”

“嗯！几点？”陈逯从兜里掏出手帕，擦了擦嘴，将手帕丢到桌上，手指在桌上一弹，笑了。

“九点？九点如何？”

“好！”陈逯挂了电话，整张脸都笑开了花，伸手拿起筷子，吃得很尽兴。

～ 186 ～

［上海，日占区，虹口，日本宪兵司令部］

一缕青烟绕着写着“行动课课长室”的木牌向上升起。苏成一站在牌子底下，抬头看木牌，瞥见李墨群走进了课长室，便将烟蒂丢在门外，疾步跟上。

“坐！”许少醉示意二人坐下来，“李主任、苏队长，咱们就闲话少叙，源课长身体抱恙，在家养病，特高课诸事暂由我负责。”

李墨群坐下来：“‘贾先生计划’，许课长看了吗？”许少醉点点头。

苏成一走到沙发前坐下来：“如何？可行的话，我们就开始制作假钞。”

许少醉微微一笑：“‘贾先生’，假钞，破坏租界经济秩序，很好的想法。”

苏成一笑道：“许课长同意了？太好了。”

李墨群见许少醉一直保持微笑，脸皮一抖，没有吭声。

“有个问题我要问一下。”许少醉微笑着问道，“假钞从制作到发行，再到产生影响，需要多长时间？”

苏成一不假思索地说：“少则半年，多则一年。”

“最少半年。”许少醉还是保持微笑，不动声色地说，“假如被巡捕房提前查到假钞制作工厂，是不是颗粒无收？”

李墨群猜不透许少醉的用意，赶紧接道：“76 号可以确保不会被巡捕房查到。”

“对于租界，二位把着眼点放在‘钱’上，思路是对的，可以说一针见血，这一针扎下去，租界就得疼。”许少醉依然面带微笑，“但二位是否考虑过，还有比这更稳妥、更犀利、更快捷的方式吗？”

苏成一脱口而出："考虑过了，没有。"

李墨群则谨慎地问道："许课长，有什么好的建议？"

许少醉微微一笑："股票、证券，是不是更有破坏力？"

李墨群思索片刻，点了点头。苏成一恍然大悟："这个……确实没想过。"

许少醉不露声色，接着说："几个月前，日本人在天津实施一项名为'雪崩'的计划，就是利用股票和证券做文章，日本人做了精准计算，一旦实施，一个月内便可击溃天津经济。"

苏成一哈哈大笑："就像雪崩一样，轰隆一声，余震不断。"

李墨群问道："计划成功了吗？"

许少醉摇摇头："胎死腹中。"

苏成一大惑不解："为何？"

许少醉平静地说道："计划泄露，还没实施就完蛋了，仅满铁就损失了一亿美金。"

李墨群终于明白了许少醉的意图："我们可以再炮制一个'雪崩计划'。"

许少醉会心一笑："李主任，言之有理。"

李墨群心领神会地笑了笑："还是许课长高瞻远瞩。"

"雪崩流产，火山爆发。"许少醉将一份上面写着"富士山"三个字的文件递给李墨群。

李墨群接过文件，看了一眼说："火山？"

"这份文件就是'雪崩计划'。"许少醉指着文件说道，"我希望李主任能将'雪崩计划'改头换面，制定一份能在上海实施的可行性方案，利用股票和证券市场，彻底击溃租界经济。"

李墨群会意地问道："代号就是'火山'？"

许少醉指点着文件上的三个字说："富士山就是一座火山，日本人的意思是用'富士山'作为代号。"

李墨群点点头："好。"

许少醉将第二份文件递给苏成一："中共江苏省委搞了一批药，白沙小组要把这批药运出去，他们的运送渠道在文件里，目标人物是老楚和郭斌。"

"老楚？我认识，楚公馆的人，楚公馆要查吗？"苏成一接过文件，见上面写着两个字"共匪"，连忙打开文件看。

“楚公馆是我家。”许少醉笑了笑，“楚笠君是我姐姐。”

苏成一惊讶地张大嘴巴：“啊？”

李墨群淡定地回复：“我们会把握好尺度的。”

许少醉示意地点点头：“谢谢。这本是日本人的行动，不过他们什么也查不到，白沙小组的运送渠道很别致。”

李墨群微微皱了皱眉：“我们要截和吗？”

许少醉意味深长地一笑：“不，是后补，后来者居上。”

~ 187 ~

[上海，公共租界，工部局，警务处]

须贺健拿着一份电文和一个文件袋，疾步走进办公室，没有看到赤木亲之，便向书柜旁边的内门走去。进了内门，呈现在他眼前的是一个枯山水内庭院。庭院设计在屋内，设有宽大的窗户，看起来如同在屋外。内庭院的中央，是一座假山，假山旁是块平整的大石，上面放着一整套茶具。

赤木亲之正坐在大石前喝茶：“宫本先生回电了？”

须贺健走到大石前，将电文递给赤木亲之，点点头说：“山田寿是八咫乌机关特工，代号‘老鸢’。”

“他是‘老鸢’？”赤木亲之抬手接过电文，迅速浏览一遍，“满铁该死的八只鸟，终于被打下了一只。”

须贺健将文件袋放在大石上：“山田寿到上海后，给宫崎翼打过电话。这里面是鸟羽鹤的监听记录。”

赤木亲之瞧了文件袋一眼：“鸟羽鹤是个老满铁。”

“山田寿出事那天，曾约宫崎翼在云川电影公司见面。”

赤木亲之略一愣神：“云川电影公司？”

“开在沙逊大厦。”

赤木亲之又问：“是宫崎翼杀的山田寿吗？”

“宫崎翼没有杀人动机。”

“不，他有。”赤木亲之摇头笑了笑，“对华特别委员会设在上海，满铁只有一个名额。"

须贺健恍然醒悟："山田不死，宫崎就无法进入重光堂。"

"调查宫崎翼。"赤木亲之端起茶碗，掀开盖子，闭着眼睛闻了闻飘出来的香气，"我要把满铁上海调查部的翼拔下来。"

第九章 破茧

～ 188 ～

［上海，法租界，梅苑；公共租界，麦加利银行］

故事到了这里，真正的拐点相继而来。

第一个拐点：谁是“黑沙”？

“折翼计划”为何如此激进？换句话说，西湖小组为何敢这般冒险？

答案就是梅子青和苏立生找到了“黑沙”，而“黑沙”洞悉第二个拐点。

梅晋元就是“黑沙”！

这个答案是在梅子青隐忍后的暴怒之下发现的。梅晋元太了解女儿了，江南梅家的人啊，骨子里都是沉默、隐忍，然而当打破心中的底线时，那沉默，那隐忍，就会爆发出毁灭式的力量。

梅子青的暴怒，也有书生气的文雅，她不愿波及太多，譬如放枪，譬如拆房，那些都太痞子气了，而她是一个诗人，一个作家，一个知性的女人。盛怒之下，梅子青只会将父亲托陆川交给他的弥勒佛摔碎在地。

就那么一摔，暴露出了一个秘密。弥勒佛裂开了，一张写着只有苏立生看得懂的秘密的纸条掉落在地板上。

弥勒佛里面夹着张纸条，梅子青虽然吃惊，可她却没有动，恍若没有看到一样，她所有的气力都贯注到那一摔之中了。

苏立生看到纸条，弯腰捡起来，展开一看，惊愕地说道：“大总管是‘黑沙’！”

梅子青一下子没反应过来：“你说什么？”

苏立生将纸条递给梅子青："你爸爸是'黑沙'同志。"

"这是什么意思？"梅子青急忙接过纸条看，只见上面写着"M021"，其中"M"是设计过的图案。

苏立生指着纸条上的"M"图案："这个标志是麦加利银行保险柜业务的标志，021 就是我和'黑沙'同志传递消息的柜子。"

"你确定吗？"梅子青飘飞的思绪转了回来，她深深地吸了一口气，眼神里满是期待。

"你看看这字，是不是你爸爸写的？"

梅子青走到灯下，仔细地辨认："是的。这是我爸爸的字。"

苏立生兴奋地连连点头："错不了，你爸爸就是'黑沙'！"

梅子青喜极而泣："我爸爸不是汉奸！"

苏立生疼惜地看着梅子青又哭又笑的模样，说："赶紧睡吧，明天一早我们去麦加利银行。"

梅子青使劲地点点头："谢谢你。"

"子青，我真替你高兴。"

梅子青看着苏立生，突然抱住了他，轻轻地吻住了他的唇。苏立生有些茫然，有些喜不自胜，双手不知所措地张开着，起初不敢抱梅子青，慢慢地，慢慢地才紧紧抱住了她。

大约一盏茶的工夫过后，梅子青轻轻推开苏立生，羞涩地转身向二楼走去。

"我心欢喜！"苏立生看着梅子青的背影，开心地笑了。

从舟山路把枪取回来时，已经凌晨两点了。这一番又惊又喜，令苏立生和梅子青睡意全无，直到天灰蒙蒙的时候，才眯了一小会儿。天刚放亮，二人就去了位于外滩的麦加利银行。

查理接到预约电话，早早就到了，他站在英式风格的走廊上，吸着英式烟斗，看着梅子青和苏立生走过来。

苏立生走到查理面前，向他微微鞠躬："查理先生。"

查利吸了一口烟斗："麦加利银行是大英皇家银行，只针对上海滩贵族开设保险柜业务，我们提供的是大英皇家银行的服务。"

"'私人贵藏，不问出处'！"梅子青将带着"M"标志牌子的钥匙递给查理，笑了笑说，“这是大英皇家银行的规矩吧？”

“请吧！”查理不接钥匙，转身向麦加利银行里走去。

梅子青和苏立生跟着查理走到地下一层，前面是一面浑厚的钢制大门，上面有一个旋转盘，旋转盘下面有一个密码器和一个钥匙孔。

“梅小姐，苏先生，三米线处，请止步。”查理走到大门前，斜眼看着二人，见他们在三米线外停下来，这才掏出钥匙插入锁孔里，然后旋转密码器，接着旋转钥匙，最后转动旋转盘。一阵咯吱咯吱的响声过后，大门缓慢打开，可见密室内的三面墙上全是保险铁柜。

查理伸手示意：“请。”

苏立生边走边向查理点头：“谢谢。”

查理又补充道：“大门我会关上，办完事后请按铃，我会再打开。”

梅子青点头示意，然后低声对苏立生说道：“这么烦琐。”

查理自豪地笑了笑：“所以，这是远东最安全的保险柜。”

梅子青和苏立生走进密室，看着大门缓缓关上后，打开了021号保险柜，里面放着一封信。梅子青将信取出，只见信封上写着“子青亲启”四个字。

梅子青的眼圈一红：“这是我爸爸写给我的信。”

苏立生挠了挠头嘿嘿地笑着：“大总管早知道我是‘青花’，我还在他面前演戏，真是丢人丢到家啦。”

“你也过来看吧。”梅子青撕开信封，抽出一张信纸。

苏立生不好意思地笑着：“合适吗？”

梅子青莞尔一笑：“我的门不是打开了吗？”

苏立生兴奋地凑过去和梅子青一起看信，果然是梅晋元的亲笔——

子青吾儿，见字如面：

我以下说的，是组织机密，你们阅过即焚。

梅子青抿嘴一笑：“看吧，我爸爸也让你看的。”

苏立生开心地笑了：“真没想到大总管是‘黑沙’，是‘021’。”

我有多重身份，底色是共产党，代号“黑沙”。

“021号线”是我设的局，目的是为了保护你们。

苏立生惊愕地张大嘴巴：“‘021号线’竟是个局？！”

梅子青的眼泪刷地流淌下来：“原来爸爸一直在保护我。”

我明日去哈尔滨，危险重重，九死一生，
所以有些事情必须交代清楚。

梅子青的手一抖：“爸爸有危险！爸爸的身份暴露了？”

苏立生握住梅子青的手：“别担心，大总管会抓住那一线生机的。”

第一，“红沙”查到，
新任特高课课长源千雪就是王羽。

苏立生大吃一惊：“什么？源千雪就是王羽！”

梅子青也诧异地说道：“她是特高课课长？！”

苏立生一指信：“别急，接着看。”

第二，我怀疑“白沙”未死，他可能是军统老六。
如是，白沙小组全部暴露。

梅子青的手剧烈地颤抖起来：“怎么可能？少醒没有死？他是军统老六？”

苏立生紧紧地握住梅子青的手：“怪不得大总管如此小心翼翼。”

“白沙小组都暴露了？！”

“除了我。”

“你的怀疑救了你。”

“我不会让你出事的，大总管也不会。”

梅子青深吸了一口气：“现在出现的许少醉，就是许少醒，他是军统老六。他投靠了日本人，他是汉奸！”

“你联络王羽——不，源千雪——你暴露身份了吗？”

梅子青摇摇头：“没有。”

梅子青举起信纸，继续看——

> 第三，“021号线”改名为“老枪小组”，我的代号更换为“老枪”，子青代号是“白玫瑰”，你们的潜伏任务继续，实施“折翼计划”……

“老枪！白玫瑰！”梅子青站在保险柜前陷入沉思，“老枪小组，折翼计划！”

“大总管的计划可以一试。你去通知董竹他们，部署‘折翼计划’。记住一件事，‘黑沙’代号更换了，不用再提，‘老枪’的身份要保密。”苏立生点着信纸，丢进“021”保险柜里，看着信纸烧成灰烬，“如果许少醉就是许少醒，谁能担保白沙小组里没有他的人？谁能担保董竹……”

梅子青缓缓地点点头：“我明白。”

苏立生走到梅子青身旁，柔声说道：“大总管不在，还有我陪着你。”

梅子青将头靠在苏立生的肩上：“这也是九死一生。”

苏立生摇摇头，坚定地说：“不，这是化茧为蝶，这是凤凰涅槃！”

梅子青的脸上露出幸福、温暖的笑意。

～ 189 ～

[上海，日占区，虹口，岩井公馆]

木村苍介决定对“青花”下手了。这一次他采取“釜底抽薪”的策略。

在英伦西餐厅对苏立生的突袭测试，让他意识到岩井公馆的一大弊端，它的根子太浅，不过半年的时间，帝国特工还没有形成太深厚的圈子，所有的防线都不牢固。然而，中国人就不一样，他们本身就根脉相连，譬如梅子青和苏立生是男女朋友，与陆大少是同学，他们之间构成了利益链，会相互掩护与包庇。

所以，木村苍介改变了策略，既然难以确定苏立生就是“青花”，干脆把他赶出岩井公馆。只要苏立生不在岩井公馆，“青花”是不是潜伏者，对他来说就毫无意义了。这一招，够狠！

木村苍介看着一副懦夫样子的苏立生走来，开心地笑了，对待这样油盐不进的人，就得下狠招。

“机关长。”苏立生走进办公室，向木村苍介点头哈腰。

“坐！”木村苍介合上文件，站起身，一边向沙发走去，一边示意苏立生坐下。

“我是来毛遂自荐的。”苏立生坐下来，“大总管说，木村先生想安排人到 76 号。”

苏立生的话，令木村苍介心中一颤。

苏立生的主动请缨，虽然成全了木村苍介的“釜底抽薪”，但本质有太大的区别：是他意识到了危险主动撤离？还是梅晋元有其他的谋算？

木村苍介颇有深意地笑了笑：“这还是一个不太成熟的想法。怎么，苏主编想去 76 号？”

“我听说 76 号正在筹建新闻社。”

木村苍介点点头：“是的，国民新闻社。”

“大名鼎鼎的胡兰成做社长，所以我对主编这个位子很感兴趣。”苏立生笑得很灿烂，“外务省要渗透 76 号，这是个好机会，我是最佳人选。”

木村苍介看着苏立生，不置可否：“没想到苏主编还有这份心。”

“大总管瞧不上我，我只能建功立业，才能讨他的欢心。”

木村苍介呵呵一笑：“大总管的眼光高啊。”

“还希望机关长多多提携。”

“这的确是一个好机会。”木村苍介决定稍微修订一下策略，把“薪”少抽一些，既能达到他想要的结果，又不能让苏立生成了断线的风筝，“不过，有一点你放心，岩井公馆新闻课课长还是你的。由梅小姐来做主编，你也放心。”

“怎么向 76 号隐瞒我的身份呢？”

“这一点很容易，公馆刚成立半年，痕迹很容易抹去。”木村苍介早就给他备好了新身份，“你的新身份是上海市政府公职人员，陈逯陈部长的秘书。”

苏立生疑惑地问：“机关长早就开始操作了？”

木村苍介摇了摇手：“你若不来毛遂自荐，我也会安排其他人去 76 号。不过，你的主编身份最合适。”

“谢谢。”

“你的推荐人是陈逯。”

苏立生摇摇头，说：“有点不妥。”

木村苍介面露不悦：“怎么不妥？”

苏立生嘿嘿一笑：“陈逯在李墨群面前就是一个屁！”

“你的意思是？”

“我要自己找一个推荐人。”

“谁？”

“赤木亲之。”

“有把握？”

“成竹在胸。”

“好！”

“我在公馆要除名吗？”

木村苍介摇摇头，说：“你每周要回公馆做汇报，只是外界再也查不到你的身份信息。”

“我就是来看女朋友的。”苏立生哈哈一笑，“机关长，我去准备了。”

木村苍介看着苏立生离开的背影，心中没有制定策略时的兴奋，反而沉了下来，恍若有人洞察了他的心思。可是，这个人是谁呢？谁能看明白他的心思呢？

“怎么安排苏立生去了？”杉本哲走进办公室，“我在楼下碰见了他。”

“不好吗？”木村苍介站在窗前，手里把玩着一串佛珠。

“他是大总管的人。”

“如果他是‘青花’呢？”木村苍介嘿嘿一笑，“鬼要自己走了，难道咱们还拦着吗？”

杉本哲恍然大悟：“我明白了。”

“无论他是不是‘青花’，你的刺杀小组照常执行任务，该利用的人或资源，要学会利用。”木村苍介走到杉本哲身前，轻轻拍了拍他的肩膀，

"计划不变，如期安排咱们的人进76号，目前只给他一个任务，就是盯死了苏立生。"

~ 190 ~

[伪满洲国，哈尔滨，中央大街]

对于秋白萍忽然提起圣索菲亚书店，宫本正仁有些心绪不宁。她在那里订书，是巧合，还是有所指？因为圣索菲亚书店早就是满铁监控的对象。

这倒不是说书店是反日分子的据点，而恰恰相反，书店的老板阿尔青·瓦西里耶夫是"俄国爱国主义同盟"成员，是反苏分子。

这个"俄国爱国主义同盟"成员，又恰恰是刺杀苏共第五局掌门人的"神风计划"的执行者。所以，宫本正仁担忧的是秋白萍盯上了"神风计划"，这个计划绝不能泄露出去，甚至不能让日本内阁及大本营知晓，这是一次未经上报的跨国暗杀。宫本正仁所期待的是，暗杀一旦成功，那朵幽暗的花就会惊艳世界的天空。可在暗杀没有成功之前，它只能是一朵幽暗的花，在不为人知的角落里默默待放。

当然，宫本正仁对"俄国爱国主义同盟"也不放心，所以他早早就在书店里安插了满铁特工。那是一个不到20岁的白俄姑娘，名字叫叶莲娜，正是花儿一样的年龄，刚刚辍学的富家女，怎么看也不像是个满铁特工。

"这是客人订的书，她这两天会来取的，钱已经付过了。"阿尔青·瓦西里耶夫约莫三十五六岁的模样，他将一本《国富论》递给叶莲娜。

叶莲娜接过书问："先生什么时候回来？"

"不知道。"阿尔青·瓦西里耶夫向书店望了一眼，"好好照看书店，赚的钱不要乱花。"

叶莲娜乖巧地点头："我会存起来，等着先生回来。"

"快点儿，阿尔青。"书店门外，三个和他年龄差不多的白俄男子着急地催促着。

"时间到了吗？"阿尔青·瓦西里耶夫穿上外套，拿起帽子，提起皮箱走出书店，"走吧！去教堂！"

四个白俄男子乘坐一辆轿车，沿着中央大街向圣索菲亚教堂驶去。这个时候，宫本正仁就站在书店的对面，看着轿车驶离，便跨过街道走进了书店。

叶莲娜看到宫本正仁，拿着书向内室走去。宫本正仁走到书架旁，一边挑选书籍，一边观察街上状况，断定安全无忧后也进了内室。内室里，叶莲娜正在检查《国富论》。

宫本正仁问："有什么问题吗？"

叶莲娜抬头看了宫本正仁一眼，摇了摇头："没有问题。"

宫本正仁走到桌前，伸手拿起《国富论》，翻到最后一页，见上面盖了一个横条的印章，印章上写着"SQ"，后面是手写的序号"0123"，皱眉问："SQ0123，有问题吗？"

叶莲娜拿起另一本书，最后一页也有一个"SQ0122"的印章，说："这是书店新刻的印章。为了方便中国人传播，S是圣索菲亚书店的'圣'字拼音首写字母，Q是阿尔青的'青'字拼音首写字母，0123是这个月售书的序列号。"

"印章是新刻的？"

叶莲娜轻轻点点头："两天前，我去刻的。印章是我盖上去的，序号是阿尔青写的。"

宫本正仁又问道："俄国爱国主义同盟有问题吗？"

叶莲娜摇摇头："没有。他们和我一样，都痛恨莫斯科。"

"他们这一去，很难回来了。"宫本正仁向书店一指，"你经营好这个书店，以后就是满铁的联络点。"

叶莲娜躬身答道："是！"

"有人在吗？"店门口传来郑笑胥的声音。

"稍等。"叶莲娜看了看宫本正仁，见他点头准许，便拿起《国富论》向外走去。

郑笑胥看着叶莲娜从内室出来，手里拿着《国富论》，微微一笑："你怎么知道我是来取这本书的？"

"直觉。"叶莲娜笑了笑，"但好像不是老先生订的书吧？"

郑笑胥点点头："这是我一个朋友订的，她有事来不了，托我把书带回去。"

“我需要知道您朋友的名字。”

“秋白萍。”

“您拿好！”叶莲娜将《国富论》递给郑笑胥。

“谢谢！”郑笑胥接过书，向书店内瞟了一眼，转身离开书店。

内室门前，宫本正仁看着郑笑胥的背影，眼神里仿佛藏着一把刀子，凶态毕露。他忽然觉得，有些事情该做个了断了，譬如审讯梅晋元，譬如扣押秋白萍，这两个人上面都有盘根错节的关系，没必要因小失大。

回到 7 号公馆，宫本正仁即刻安排提审梅晋元，就算做个样子、走个过场，当然他也通知了秋白萍参审。

“秋，你没事了？”梅晋元听完宫本正仁的简述，开心地问。

秋白萍笑着点头：“‘雪崩计划’泄露案查清了，是军统所为。中央大街店经理欧阳慧是军统，她曾随我一起去过新京，看到了计划案。”

梅晋元问道：“全部？”

秋白萍摇了摇头：“一部分。”

“一部分？”梅晋元皱起眉头，面对宫本正仁严肃地说道，“‘雪崩计划’是日满共同策划的，军统仅凭计划案的一部分，就能破坏‘雪崩计划’？这样的概率有几成？您说呢？”

宫本正仁淡淡一笑：“梅先生有话直说。”

“‘雪崩计划’一定是全部泄露。”

“源头在哪里？”

“三个地方，关东军情报部，满铁总部，还有满洲高层。”

“关东军情报部，知道全案的只有三人。满铁总部，两人。满洲，两人。”

“这七人之中，一定有人与重庆媾和。”

“关东军情报部和满铁总部涉案人员，早已经过内部调查，绝无问题。”

“那问题就出在满洲的两个人身上。”

宫本正仁向秋白萍望去：“这两个人，一个是国务总理郑笑胥，一个是财政部部长秋先生。”

梅晋元沉思片刻，接着说：“军统这么快就招供，一定有阴谋。”

“什么阴谋？”

“丢车保帅。”

“保护真正泄露计划案的人。”宫本正仁嘿嘿笑了，“梅先生果然洞若观火，关东军情报部破译了军统密电，他们正在执行一项名为‘玉碎计划’的行动。”

梅晋元疑惑地问道：“玉碎计划？”

宫本正仁点点头，确认道：“所以，军统这么快招供，一定有问题。”

“军统招供，里面涉及秋，所以秋不是他们的保护对象。”

宫本正仁慢慢地点点头：“郑笑胥才是。”

梅晋元笑了笑：“郑笑胥是国务总理，需要讲究证据。”

宫本正仁及时起身结束了话题：“今天就到这儿吧，秋先生和梅先生先休息休息。”

秋白萍也起身说道：“我需要通知皇帝陛下。”

宫本正仁摇摇头：“在没有找到证据之前，秋先生最好保持缄默。”

梅晋元也对秋白萍说道：“宫本先生说得对，秋，现在最好保持缄默。”

秋白萍长叹一声：“那——好吧！”

～ 191 ～

[伪满洲国，哈尔滨，金公馆]

她一遍又一遍地用热毛巾擦拭身子，仿佛脏的不是身体，而是里面的骨和肉。因为有鬼子监视，她不敢泡热水澡，只能穿着睡袍使劲地擦着身体。

“好了吗？”金树云站在卧室门口，冷眼看着走廊上的日特。

“小鬼子的手脏，我再擦一遍！”欧阳慧恨恨地说。

“别擦了。”金树云转过身，看向欧阳慧，“‘玉碎计划’还没成功。”

“我们都这么大牺牲了，还没成功？”欧阳慧伸手将毛巾投掷到盆里，溅出一地水花，转身走出浴室。

“你所知道的‘玉碎计划’只是第一步。”金树云转身向门外看了一眼，“你相信我吗？我可以救你出去。”

欧阳慧抬起头，双眼里放着光，瞬间又熄灭了。

“接下来，我做任何动作，你都要无条件地配合我。”听见日特越来越近的脚步声，金树云突然伸手扯落欧阳慧的睡袍。

欧阳慧啊了一声，大惊失色，双臂抱在胸前。

“你，是皇军赏给我的，我……我此刻需要女人。”金树云一把将欧阳慧抱起，用力丢在床上，转身走到门前，面无表情地看了日特一眼，猛地关上了门。

两个日特侧耳细听，透过门缝向里瞧，看见金树云一边走到床前，一边脱了衣服。

金树云沉声说：“对不住了！”

欧阳慧呸了一声：“狗汉奸！”

“我就是狗汉奸！”金树云说着扑上了床，传出咚的一声响，他趁着那响声压低声说，“我的真实身份是中共。”

欧阳慧一脸惊愕，突然伸手一巴掌打在金树云的脸上。

门口的两个日特听见扇耳光的声音，邪恶地笑了笑，转身向楼下走去。

“你真是共党？”欧阳慧看着金树云坐起来，咬牙切齿地说，“‘玉碎计划’是重庆的任务，怎么你要陪我们一起死呀？”

金树云面对欧阳慧，压低声音，郑重地说道：“在中国这片土地上，每一个任务都是中国人的任务。我是中国人，只要是抗日行动，共产党人就不会分延安、重庆，共产党人眼里永远只有一个中国。”

欧阳慧微微一愣：“一个中国？”

“一个中国！”

“有烟吗？”欧阳慧的心里陡然乱了，眼神也柔和了些许。

金树云走下床，伸手摇床：“干那事的时候吸什么烟呀！”

“你说你能救我？”

“重庆制定的‘玉碎计划’有个大漏洞，太想当然了。”金树云叹了口气，“我们死了，就能保护要保护的人吗？重庆在伪满的力量太弱了，一个‘玉’小组两个人，要保护破坏‘雪崩计划’的人，岂不可笑吗？”

欧阳慧一脸的困惑：“日本人不相信你的供词？”

“如果不信呢？这个可能是有的。”

“可是，完不成任务，我们的家人都会死的。”

“必须真正完成‘玉碎计划’。”

“你想怎么做？”

“杀了我。”

欧阳慧大吃一惊：“什么？”

“你知道了我的中共身份，所以愤怒地杀了我。”金树云淡然一笑，“你向日本人假意投降，供出我的身份，带他们去傅家甸114号。日本人看到我留下的证据，就会相信你的话，你就能活下去。”

“为什么求死？”

“重庆宁可牺牲我们保护那个人，就足以证明那个人非常重要。我不求死，那个人就得死。”

“你在审讯室是假装的？你说郑笑胥投靠重庆是假的？”

金树云点点头：“郑笑胥是促成伪满洲的元凶。”

欧阳慧愤愤地说：“郑笑胥这个大汉奸，他不得善终。”

“年初，近卫内阁发表《不以国民政府为对手》的声明，这是日本要与重庆求和的声音。郑笑胥就算投靠重庆，日本人也不会除掉他，反而会借着他的梯子与重庆握手言和。”

欧阳慧愤怒地骂道：“狗日的！”

“郑笑胥只有通共，日本人才会除掉他。”

“你真的是共党？这怎么可能？”欧阳慧盯着金树云，“哈尔滨站害怕‘玉’小组混入中共北方局的人，这才把你从上海调过来。”

金树云微微一笑，说：“我就是在上海入党的。我是中共上海情报科‘黑沙小组’成员。”

欧阳慧一愣：“‘黑沙小组’？”

金树云再次郑重地点点头：“所以，你要相信我。”

“为什么这么做？”

“誓以我命固我土！”

欧阳慧摇了摇头：“我的脑子有点乱，我得好好想想。”

金树云指了指床头：“接着晃！”

欧阳慧有些魂不守舍，木然地伸手握住床头，轻轻地晃动起来。

金树云弯腰抬起床头柜的一角，取出粘在下面的刮胡刀片，递给欧阳慧，指着自己的喉咙，说：“这里，一刀割喉，我会少受些罪。”

欧阳慧使劲地摇着头："我下不了手。"

金树云将刀片往前一送："拿着！"

欧阳慧颤抖地接过了刀片。金树云看了看墙上的挂表，说："别晃了，时间差不多了！"

欧阳慧看着金树云，眼泪刷地淌了下来，缓缓向金树云行了个军礼。金树云笑了笑，拉开床头柜的抽屉，掏出一盒烟和打火机，抽出一根噙在嘴里点上。等吸着了，他将香烟递给欧阳慧。欧阳慧接过烟，大口大口地吸着。

金树云又给自己点了一根："永别了，同志！动手吧，朋友！"

欧阳慧将烟蒂狠狠地丢在地上，眼神猛然变得犀利起来，挥动刮胡刀片，割开了金树云的喉咙，鲜血溅了她一脸。她噌的一声从床上跳下来，捡起地上的睡袍穿上，拉开门跑了出去。

门口的日特立刻掏枪对准欧阳慧，看到她浑身发抖，脸上、脖子、身上都是鲜血，一个日特急忙冲进卧室，看到金树云蜷缩在床上，喉咙处全是鲜血，已经染红了床单。

那个日特探了探金树云的鼻息，发觉已经死了，立刻转身奔出卧室，举枪对准欧阳慧，愤怒地说："你杀了他！"

欧阳慧神情涣散地说："他是共党！他是共党！"

两个日特对视一眼，上前扭住了欧阳慧。欧阳慧侧头向卧室望去，看到金树云血染的尸体，眼泪兀自流下。

~ 192 ~

[伪满洲国，哈尔滨，满铁满洲调查部]

梅晋元坐在书桌前，眼眶里浸满泪水，低头看着金树云和欧阳慧的照片，面对金树云的照片，敬了个军礼。之后，又拿起欧阳慧的照片，喃喃自语："希望你能活下来。"

梅晋元站起身，在卧室内来回地踱步，听到哗哗地流水声，抬头向房顶望去。

楼上的卧室，正是秋白萍的住处。她刚泡了个热水澡，一边用毛巾擦头，一边快速翻看那本《国富论》，翻到最后一页看到印章时，微微一愣。

“SQ，果然是索契，0123 是什么意思？”

秋白萍点了一根烟，青烟袅袅升起，她的思绪回到一周前，回到圣索菲亚书店里。那一刻，她和阿尔青·瓦西里耶夫拥抱在一起，脸上绽放着光芒，那是同志胜利会师的光芒。

阿尔青·瓦西里耶夫松开秋白萍，热泪盈眶地说：“真没想到秋先生就是‘武田先生’。”

秋白萍惋惜地说：“‘刺刀’同志，苏共满洲情报网牺牲了 232 名同志，现在只剩下你我二人了。”

阿尔青·瓦西里耶夫愤怒地说道：“留西柯夫这个大叛徒！”

“一定要找到留西柯夫，必须除掉他！这是苏共第五局的命令！”

“不惜一切代价除掉这个大叛徒！”阿尔青·瓦西里耶夫用力地点点头，“我已经打入‘俄国爱国主义同盟’。我的上线牺牲前，让我留意关于索契的情报。”

秋白萍不解地问道：“索契？”

“在苏俄边境，紧邻黑海。”

“索契距离哈尔滨万里之遥，为何要你留意索契的情报？”

“他没说。”

“那我们一起调查。”

“我有什么消息会留在《国富论》上，每隔三天，你就来取一本《国富论》。”

苏共第五局的大叛徒一定要除掉！作为一名共产主义战士，秋白萍责无旁贷。十年前，她遇到了比她小十岁的武田正雄，爱上了这位共产主义思想的传播者，义无反顾地与梅晋元离了婚，陪他一起创建了捷列金小组，“武田先生”也成了日本特务的梦魇。却不承想，由于留西柯夫这个大叛徒的出卖，武田正雄也遇难了，在他临死之际，要秋白萍成为第二代“武田先生”，肉体虽逝，精神不死！

秋白萍站起身，走到另一面贴着世界地图的墙前，找到了黑海附近索契的位置，陷入了沉思："0123，索契，氢温泉①，苏联疗养胜地，留西柯夫，这之间有什么关联？"

~ 193 ~

[上海，公共租界，南京路，英伦西餐厅]

那一刹那，那一对视，他们便知出了问题，事情露了底。

那一刻，他们从各自的车里出来，立刻意识到约见他们的是同一个人：梅子青。

那一刻，许少醉竟似没有瞧见源千雪似的，举步向西餐厅走去。源千雪则假装回车里拿东西，启动车子准备驶离。

那一刻，他们的举动全都落入了梅子青和苏立生的眼里。

那一刻，梅子青站在西餐厅门前，笑着迎上了许少醉，与他一起上了二楼。

那一刻，站在西餐厅对面的苏立生，飞奔到源千雪的车前，伸手在车门上一拍，示意源千雪下车。

"你怎么在这里？"源千雪熄了火，下了车。

苏立生微微一笑："我一直跟着你。"

源千雪面露不悦："你跟踪我？"

"我在路口看到的你。"苏立生先向路口一指，然后又向英伦西餐厅一指，"我在上面定了位子，一起吃个饭吧？我有好多事情要问你。"

"我身体不舒服，改天吧？"

苏立生摇摇头："不行。"

源千雪哼了一声："你太专横了。"

苏立生疑惑地问道："你是我认识的王羽吗？"

源千雪一愣："当然。"

苏立生耸了耸肩："王羽就喜欢我的专横——法西斯！"

---

① 1898年，索契发现了大量的氧氢泉，这是一种碱性碳酸氢温泉，有"神经镇痛剂"之称，对神经痛、皮肤病、关节炎有非常好的疗效，是苏联最受欢迎的疗养胜地。

“好吧。”源千雪压住怒火，展颜一笑，抬头向楼上望去，却看到一扇窗前，梅子青和许少醉正在落座。

“还有其他人？”许少醉看见餐桌上摆着四套餐具，两瓶红酒已经开了，四个杯子里都有红酒，眉头微微皱起，“是认识我二哥的人吗？”

梅子青淡淡一笑：“认识你二哥的人，很可能是共产党。”

许少醉坐下来：“你是我二哥的女朋友，是共党的可能性更大。”

“你会对共党手软吗？”

“绝不手软。”

“一个真正的共党快到了。”梅子青从包里掏出一张信纸，递给许少醉。

“谁？”许少醉接过信纸展开看，正是源千雪以王羽的名义写给梅子青的信，“这是谁写的？”

“你二哥发展的下线。”梅子青笑了笑，“当然也是共党。”

“二哥走了，你心疼吗？”许少醉将信纸轻轻放在桌上，目不转睛地看着梅子青问道。

“疼。”梅子青端起红酒杯，轻轻抿了一口，隔着酒杯向许少醉莞尔一笑。

许少醉不满地哼了一声：“二哥走了不过月余，你就另结新欢，你的心真的疼吗？”

“就是因为心疼，才另结新欢的。”梅子青放下酒杯，“只有爱情才能治愈伤痛，不是吗？”

许少醉冷笑说：“这恐怕不是二哥期望的吧？”

梅子青昂起头：“你二哥期望什么呢？”

许少醉微微一愣：“二哥的期望，我怎么知道。”

梅子青幽幽一叹：“是呀，你怎么知道我被人爱着、宠着，不是你二哥希望的呢？”

“苏立生爱你吗？”

“还是聊聊你二哥的事吧。”

“你还爱二哥吗？”

“人都死了，还怎么爱？”

许少醉深吸了一口气：“假如，我说的是假如，他还活着，我就是他。”

“你要是少醒，我就弄死你！”梅子青的手一抖，伸手抓住了叉子。

“这么恨！”许少醉见梅子青的手不停地颤抖，伸手把叉子夺了过来。

梅子青嘴角抽搐着：“如果你二哥还活着，如果你二哥就坐在我的面前，你不觉得对我很残忍吗？”

许少醉尴尬地笑了笑：“是够残忍的！”

梅子青一脸的悲愤：“这样的男人还值得我爱吗？还值得一个女人爱吗？”

许少醉的脸一抽：“幸亏我不是二哥。”

梅子青还想说什么，一抬头看到苏立生和源千雪进来了，便收敛情绪，向许少醉说：“人来了！这封信就是王小姐写的。”

许少醉看着源千雪在他的身旁坐下来，眉头一皱：“王小姐？”

梅子青看着源千雪说：“这位就是王小姐。”

许少醉拿起信纸，递给源千雪，又对梅子青说：“你说她是共党？”

梅子青笑了笑：“这就看许课长的态度了。”

源千雪看着信纸，明知故问：“这是什么意思？”

苏立生盯着源千雪说：“别狡辩了，这就是你的字。”

源千雪不置可否：“是吗？”

许少醉对源千雪说：“王小姐，如果这是你的字，你就是共党，我必须逮捕你。”

源千雪淡定地对梅子青说：“大作家，带笔了吗？”

梅子青冷哼一声，从包里取出笔丢给源千雪。源千雪拿起笔，将信纸中的第一行抄了一遍，举起信纸向三人一亮，说：“你们看一下，我们俩的字差别很大吧？！”

苏立生眉头紧皱，狠狠地盯着源千雪说：“我认得王羽的字，这不是王羽的字。”

源千雪将信纸丢在桌上，对梅子青说：“我倒是小瞧了你。”

梅子青微微一笑：“你到底是谁？”

源千雪冷笑：“宪兵司令部特高课课长源千雪。”

苏立生紧张地问：“王羽呢？”

源千雪不屑地笑了笑：“王羽早死了。”

“这是怎么回事？到底是怎么回事？”梅子青伸手拿起信纸，痴痴呆呆地又看了一遍，忽然站起身将信纸丢在桌上，疾步走了出去。

“二位稍等，我去追她！”苏立生站起身，疾步追出包间，“不会超过半个小时，二位稍等一下。抱歉，抱歉！”

源千雪望着二人疾速离去，愣了一下：“这是什么意思？”

许少醉摸着下巴笑了：“有点好玩了。”

“他们看出来了？”

“这不是很有意思吗？谁看出来的呢？”

“看出来的这个人，会是他们的同伙吗？”

“一定是他们的同伙，一定是共党。”

源千雪微微一惊：“王千木？怎么可能是共党？”

许少醉的眉头紧紧地皱起：“王千木？”

~ 194 ~

[上海，公共租界，沙逊大厦，汇中饭店]

铁杆的汉奸，伪政府外交部部长，曾经的中国脸面，陈逯自然在军统的“黑名单”上，而且高悬榜首。戴笠下令，凡军统皆可随时随地刺杀。所以，“西湖小组”在研究刺杀宫崎翼的方案时，顺带把陈逯也约到云川电影公司，准备一锅端了。

把陈逯约到电影公司并不难。陈逯对萧红如垂涎已久，萧红如一个电话，随便找一个讨论剧本的借口，就把他约到了电影公司。这一点，萧红如做得干脆漂亮，也比较安全。萧红如在华懋饭店有私宅，美女沐浴晚到十分钟太正常不过了，就算出了问题也可推得一干二净。

这么安全顺手的刺杀，这么好的机会，当然不能放弃。

这十分钟太重要了。

从英伦西餐厅跑到汇中饭店，正好穿过南京路商业街，然后再到汇中饭店 503 室，十分钟非常紧张。所以，梅子青出了西餐厅后，直接开车去汇中饭店，而追出来的苏立生则向工部局跑去。

实际上，执行精准暗杀的并不是梅子青，而是平少柔。

她就藏在陆文泰的办公室里，手持弓弩等着凌厉一击。第一个走进办公室的竟是陈逯，看来女人对男人永远充满了魅惑。平少柔看着陈逯走进来，悄悄绕到他的背后，戴着白手套的手指扣动了扳机，一支弩箭射中了陈逯的后背。

扑通一声，陈逯摔倒在地，昏死过去。平少柔举着弓弩走到陈逯身侧，准备将他翻过来，照脸上再来一箭，这时却听到疾奔而来的脚步声。

宫崎翼来了，他听到了动静，暗杀是不可能了，只能把他引到窗前。所以，平少柔将弓弩丢在地上，迅速推开窗子，钻出了窗外。

宫崎翼听到响动，立刻拔出手枪，辨听声音来源是陆文泰的办公室，便迅速奔过来。他非常谨慎，到了房门前停下脚步，侧耳辨听房内的动静，忽然听到窗户开合的吱呀声，猜测有人跳窗逃走，这才撞门进去。

宫崎翼走进办公室，一眼看到陈逯中箭，窗户洞开，急忙奔到窗前，探出头正好看到平少柔沿着绳子滑到马路上，便举枪向平少柔瞄准。

啪的一声，一粒子弹从对面的汇中饭店射过来，直接射入宫崎翼的眉心。宫崎翼身子向后一仰，摔在了地板上。

汇中饭店，503 房窗前，梅子青正举着狙击步枪，看着宫崎翼后仰摔倒。

杀了宫崎翼后，梅子青丢了狙击步枪，疾步走出房间，进了电梯。哪知她刚乘坐电梯抵达一楼时，却被须贺健带人围住了。

“别动！”须贺健举枪对准了梅子青，和两个警务处便衣一起走进电梯，关上了电梯门，“几楼？”

梅子青质问道：“你们是谁？”

须贺健笑了笑：“工部局警务处的。”

“为什么抓我？”

须贺健哼了一声：“你杀了宫崎翼。”

“五楼。”梅子青笑了笑，按了下电梯键，电梯上行，“我父亲是梅森伯爵。”

须贺健一惊：“什么？”

梅子青不再说话。电梯停在五楼，梅子青带着须贺健去了 503 室。须贺健见证物都在，吩咐警务处便衣收拾证物。梅子青非常平静，走到窗前俯身向沙逊大厦瞧去，却看到赤木亲之站在那扇窗前盯着她看。

赤木亲之微微一笑，转身从地上捡起弓弩，然后才去看躺在地上的宫崎翼。一个便衣发现陈逯还有气息，赤木亲之便命他们赶紧将陈逯送去医院救治。

证物收拾齐备，全都放在了小提琴箱里。须贺健知道梅子青是上海滩名人，没有给她戴手铐。众人坐电梯到一楼，正向大堂门口走去，却见木村苍介带人围了上来。

木村苍介并不是无目的来汇中饭店的，一个半小时前，他接到一个神秘电话，称 9 点 15 分外滩会有枪杀案，刺客是梅子青，她就是岩井公馆要找的“青花”。

这个电话不但神秘，而且怪异。能知道岩井公馆和“青花”的人不多，能把电话打到他办公室的人更少，这个打电话的一定是自己人，就躲藏在公馆某处，像野狼似的盯着“青花”、盯着公馆、盯着他，不禁让他感到毛骨悚然。

“这一切是我爸爸的安排。”梅子青立刻向木村苍介求救，“把我带回公馆。”

“我会安排的。”木村苍介对梅子青点了点头，面向须贺健说道，“我是木村苍介。”

“人，你带不走。有事，找赤木处长。”须贺健不理会木村苍介，示意梅子青前行。

“八嘎！”木村苍介拔出手枪，对准了须贺健的额头。

“木村君。”赤木亲之从外面走了进来，伸手按住木村苍介的枪，示意须贺健带着梅子青走。

须贺健哼了一声，侧身躲开木村苍介的枪口，带着梅子青走了。

木村苍介放下手枪：“她是外务省的人。”

赤木亲之笑了笑：“你真想带走她吗？你知道她杀了谁吗？她杀了宫崎翼。”

木村苍介一愣：“宫崎翼？”

赤木亲之点点头：“木村君，回吧，我是为你好。”

～ 195 ～

［上海，公共租界，英伦西餐厅；日占区，6号公馆］

事情见了底，那些深藏的秘密也瞒不住了。

这个出现在上海滩的许少醉，并不是许少醉，而是他的双胞胎哥哥许少醒。也就是说，许少醒根本就没有死。不但没死，而且还是潜伏在中共上海情报科的重庆卧底军统老六！

这是一个隐藏极深的超级间谍。

那么，死在德国边界的许少醉是谁呢？他在“狸猫计划”里到底扮演什么角色呢？

“老枭”！许少醉是满铁八咫乌机关的神秘特工“老枭”！

许少醉奉宫本正仁之命，潜伏在苏共第五局，并利用人心惶惶的苏联大清洗，一手策反了留西科夫，可以说他是宫本正仁的爱将。

对宫本正仁来说，许少醉绝非爱将这么简单，还是他在八咫乌组织酝酿了十数年，正要秘密推行的大计划——“T计划”的“零号作品”。

“T计划”，是八咫乌组织投下巨资，在大连满铁总部秘密运行的双胞胎特工计划。那是八咫乌组织的绝密计划，所筛选的特工都是精心挑选的，每一个特工都对标一个既定对象。他们与既定对象不是双胞胎，只是长得相似。他们经过秘密训练，等时机成熟，就干掉既定对象，他们便成为既定对象的替代品。

这是一个不可见光的暗黑计划。“T计划”的最终目的，是让八咫乌特工渗透到中、日、苏三国的政治、军事、经济、工业、实业等不同领域，从而确保满铁永远是大日本帝国不可或缺的擎天巨柱。

许少醉被八咫乌组织发觉时，不过是一个流落大连衣不果腹的少年，他被八咫乌组织招募，本是培训成潜伏莫斯科的八咫乌特工，却没想到许少醉回了一趟上海，发现哥哥许少醒还活着。

这引起了宫本正仁的好奇，他通过两年暗中调查，发现许少醒竟是中共“白沙”，而且还是军统老六，许少醉便弟凭兄贵，成为“T计划”的“零号作品”。

宫本正仁决定先拿这对双胞胎兄弟做实验，向八咫乌组织展现“T计划”的威力，就在天津设局暗杀许少醒，让许少醉取而代之，趁机打入重庆和延安。

却不料，许少醒通过一个代号“紫石”的间谍，发现了这个阴谋，便以其人之道还治其人之身，冒名许少醉接触千叶葵，以替青木太复仇为名，告诉青木未央那个被苏共第五局派往柏林的许少醉是重庆特工许少醒，借青木未央之手除掉了许少醉，他反而成了日谍“老枭”，是为“狸猫计划”。

从这一刻起，许少醒复活了，他不仅是军统老六、中共“白沙”，还是日谍“老枭”，一个神秘的充满危险的三重间谍。

“要杀王千木的话，根本不需要你动手。”复活的许少醒听了源千雪的叙述，只是淡淡一笑。

源千雪叹息：“我怎么可以杀他呢？”

“是呀！你不但不能杀他，还要护他周全。”许少醒忽然站起身，走到窗前，侧耳倾听，“听到枪声了吗？”

源千雪点点头，又说：“梅子青怎么还不回来？”

“没追上她，找遍了整个商业街，也没找到她。”这时，苏立生气喘吁吁地走了进来。

没有了梅子青，这顿饭自然要散了。三人一同走出西餐厅，正要上车离去，忽见三个警务处便衣从街对面走过来。

“你是苏立生？”一个警务处便衣指着苏立生问。

苏立生点点头，问道：“是。你们是？”

“抓起来！”那个警务处便衣一挥手，其余两个便衣掏出手枪，走到苏立生面前，将他控制起来。

许少醒掏出证件，示意那三个便衣说道：“我是特高课行动课课长。”

“这里是公共租界。”那个警务处便衣根本不瞧证件，看到一辆轿车驶到跟前，向另两个便衣一挥手。那两个便衣架起苏立生走到车前，将他塞了进去。

苏立生挣扎地喊道：“许课长，源课长，救我呀！”

那个警务处便衣也疾步走到车前，拉开车门进去，车子疾速离开。

许少醒见源千雪从包里掏出枪，眉头一皱：“你干什么？”

源千雪指着驶去的车子：“他们……”

许少醒嘿嘿一笑："这是一个局呀！"

源千雪不解地问："局？"

许少醒冷笑一声："我本来只是怀疑苏立生是'青花'，现在我认定他就是'青花'。"

"六哥，这里不是说话的地方。"

二人各自开车，穿过南京路商业街，驶过外白渡桥，穿行了几条街道，回到了6号公馆。刚到客厅，电话铃就响了。源千雪接听电话，听着听着，眉头紧皱起来，默然挂了电话："宫崎翼和陈逯遭遇暗杀，宫崎翼死了。"

许少醒没有吃惊，淡淡一笑，问道："陈逯呢？"

"他很幸运，还活着。"

"谁动的手？"

"梅子青。"

许少醒摇着头，惊讶地说："怎么可能？"

"梅子青狙杀了宫崎翼，已被工部局警务处抓捕。"源千雪提醒许少醒说，"六哥，我说过的，梅子青才是'青花'。"

许少醒再次确定地摇了摇头："她不可能是'青花'。"

源千雪轻哼一声："除了你的直觉外，你有合理的解释吗？六哥，别自欺欺人了，你是许少醒，你是深爱着梅子青的男人，爱情蒙蔽了你的眼睛。"

"我怎么会爱上一个共党？"许少醒吸着烟，盯着源千雪的脸。

源千雪长叹一声："是啊，我也不会爱上一个共党。"

许少醒平静地说："三民主义才是我们的信仰。"

源千雪深吸了一口气："'狸猫计划'，复活的不止你，还有我。"

"老板为你准备了一枚青天白日勋章，这是至高的荣誉。"许少醒眼里闪烁着光芒，"日本人不会将特高课课长的职务给一个中国人，中日混血也不可能。这才是你无法浮出水面的真正原因。"

源千雪点点头："所以，我必须成为真正的日本人。"

许少醒厉声说："所以，王千木必须死。"

源千雪叹了口气："王千木已经认定我不是王羽了，我没有下手的机会。"

许少醉摇摇头："虎毒不食子，有没有下手机会，你都不能杀他，你杀了投诚日本人的父亲，就永远没机会走上前台。"

源千雪沉思片刻："我该怎么重获他的信任呢？"

"秘密。"

"秘密？"

"父女间的秘密！"许少醒嘿嘿笑了，"只有你们俩知道的秘密，一个秘密就能重获他的信任。"

"嗯！"源千雪漠然点头，"王千木叛变，不是因为我，而是他对党国不够忠诚。"

许少醒轻蔑地说："他也不配做你的父亲。你要牢记一件事，他是个强奸犯！是他强奸了你的母亲，一个贤惠的日本女人！"

源千雪仰起脸，期待地说："土肥原会相信我是真正的日本人吗？"

"他会相信的。"许少醒微微一笑，"为了你的潜伏，这次动用了'白影子'。"

源千雪一惊："'白影子'潜伏在满铁？"

许少醒不置可否："如果我猜测不错的话，这两天你就会走到台前。"

"土肥原真是只老狐狸。"

许少醒呵呵一笑："老狐狸也有打盹的时候。"

源千雪忽然好奇地问道："梅子青为何刺杀宫崎翼？"

许少醒摇摇头："我也很好奇呢。"

源千雪忽然质疑地看着许少醒说："今天，你是陪我，还是陪她？"

许少醒看着源千雪，没有说话，只是嘿嘿一笑。

第十章　灭口

～ 196 ～

[上海，日占区，虹口，重光堂]

王树声死在了上海滩，吴佩孚的反应令土肥原贤二为之震惊。

王树声不是他的代表。吴佩孚根本没有派代表去上海滩。

这则电文通过官方渠道，送到了日本驻沪领事馆，再转送到重光堂。

这是件极其丢脸的事情，尤其还是经过官方渠道，令土肥原贤二大为恼火，责令晴气武夫交代清楚。

“外务省接到的电文是第二封。”晴气武夫从兜里掏出一份电文，“这则电文才是第一封。”

“这是三天前的电文。”土肥原贤二接过电文扫了一眼，满脸怒容，将电文狠狠地丢到地下。

“是。”

“为何才拿给我看？”

“源小姐说，等找到真代表……”

“八嘎！”土肥原贤二倒了杯热茶，将茶杯推到晴气武夫的面前。

晴气武夫不顾茶热，端起茶杯，一饮而尽。他拿着热茶杯，不敢放回去。土肥原贤二瞟了一眼晴气武夫的囧态，冷哼一声：“放下吧。”晴气武夫这才小心翼翼地将茶杯放在桌上。

土肥原贤二恼怒地说道：“千雪的翅膀硬了啊！”

“将军，吴佩孚那边怎么办？”

“吴佩孚、汪精卫……还是汪精卫有价值。”

晴气武夫毕恭毕敬地问道：“需要杀了吴佩孚吗？”

土肥原贤二侧身拿起电文又看了看：“吴佩孚、唐邵诣，都是一丘之貉。不做帝国的朋友，只有死路一条。”

“我亲手解决他。”

“不，不要急！等汪精卫组府成功后再杀不迟。”土肥原贤二摇了摇手，担心地说道，“千雪，我有些不放心，毕竟她身上流着支那人的血。”

“这是满铁总部刚送来的密函。”晴气武夫又从兜里掏出一封信，放在茶桌上。

土肥原贤二拿起信封，抽出密函浏览着，眉头一皱：“千雪不是王羽？！”

“这封信是搭乘专机送过来的。”

“嗯，这的确是松岗的印章和签字。”土肥原贤二放下密函，“了解清楚详情了吗？”

晴气武夫点了点头：“王羽的确死在提篮桥监狱。当时满铁正在调查王千木，认为这是个好机会。源小姐本与王羽有几分相似，略加整容就成了王羽，然后奔赴满洲，成了将军的学生。”

土肥原贤二点点头：“千雪的确是松岗引荐的。”

“满铁专程送信，意思很明显。源小姐是日本人，将军放心了吧？”

“这封密函，拉远了我和千雪的距离。”土肥原贤二叹了一口气，“她是满铁的人。”

晴气武夫恭敬地说：“源小姐永远是将军的学生。”

～ 197 ～

［上海，愚园路，虹口医院，郊外］

这一晚，对千叶葵来说，注定是死亡的一晚。

首先，在乐木轩酒店门前，千叶葵带着两个日特去抓那个卖烟的白俄小姑娘，却遭遇了“西湖小组”的刺杀。车子刚到酒店门前，便被狙击手袭击了。两粒子弹穿透车窗，击毙了坐在驾驶位和后排坐在她左侧的日特。一粒子弹穿透了坐在她左侧的日特的太阳穴，差一点就把她捎带上了。

轿车失控，撞向一棵大树，千叶葵被甩了出去。狙击手的子弹擦着她的头顶掠过，而她恰巧摔落在一辆黄包车中。黄包车夫在枪林弹雨中拼命逃命，左冲右突地拐到了另一条街巷里。

在黄包车拐弯的时候，看到杉本哲从酒店里冲了出来，她突然意识到是岩井公馆下的手，知道她的身份暴露了。

岩井公馆是回不去了，她紧急联系了一个老同学小泉。小泉是个医生，刚下班回来，看到狼狈的千叶葵，让她先洗了个热水澡，又给她准备了热饭，聊天的时候，小泉问千叶葵是不是还有亲人在上海。

这个问题引起了千叶葵的好奇，追问之下，才知道小泉在一具尸体上看到了青木家族的纹饰，一个啄木鸟的简化图。

千叶葵意识到可能是哥哥出了事。于是，她让小泉带她到医院的停尸间，当她看到那具冰冷、僵硬、部分腐烂的尸体时，整个人惊恐得不知所措，那具尸体的脸被砍得稀巴烂，根本辨认不出真实的面目。

小泉拿着检查记录，站在千叶葵身侧，说："尸体是在黄浦江里打捞出来的，若不是他胳膊上有青木家族的纹饰，我也不会告诉你。你看看，是你认识的人吗？"

"谢谢你，小泉君。"千叶葵掀开白布单的一角，露出死者的左臂，只见胳膊上刻着一只啄木鸟的简化图，千叶葵捂住嘴巴，眼泪刷地流了下来，"是我哥！"

小泉摇了摇头："是谁这么残忍？"

千叶葵被晚上一连串的遭遇击垮了，眼前一黑，身子一晃，扑通一声栽倒在地。

千叶葵醒来的第一件事，就是约见"许少醉"。她没有证据，所以不想声张，临时约在了郊外的小树林。她靠在车上，看着许少醒的车拐了个弯儿停在一边，忍不住颤抖了一下。

"怎么约在这里？"许少醒下了车，精神有些萎靡，打了个哈欠。

"六哥，如果你还爱我，就诚实回答我。"

许少醒有些愠怒："怎么了？"

千叶葵仰起头，眼泪在眼眶里打转："我哥是不是你杀的？"

许少醒不置可否："你哥死了？"

千叶葵冷笑一声："别骗我！他的脸被毁容了，有人不想他出现在上海滩，这个人我思来想去，只可能是你。"

许少醒从兜里掏出烟和打火机，抽出一根点着了。

看着许少醒的态度，千叶葵的眼泪禁不住流下来，喃喃自语："我明白了。"

"你明白什么了？"

千叶葵伸手一指许少醒："'老枭'……"

啪的一声，许少醒不知何时掏出了手枪，一枪射中千叶葵的眉心。

千叶葵一脸惊恐，睁大眼睛，身体僵硬地后仰倒下。

"女人不应该太聪明的。"许少醒蹲下身，伸手抚摸着千叶葵的脸，一滴眼泪落在了她的脸上……

～ 198 ～

[上海，愚园路，平公馆]

平楚山的心思有些沉，他心里藏了太多的东西，那些东西有些太腐朽了，可是他无法丢掉，或许他本身就是腐朽的一部分。倘若把那些东西丢掉了，他还是那个撑着家族不倒的平楚山吗？有时候，他觉得他就像是一列火车，没有灵魂，没有想法，只要加煤加炭，就有足够的动力向前，冲向迷雾重重的远方……

"小柔玩疯了？这时候还不回家。"平寒雨看了看座钟，一脸的担心。

"老陆的方案，你觉得如何？"平楚山手里把玩着一件玉器，凝眉沉思，似乎没有听到妹妹的问话。

"这两天我想了又想，觉得有些不妥。"平寒羽见大哥魂不守舍，摇头苦笑，"第一，只要大哥做了新政府联合银行行长，大哥就是汉奸，平家就是汉奸，这顶帽子就戴定了。第二，风险太大，一旦被日本人知道，平家就会遭灭门之灾。"

平楚山淡淡地说道："老陆已经安排好了，明晚见面聊。"

"大哥真想为重庆做事吗？"

"家国同构，国比家大，这是老爷子的遗训！"平楚山用力地把玩着玉器，“家仇国恨，我得报呀！”

“大哥，只有老蒋的手谕才能保平家安全。”平寒羽凝眉想了想，“或许，这看似糟糕的一步棋，倒是能救了咱们平家。”

“眼下时局，不向前走一步，早晚要被日本人吃掉。”平楚山叹了口气，“这也是我想赌一把的原因。”

“我懂，大哥。那就赌一把！”平寒雨回答得干脆利落，“知道重庆代表是谁吗？”

平楚山走到窗前，向外望去：“说是一个叫王千木的！”

平寒雨皱了皱眉：“不认识。”

“见了面，不就认识了。”平楚山忽然看到平少柔从花园里跑过来，意识到她晚归的事，面露怒容。

“爸，表姐被抓了！”平少柔气喘吁吁地跑进客厅。

平寒雨惊愕地看着平少柔：“子青被抓了？被谁抓了？”

平少柔喘着粗气说：“工部局警务处。”

平楚山怒气冲冲地说：“警务处为什么抓子青？”

平寒雨冷哼了一声：“敢抓平家的人？！”

平少柔的眼睛一红，讷讷地说：“表姐杀了人。”

“杀了谁？”平楚山诧异地问道。

“宫崎翼，满铁上海调查部部长。”

平楚山紧紧地盯着平少柔，反问道：“你知道宫崎翼？”

平寒雨大吃一惊：“子青为何杀日本人？你——你们不会有什么事瞒着我们吧？！”

平楚山正颜厉色道：“快说！”

平寒雨也急促地追问：“子青是抗日分子？”

平少柔双脚一跺，决绝地说：“不只是表姐，我也是。”

平楚山和平寒雨异口同声地说：“你们是什么？”

“我们是军统。”

平楚山惊愕地张大嘴巴：“什么？”

平少柔扬起了头，表情坚定地说：“我和表姐是军统的刺客。”

“你们刺杀过谁？”

"香川口。"

"香川口是你们杀的？"

平少柔傲然地说："香川口只是其中一个，我们还刺杀过几十个小鬼子和卖国贼。"

平寒雨着急地看向平楚山："现在，只有一个人能救子青。"

平楚山会意地点点头："梅晋黾！我去找他。"

平少柔看着平楚山和平寒雨，眼睛一酸："爸爸、姑姑，对不起！"

平楚山看着这个总也长不大的女儿，平静地说："杀鬼子有什么对不起的。去吧，好好补一觉。"

平寒雨也微微一笑，温柔地拍了拍平少柔的手，说："小柔，记住一句话，天大的事，到了咱们平家，就什么都不叫事。"

~ 199 ~

[上海，公共租界，工部局，警务处]

梅子青被捕是"折翼计划"的一部分。这是梅晋元给上海滩布下的大迷局。

所以，梅子青立刻向须贺健亮明了她是梅森伯爵女儿的身份，赤木亲之得知消息后，却只字不提。如果他知道了梅子青的身份，还怎么审讯她？此刻最好的选择就是充耳不闻，假装不知才是上上选。

"没想到呀，梅小姐不仅是上海滩的大才女，还是位高明的刺客。"赤木亲之坐在桌后，翻阅着梅子青的档案资料，抬头看了看被铐着双手的梅子青。

"我给赤木处长提个建议如何？"梅子青望着桌上的弓弩和铁箭，"在上海总会给我开个房间，我需要休息。"

赤木亲之笑了笑："梅小姐，你杀了日本人。"

梅子青平静地说："我杀的是满铁毒瘤。"

"满铁毒瘤？宫崎翼？"

"有些事情，赤木处长是没资格知道的。"

赤木亲之皮笑肉不笑地反问："是吗？"

梅子青轻轻地闭上了眼睛，不再说话。

“梅小姐，这里是警务处，如果梅小姐不合作的话，我只好用刑了。”赤木亲之向一旁的须贺健挥挥手，“动手吧！”

梅子青睁开眼，冷笑一声：“你敢！”

须贺健走到梅子青身侧，一只手攥住了梅子青的胳膊。

梅子青厉声喝道：“放开你的手！”

赤木亲之哼了一声：“动手！”须贺健双手用力抓住梅子青的两只胳膊。

梅子青冷不丁地对赤木亲之说道：“‘老鸢’！”

“放开她！”赤木亲之突然愣了下，望着梅子青，示意须贺健松手。

“赤木处长真要听下去吗？”梅子青使劲挣脱须贺健的手。

“我对‘老鸢’很好奇。”

“这把弓弩的主人是谁，赤木处长知道吗？”

赤木亲之把玩地拿起弓弩，斜眼问道：“不会是‘老鸢’的吧？”

“恰恰相反，正是这只弓弩杀了‘老鸢’。”

赤木亲之放下弓弩，厉声道：“这把弓弩的主人是谁？”

“宫崎翼！”

“你的意思是说，宫崎翼杀了‘老鸢’？”

“不止，他杀了两只‘老鸢’。”

“两只？”

“山田寿是一只，东方白是一只。”

赤木亲之诧异地看了看梅子青，不置可否：“山田寿是‘老鸢’？”

“你没法调查的，我说是就是。”

“你有证据证明是宫崎翼杀了‘老鸢’吗？”

梅子青坦然地笑了笑：“当然。”

“证据呢？”

“人证，物证，我都有。”梅子青指了指弓弩，“物证就是弓弩。”

“山田寿是被弓弩杀死的？”赤木亲之皱了皱眉，“你怎么知道？”

“山田寿死的那晚，我就在沙逊大厦，亲眼看到宫崎翼杀死山田寿，用的就是这把弓弩。”

赤木亲之不信地摇摇头：“你不能算人证。”

“还有三个人证。”

“谁？”

“宫崎翼比我早一步进入大厅，当时大厅里还有三个人，其中两个我认识。一个是苏立生，一个是董竹，还有一个是侍应生。那个侍应生还跟宫崎翼说了话。”

“我会一一调查的。”赤木亲之不动声色地说，“还有吗？”

梅子青摇摇头：“其他的，等我父亲回来再说。”

赤木亲之还在装糊涂：“令尊大人是谁？”

须贺健低声说：“岩井公馆的大总管。”

赤木亲之明知故问：“梅大总管？”

梅子青瞥了一眼须贺健：“也是梅森伯爵。”

“怪不得梅小姐这么有底气。”赤木亲之嘿嘿笑了，“有人说，梅小姐是军统。”

梅子青冷笑一声：“你有证据吗？”

“我会找出证据的。”

梅子青打了一个哈欠：“我困了。”

赤木亲之笑了笑：“上海总会是没法安排的，工部局的宿舍如何？”

梅子青懒快快地说：“将就着住吧。”

梅子青交代的问题无论真假，她都在配合警务处，赤木亲之无法再审，便命须贺健带她去宿舍休息。赤木亲之出了审讯室，见夜色苍沉，一路思索着回到办公室，来到枯山水庭院，看到坐在大石前喝茶的苏立生，脸上露出一丝笑意。

“我说得没错吧？”苏立生坐在大石前，一边煮茶，一边喝茶。

赤木亲之走到大石前坐下，不解地问道：“我不明白的是，苏先生为何出卖梅小姐？”

“不，我是在救她。”苏立生微微一笑，“如果不是我通知赤木处长，子青已被木村带走了。子青到了虹口，就麻烦了。”

赤木亲之嘿嘿一笑：“租界也麻烦呢！”

“租界毕竟是租界。”苏立生喝了一口茶，“有梅森伯爵在，你们不会为难子青的。”

赤木亲之点点头："苏先生说得对，只要梅小姐不是共党，一切就有斡旋的余地。"

"我希望赤木处长能遵守诺言。"

"别担心，不过是76号一个小小的新闻社主编。"

苏立生笑了笑："梅森伯爵是个宝藏。"

"我会好好开发这个宝藏的。"赤木亲之端起茶杯喝了一口，"说实话，苏先生说知道杀死山田寿的凶手时，我还真不信。"

"赤木处长现在信了吗？"

"半信半疑。"

"赤木处长会相信的。"苏立生放下茶杯，脸色沉了沉，"也请赤木处长严守秘密。"

赤木亲之嘿嘿一笑："苏先生恐怕也要受些罪的。"

苏立生跟着笑了笑："最难消受美人恩！为了救子青，受些罪在所难免。"

赤木亲之将茶杯放在大石上："西湖小组成员名单？"

苏立生从兜里掏出一张纸递给赤木亲之。赤木亲之接过一看，只见名单上写着几行字——

组长：不知

副组长：董竹

组员：梅子青 平少柔

赤木亲之看着名单，轻声念道："组长不知？"

"老组长死了，子青的前男友。"苏立生呸了一声，顺手将手中的杯子掷在地上，摔了个粉碎，"新组长不知换成了谁。"

"死了好！死了，美人就是你的。"赤木亲之伸手在苏立生肩头一拍，又低头看名单，"董竹？维新政府华中电气通信股份有限公司的总经理？这可是梅小姐说的人证呀！"

苏立生微微一笑："赤木处长现在是七分信三分疑了吧？"

赤木亲之缓缓地点了点头："我会调查清楚的。"

～ 200 ～

[上海，法租界，霞飞路，楚公馆]

寡居多年，她的心岂能不杂草丛生？

枯木逢春，她的心岂能不春心荡漾？

那些丛生的杂草呀，都是一个个小羁绊，它们是什么呢？小世俗、小非议、小挖苦……寡妇门前是非多，这是亘古不变的，尤其她还是上海滩唯一的女企业家。那些小羁绊被慢慢放大，世俗如雾霭、非议如匕首、挖苦如针扎，也许会击垮整个楚家的，毕竟她身后还有一个大家族。

可是，春风十里，她又如何挡住吹皱一池春水的涟漪？

她决定试着向前走一步，毕竟董竹是个难得的有情郎，她也不想错过这段感情。六年了，董竹的心思连女儿都看出来了，她岂能看不出来？在丛生的杂草中隐忍了六年，也该试着清理清理了。

“楚楚说，我应该向前走一步。”楚笠君亲自下厨做了丰盛的菜肴，又开了一瓶上好的红酒。

董竹喝了一口红酒，兴奋地说：“我没白疼她。”

“可是，我觉得现在的状态挺好的。”

董竹无奈地苦笑了一下：“是你挺好，我可是等得心都长草了呢！”

楚笠君含蓄地笑了笑：“容我再想一想。”

“这可不是一个女企业家该有的气魄呀！”

楚笠君豪爽地一口饮尽杯中酒：“你真想好了？”

“两年前我就想好了。”

“那就试试吧。”

董竹没有回答，仰头喝了杯中酒。楚笠君不解地看着董竹，反问道：“怎么了？”

“我要告诉你一件事。”董竹放下杯子，慢慢地说道，“少醒还活着。”

楚笠君兴奋地说：“少醒还活着？你从那儿听到的消息？”

“是子青查到的。”

“太好了。”

董竹摇摇头，苦涩地说：“不太好。少醒若还活着，少醉就不在了。”

楚笠君惊愕地问道："为什么？"

董竹伸手将楚笠君揽在怀里，半晌之后，才慢吞吞地说："周末来家里的是少醒。"

"少醉呢？少醒不会杀了少醉吧？"

"不会的。他们是亲兄弟。"

楚笠君猛地推开董竹，结结巴巴地说："可是，可是……"

董竹深吸了一口气："西湖小组全部暴露了。"

楚笠君一愣："你也暴露了？"

董竹缓缓点点头："如果还能活着，我们就结婚。"

"怎么会变成这个样子？"

"从此刻起，你必须与西湖小组择干净。"董竹伸手握住楚笠君的手，"所有少醒设置的联络点，我都已清理干净了。你与西湖小组唯一的牵连，就是我。这次离开楚公馆后，我就不回来了。"

楚笠君握住董竹的手："我是少醒的姐姐，有事我们一起扛。"

董竹摇摇头，温柔地看着楚笠君："就因为你是少醒的姐姐，所以才要刻意保持距离，惹怒了他，我、子青和少柔就再也没有机会了。"

楚笠君边说边流泪："我懂！"

董竹看着楚笠君流泪，不由感慨万分，那感慨是怜惜楚笠君，哀叹她不过是个女人，看不透他心里所想。谁又能知道，他从来没有爱过楚笠君呢？谁又能知道，他要娶楚笠君为妻只是奉命行事，后面隐藏着惊人的秘密呢？

董竹的感慨，既为楚笠君，也为自己。

穿过深邃的夜色，轿车摸黑向前驶去。为了安全，董竹不敢开车灯，仅凭着记忆绕过鬼子的关卡，来到郊外才敢亮灯。又行驶了约半个小时，来到一片小树林前，车灯照在许少醒的身上，看着那光照下的人宛如鬼魂似的，董竹不由得打了一个激灵。

车子在许少醒身旁停下，董竹从车里下来，没有熄火，就让车灯亮着，恍如只有这样才能为自己壮胆，不害怕如魑魅魍魉似的许少醒。

"今天是怎么回事？"许少醒吸着烟，烟雾散在脸上，看不清面目表情，声音也有些缥缈。

董竹轻轻叹了口气："这是一个局。"

“谁设的局？‘青花’？”

“不，是梅晋元。”

“哦，他想干什么？”

“集体策反‘西湖小组’。”

“打入岩井公馆？”

“不确定，或许是满铁。”董竹摇了摇头，掏出一支烟点上，“我总觉得梅晋元太神秘，我真想杀了他。”

许少醒笑了笑：“我也想，可是不能动手。”

“老板不同意？”

“七年前，要不是梅晋元舍命救了老板，老板或许就不在了。”

“我知道这段往事。”

“不要再动此念。”许少醒阴沉地说，“老板雷霆之怒，谁也受不起。”

董竹在黑暗中点了点头，又问：“你知道梅晋元是满铁的‘老汤’吗？”

许少醒猛地皱眉：“他还是日本间谍？”

董竹也是惊讶：“你不知道？”

许少醒耸耸肩：“恐怕连老板都不知道。”

“未必？”董竹摇了摇头，“老板的牌，不会全部给我们打的。”

“嗯。梅晋元是满铁的，西湖小组很可能会潜伏在满铁。”许少醒长吁一口气，“梅晋元会不会怀疑我了？”

“他怀疑什么？怀疑你没死？不可能。”董竹呵呵笑了，“你在上海露面的时候，他已经去了哈尔滨。他不是孙悟空，不会分身术。”

“‘青花’查得怎么样？”

董竹借着黑夜撒了个谎：“‘青花’一直不露面！”

“苏立生会是‘青花’吗？”

“我和他吃过饭，很平常的一个人。”

“越是让你觉得平常，越是高手。”

“我会盯着苏立生的。”

“不，你的任务是查出‘黑沙’。”

“‘黑沙’比‘青花’还麻烦，‘青花’至少还有个怀疑对象，‘黑沙’就像一团迷雾。”

许少醒将烟蒂丢在脚下："不急，我是'白沙'时，就查不出来'黑沙'，现在更不容易了。不过，只要你死守上海情报科，终有一天会见到'黑沙'的。"

董竹接着说："梅晋元利用山田寿做文章，栽赃宫崎翼是杀死山田寿的凶手。"

"宫崎翼该杀！"许少醒嘿嘿一笑，"我早打算除掉宫崎翼，不想被梅晋元截和了。这样也好，省得我动手了。我本无意和梅晋元合作，不想不谋而合，这下子赤木亲之的吃相就难看喽！"

董竹一愣："你给赤木亲之准备好了菜？"

许少醒哈哈一笑："这道菜，早在满铁备下了。"

~ 201 ~

[伪满洲国，哈尔滨，满铁满洲调查部]

"玉碎计划"成功了，"白影子"保住了，也该返回上海滩了。

梅晋元当然知道"白影子"是谁，更知道她的不容易。那个"白影子"就是他的前妻，一个曾经十分欣赏他的女人。只可惜，他的爱情最终败给了共产主义信仰。那信仰，恍若有种魔力，能够打败一切，能够改变一切。譬如，改变他。妻子移情别恋之后，他选择了报复，那是信仰之间的报复。妻子选择了共产主义，他就选择三民主义，义无反顾地加入了复兴社，成为"岁寒三友"之一。他咽不下那口气，因为他还深爱着他的妻子。

放手，也是一种爱。他选择了放手，成全了妻子。可是，谁来成全他呢？唯有仇恨。可事与愿违，他遇到了一个文质彬彬但信仰坚定的人，那个人自称"伍豪"，用共产主义思想洗涤了他的灵魂，后来他就成了中共"沉沙三杰"之一的"黑沙"。直到那个时候，他才理解妻子的决绝。妻子化名秋白萍，成了哈尔滨首富，自然被蒋介石看中，安排特使亲自去请她，所以她就成了侍六组最神秘的"白影子"。

"武田先生"、"白影子"、昔日上海滩第一位女法官，都是秋白萍。

"他死了？"秋白萍和梅晋元坐在一楼客厅的沙发上，她将金树云的照片递给梅晋元，用眼神示意了一下窗户边的留声机，下面有一个窃听器的灯闪烁着。

梅晋元接过照片，默然地说：“他不是招供了吗？”

“他是共党。”

“他是共党？”梅晋元冷笑一声，“一夜之间，从军统转变到共党，这怎么可能？”

“这是欧阳慧的指控。”

“欧阳慧没跑掉吗？”梅晋元微微皱眉，“她的话可信吗？”

“欧阳慧杀了金树云，精神几乎崩溃，正在治疗。”秋白萍摇了摇头，“至于可信度，那要看她有没有证据了。”

“不明白。”梅晋元轻轻翻过照片，看到照片后面写着“SQ0123”，向秋白萍望去。

秋白萍缓缓地点了点头：“说起共党，我想起了一个人。”

“谁？”

“留西柯夫。”

“苏共第五局，远东分部部长。”

“他已经叛逃了。”

梅晋元假装惊愕：“什么？”

“苏共满洲情报网被清理，就是留西柯夫的杰作。”

“全部被清理了？”

“或许有漏网之鱼。”秋白萍指了指照片背后的字母和数字，“就是有漏网之鱼，也无法传递情报了。”

“哦？”梅晋元低头看了一眼那串字母和数字，“苏共满洲情报网被连根拔起了？”

“嗯，苏共要再建起情报网，至少需要两到三年的时间。”秋白萍拿起茶几上的香烟和打火机，抽出一根烟点上，又拿起照片烧了，丢进烟灰缸里。

“太好了。”梅晋元看着燃烧的照片说道，“这两三年，我们可以专心致志地对付抗联了。”

秋白萍伸了伸胳膊，笑了笑说：“有些累了。”

“别陪我了。”梅晋元温柔地说，“回家吧，泡个热水澡。”

秋白萍微微一笑：“我想泡温泉了。”

“上海有好温泉。”

“佘山温泉。”

“你还记得？”

“咱们度蜜月的地方，能不记得吗？”秋白萍莞尔一笑，“佘山温泉的老板，老索，还记得吗？”

“老索？”梅晋元轻轻地重复着。

“你不记得了？他排行老七。”

“哦？是他啊！可惜，你不能陪我回去泡温泉了。”

秋白萍幽幽地叹道：“咱们，还是结束了吧。”

“明白，我不会再去打扰你的。”

“别告诉子青我还活着。我不配做一个母亲。”秋白萍略带忧伤地说，“或许，咱们就不应该重温旧梦。”

“就算是错误，也是美丽的。”梅晋元微微一笑，“我有女朋友了，她很年轻。”

“年轻好呀！”

“你还是独身主义者？”

秋白萍灿烂地笑了：“我坚信，女人靠自己也能活得很好。”

梅晋元竖起了大拇指：“你活得很精彩。”

～ 202 ～

[伪满洲国，哈尔滨，主城区]

松岛凉子和宇多光一穿过关东军情报部长长的走廊，向审讯室走去。二人边走边交谈着关于欧阳慧的情况。

松岛凉子问：“欧阳慧的情绪稳定了吗？”

“军医已经在治疗了，基本稳定住了。”

“可以审了吗？”

“应该可以了。”

“欧阳慧指控金树云是共党，概率有多大？”

“支那人太狡猾。”宇多光一叹了口气，“欧阳慧杀了金树云，或许是灭口。”

松岛凉子眉头一皱："清理叛徒？"

宇多光一哼了哼："也许吧。这个支那女人应该扔到'东乡'。"

松岛凉子冷笑一声："那是她的最终归宿。"

说着，二人走进了审讯室。松岛凉子看到欧阳慧被捆在电椅上，便搬了张椅子坐在她的对面。宇多光一脱下军装，准备亲自审讯。一个日特赶紧将皮鞭递给了宇多光一。

松岛凉子问："好些了吗？"欧阳慧哼了一声，没有说话。

"可以说了吗？"松岛凉子又问。

"我要的东西呢？"欧阳慧开门见山。

松岛凉子点点头："你的精神没有问题，还记得要东西。"

欧阳慧冷笑："给我想要的，我就说。"

"你敢要挟我？"

"我杀了共党，共党一定会报复。"欧阳慧异常冷静，"反正是活不成了，废话少说吧。"

"这是宫本先生的亲笔签名。"松岛凉子从上衣兜里掏出一张纸，面对着欧阳慧展开，"如果你的交代属实，从今天起，你就是满铁的人。"

"好，我说。"欧阳慧挣扎着向前探头，仔细看宫本正仁的手谕，"傅家甸114号！快！"

关东军情报部办事一向快速高效，不到半个小时就到了傅家甸114号。那是一处普通的套房，陈设简单但考究。很快，他们在书房的地板下面发现了一个密洞，里面放着一个铁盒子。

松岛凉子将铁盒子放在桌角打开，里面有一把手枪、三个弹夹、五捆钞票、两根金条和一摞证件。她拿起一个证件翻看，见是金树云的照片，证件上盖着"关东军司令部"的印章，气急败坏地将证件摔在铁盒子里。

铁盒子一晃从桌角摔落在地，咣当一声，一个夹板弹了出来。

松岛凉子弯腰捡起，看到夹板层里还有一份电文和一张照片。她打开台灯，仔细查看那封电文，只见电文上写着几行字——

"恩师"

重庆执行"玉碎计划"

军统哈尔滨站玉小组集体玉碎

我是回归抗联，还是与其赴死

松岛凉子皱了皱眉，伸手拿起照片，见是金树云和郑笑胥的合影，上面写着“民国十五年与恩师合影留念”。

“金树云是抗联的，郑笑胥是共党。”松岛凉子将电文和照片递给宇多光一。

宇多光一接过来一看，诧异地问道：“满洲国务总理怎么可能是共党？”

“我请示宫本先生。”松岛凉子脸色冰冷，将电文和照片重新放进铁盒子，“去中央大街！”

中央大街依旧热闹，松岛凉子经过马迭尔宾馆时，那张冰冷的脸上陡然变得柔和了，竟然飞出一丝几乎连她都没察觉的笑意来。她的眼前浮现出一张男人的脸庞，笑得开心极了。这个男人就是在马迭尔宾馆向她求婚的，只可惜他死了。她深爱着这个男人，虽然还没嫁给他，却依然为他“守寡”多年。她却想不到，五年后还会与这个男人重逢，只不过男人换了个名字，一个中国名字：凌岳州，而她也会死在中国。（作者按：详见拙作民国谍战系列小说《叱咤之城》）

宫本正仁就住在满铁满洲调查部，从他的卧室窗户可以看到松花江上的冰雪。江上的冰雪如同一面大镜子，映照出苍穹的面目。那断裂的冰纹，宛如一棵棵根脉交错的树根印在了上面。站在窗前，他似乎感受到了冰雪逼人的寒冷，忍不住缩了缩身子。很快，他就不觉得冷了，因为松岛凉子用她火热的身子为他取暖。这个冷艳的女人，是他众多情人中的一员，更是他最信任的助手。

身子暖了，松岛凉子穿着睡袍，坐在茶室里煮茶，然后将电文和照片双手捧给宫本正仁，说：“金树云是共党，他的恩师的确是郑笑胥。”

“你怎么看？”宫本正仁接过电文和照片，征询松岛凉子的意见。

“郑笑胥很有可能是破坏‘雪崩计划’的幕后主使。”

“继续。”宫本正仁低头看着电文和照片。

“无论他是否投敌，他都有可能会破坏‘雪崩计划’，毕竟他是支那人。”

“‘雪崩计划’一旦成功，受损最大的还是中国人。”宫本正仁幽幽地说道，“他心中始终还有一个大清国。”

“杀死山田寿的凶手找到了。”松岛凉子给宫本正仁倒了杯茶，“我回来的时候，路过情报课，上海发来电文：凶手是宫崎翼；‘老汤’的女儿又杀了宫崎翼。”

宫本正仁淡淡地问：“怎么讲？”

“‘老汤’的女儿叫梅子青，是个有名的大作家，但她是军统，被赤木亲之抓了。”松岛凉子又从睡袍的兜里掏出一封电文，“这是领事馆转过来的电文，岩井英一命‘老汤’速回上海救女儿。”

“领事馆也干预了？”宫本正仁见怪不怪地说，“‘雪崩计划’画上了句号，‘老汤’择得干干净净。岩井英一发电报，不是催促，而是在保‘老汤’。”

“嗯，他们不知‘老汤’的身份。”

“算了，让‘老汤’回去吧。”宫本正仁叹了口气，端起茶杯喝了一口，“‘老汤’虽然择得干净，可我总觉得不踏实。告诉鸟羽鹤，盯着‘老汤’不如启用，用他才好查他。”

“哈依！”松岛凉子给宫本正仁续了茶水，问道，“郑笑胥怎么处理？”

“送去‘东乡’吧。”宫本正仁又看了一眼照片，然后摇了摇头，“还是把尸体送去‘东乡’吧。他毕竟是一国总理，必须悄无声息，尸骨无存。”

宫本正仁的命令就是圣旨，松岛凉子亲自执行。她带着“神风计划”的负责人宇多光一、长谷部太郎二人，摸进了郑笑胥的住处，干掉了四个保镖。松岛凉子走进郑笑胥的卧室，用一支无声手枪抵在郑笑胥的眉心。

“你要做什么？”熟睡中的郑笑胥突然惊醒。

“灭口！”松岛凉子冷笑一声，扣动了扳机。

郑笑胥瞪着眼睛死了。

～ 203 ～

[伪满洲国，哈尔滨，金公馆，城区外]

欧阳慧被送到了金公馆，但是她一点都笑不起来。金树云用生命救了她，但她也知道宫本正仁的话不可信，或许明天她就会被秘密送往“东乡”。那个令人恐怖的“东乡”虽然只是传言，但大批民众的离奇死亡，让恐怖的传言又萌生了一层毛骨悚然。据消息说，只要被送往“东乡”，就没有一个能活着出来。

她听到了松岛凉子所说的“归宿”。她的归宿绝不是“东乡”，而是死亡，被送往哪里都一样，反正都是死亡，反正都是活不下去，那么拿了宫本正仁的“圣旨”又有何用？不过是为了不让金树云白死而已。

三个日特押着她下了车，其中一个淫笑着，她知道这将是一个恐怖的不眠之夜。

欧阳慧神色萎靡，裹紧了身上的衣服，走进屋内，拉亮电灯。

突然，噗的一声，一粒子弹射中了跟她进来的那个淫笑的日特的眉心。欧阳慧反应敏捷，伸手扶住了那个日特，将他缓缓放在地上，抬头向站在客厅中央的刺客望去。刺客戴着帽子和口罩，手里举着一把无声手枪。

欧阳慧不认识这个人，也看不清他的脸，不知他就是从上海赶来救她的中山功。中山功伸手将欧阳慧拉到身前，向她嘘了一下，示意她安静。

寂静的长街上，两个30多岁的中国男子翻过墙头，将手中的钢刀投掷到院里的两个日特后背上。那两个日特身体被钢刀刺透，摔倒在地。

中山功拉着欧阳慧从屋内出来，分别向两个日特补射了一枪。

一个中年男子拉开院门，门外停着一辆轿车。另外一个中年男子向欧阳慧挥了挥手。三人疾步出门，乘坐轿车迅速离去。欧阳慧回头向中山功望去，却见他关上院门，朝另一个方向走去。轿车沿着小街巷行驶，约莫一个小时后到了郊外，才缓缓停下来。车门打开，欧阳慧从车里走下来。

“我们只能送到这儿了。”一个中年男子也下了车。

“谢谢。”欧阳慧感激地点点头。

中年男子从兜里掏出一张纸，递给欧阳慧，说：“按照这个图走，天亮的时候，就会到一个小火车站。这个区域是安全区，鬼子很少来。”

欧阳慧接过纸条，再次感激地说：“转告梅先生，谢谢他。”

中年男子点了点头：“赶紧走吧。”

欧阳慧向前走去，走了两步，又突然转过身，说：“替我向威廉先生问好。”

“威廉先生？”中年男子正准备上车，听到欧阳慧的话，眉头不由一皱，“谁？”

“走了。”欧阳慧笑了笑，向中年男子摆了摆手，看着他钻进车里离去，眉头不由轻轻皱起。

他们竟然不知道威廉？威廉可是军情六处的。

不，他们不是军情六处的人，他们是共产党。

“梅晋元是共产党？！”欧阳慧莞尔一笑，转身向黑夜中走去。

第六日

1938 年 11 月 15 日　星期二

民国二十七年　农历九月二十四

戊寅年　癸亥月

第十一章　分流

～ 204 ～

［上海，公共租界，工部局，警务处］

话筒里安装窃听器，是最常规的一种窃听手段，所以对于间谍们来说，无疑是一种摆设。

清晨被鸟声唤醒的时候，梅子青就拧开了话筒，看到里面的窃听器，意味深长地笑了。她需要这个窃听器，她希望赤木亲之听到她和平少柔的对话，这是实现“折翼计划”的关键一步。

“小柔，是我。”

“表姐，起这么早？”

“是你起得晚了。”

“有事吗？没事我睡觉了。”

“约好的局，我去不了啦。见了面，替我说声 sorry。”

“好嘞。”

“别睡了，你快来不及了。”

“你怎么跟我妈似的，知道了，我这就起。”

这不过是极为普通的对话，听上去就是表姐妹之间的闲言碎语。可是，在这些闲言碎语里，赤木亲之读懂了里面的玄妙。

平少柔是一条小泥鳅，她要见的人才是条大鱼。

平少柔这条小泥鳅的确滑头，若非苏立生提供了“西湖小组”的名单，赤木亲之差一点就忽略了她，虽然那晚他看到平少柔从南京路上跑过，但这个青帮大小姐却在汇中饭店订了房间，有不在场的证据。

“那个侍应生正好当值，梅子青说的是实情。”须贺健走进工部局大院，看见赤木亲之在院子里兜圈子，一夜未睡的样子，便走上前去汇报，“按照您的意思，我派人监视了董竹。”

“董竹在法租界，咱们抓不得。”赤木亲之轻轻捶了捶额头，“汇中饭店403房，平少柔有不在现场的证据，若不是苏立生查出来，这条小泥鳅就溜掉了。”

“‘西湖小组’的刺杀，都有完美的不在场的证据链，的确难抓。”

“安排人审下苏立生，做做样子。”赤木亲之扭头向宿舍楼望去，正好看到梅子青站在窗前喝咖啡，“须贺君，跟着平少柔。”

须贺健点头应道：“人都安排好了。”

梅子青站在窗前向赤木亲之举了举咖啡杯，笑了笑，算是打个招呼。

“折翼计划”的关键之一是暗杀宫崎翼，之二便是让陆文泰现形，只有这样才能保护平公馆。按照部署，平少柔打电话约见陆文泰，要和他聊聊与陆川谈恋爱的事情。

约见地点就在十六铺码头，平少柔等候陆文泰的时候，发现警务处的便衣早就到位了。晨光洒了下来，暖洋洋的，她靠着车门，手里拎着一袋水煎包，边吃边等。一会儿工夫，瞧见陆文泰的轿车驶过来，平少柔挥着手打招呼。陆文泰将车停在平少柔身边，从车里走下来。

“陆叔叔，吃早餐了吗？”

“一大早，你一个电话把我叫到这儿来，我哪有时间吃？”陆文泰对平少柔很温柔，向来有求必应，甚少责怪她。他不同意平少柔和陆川谈恋爱，从他的立场上讲，也是对平少柔好。

“我就知道陆叔叔没吃早餐，我给您买了。”平少柔转身拉开车门，又拎出一袋水煎包，笑着向陆文泰走去。

“谢谢小柔！”

“还是我心疼陆叔叔吧？”

陆文泰笑了笑：“你少给我灌迷魂汤。”

平少柔噘起小嘴：“吃不吃？”

陆文泰伸手拿过水煎包：“小柔买的，得吃。”

平少柔上前挎住陆文泰的胳膊："这就对了。"

陆文泰微微一愣："你干什么？"

"讨好陆叔叔呀！"平少柔说着拉着陆文泰向临水码头走去。

陆文泰走到码头，吃了一个水煎包，笑着哼了一声："说吧。"平少柔眨了眨眼睛："说什么？"

陆文泰微微一愣："不是聊阿川的事吗？"

平少柔嘴角一撇，掏出手绢，带着哭腔说："您为什么阻止我们在一起？"

"阿川配不上你。"

"怎么配不上啦？"

"小柔，你虽不是我的女儿，可我一直把你当作女儿看的。你是上海滩名媛，阿川配不上你。"陆文泰说到动情处，眼圈竟然红了，"陆叔叔会给你介绍更好的。"

平少柔哭得梨花带雨："阿川就是最好的。"

陆文泰微微一笑："那是你见得少！改天，我给你介绍几个，你好挑挑。"

"你不怕阿川恨你吗？"

陆文泰说道："我也给阿川安排了相亲。"

平少柔惊讶地问道："谁？"

"公司刚来的业务经理，杨毓香杨小姐。"

"哼！"平少柔气得一跺脚，转头走了。

陆文泰也不恼，脸上竟呈现出慈父般的笑容。他凝视着黄浦江面，点了根烟，锁眉沉思。平少柔的举动有些反常，为何不提子青的事？以她的脾气，应该一见面就问的呀？

"这里面一定有问题。是谁的问题？小柔？阿川？还是梅子青？"陆文泰将烟丢到黄浦江里，转身向自己的轿车走去。

~ 205 ~

[上海，愚园路，西园大厦]

从没有像此刻这般眷恋一个女人的身体，他刻意地让自己沉沦在温柔乡里，只有在缱绻的那一刻，他才恍若真实地活着。那些圈套，那些背叛，那些生死离别，那些无辜亡灵，都如同肥皂泡似的，被他一个个扎破了。他看着熟睡中的安娜，看着她玲珑的曲线，又忍不住伸手去抚摸，恍若那是一片宁静的港湾，还停泊着一艘船。他可以乘风破浪，纵情四海，笑傲江湖。

一缕晨光照在安娜的脸上，她睁开蒙眬的睡眼，看到王千木眼中的光芒，忽觉这个军统头号杀手真的老了。她裹紧了被子，坐了起来，说："你闺女还真是疼你。"

听到这话，王千木狠狠地瞪了安娜一眼。

安娜问道："你这是怎么了？"

"没什么。"

"你我都是做特工的，应该明白上床就是个任务。"

"除了任务，什么都没有了？"

"还能有什么？"

王千木转过头，凝视着安娜："同病相怜。"

安娜看着王千木的脸，停了片刻才说道："特工是一种病，无药可救的病。"

王千木幽幽地说道："你我已经病入膏肓了。"

"你怎么了？"

"我刺杀原百泰的照片是你拍的吧？"王千木伸手从床下摸出一把手枪，故意当着安娜的面检查弹夹。

安娜皱起眉头："怎么，你怀疑我？"

"因为你在大上海戏院！因为你是土肥原的学生！"

"这能构成证据吗？"

王千木冷笑："陆文泰也是土肥原的学生，你不会不知道吧？那个高柜子是陆文泰设计的，你也不会不知道吧？"

"是，照片是我拍的。"安娜干脆地承认，"可我没有选择。"

"我给你选择。"王千木从兜里掏出一个消音器，眼睛直盯着安娜，缓慢地拧上消音器。

安娜一愣："选择？什么选择？"

"我给你提个醒，'蝴蝶'。"王千木拧上消音器，举枪对准了安娜的脑袋。

“什么蝴蝶？”

“不会飞的‘蝴蝶’。”

安娜愣愣地反问：“蝴蝶标本？”

王千木嘿嘿地笑着：“装傻充愣？我已是半百之龄，喜欢真诚。”

安娜莞尔一笑：“你真舍得杀我吗？”

“一个上了黑名单的人，还在乎大开杀戒吗？”噗的一声，王千木的手一歪，子弹擦着安娜的右耳射进了床头。

“我不知道‘蝴蝶’是谁。我可以起床了吗？”安娜脸色一下子变得苍白，她颤抖地伸手掀开被子，将身体向前挺了挺，“你还想要，是吧？”

“你给的，我不想要。我想要的，你还没给我。”王千木依旧举枪对准安娜的眉心，“说！”

“说了，我得死。”安娜坐起来，伸手抓起床头的烟和打火机，颤巍巍地抽出一根点上，眼里充满了恐慌。

王千木将枪口往前一抵：“平公馆，平二小姐的丫鬟，小蝶，对吧？”

安娜张大嘴巴惊讶地问道：“你怎么知道的？”

“所以，在我面前，你只有说实话才能保命。”

“我可以起床了吗？”

王千木摇摇头：“不行！”

“你还想干什么？”安娜将烟发狠地丢在地上。

“说说费拉基米尔吧？他跑了。”

安娜愣了一下，问：“他跑了？”

“你不知道？”

“昨晚我一直在百乐门。”

“没陪那个糟老头子？”

“怎么了？吃醋了？”安娜幽幽一笑，“陈逯老了，还挨了一箭，这事他不行了。”

王千木冷笑：“你早知费拉基米尔的身份，为何不抓他？”

“我的任务不是抓捕费拉基米尔。”

“你的任务是什么？”

“找出‘5号’。”

王千木反问道："'5号'？"

"苏共第五局的王牌特工。"

"他在上海？"王千木沉思片刻，又接着说，"说说叶戈尔吧。"

安娜又是一惊："你知道叶戈尔？"

王千木嘿嘿一笑："别再躲躲藏藏的了。"

安娜看了王千木一眼，无奈地说："我是费拉基米尔的下线，叶戈尔是费拉基米尔的上线，我跟踪费拉基米尔，找到了叶戈尔。"

"叶戈尔的上线是谁？"

"'朱雀'！"

"见到'朱雀'了吗？"王千木看见安娜摇头，继续问，"'朱雀'跟'5号'联络了吗？"他见安娜点头，悄悄收了手枪。

安娜幽幽地说道："你真的不杀我了？"

"给过我温暖的女人，我岂会亲手埋葬了？"王千木说着退出卧室，顺手关上了门。

安娜坐在床上，表情瞬息万变，先是有点小确幸，毕竟算是逃过一劫，接着开始发愣，然后变得恼怒，最终噌地一下从床上跳下来，脱掉睡衣去洗澡。洗完澡后，穿着睡衣出来，却看到许少醒站在窗前，不由一愣："你？"

许少醒笑了笑："你认识我？"

"看过你的照片。"安娜紧了紧睡衣，冷冷地说，"你是特高课新上任的行动课课长。"

许少醒微微一笑，摇摇头："不，我是军统六哥。"

安娜惊愕地缓步向后退去。

"你最好别动！"许少醒看见安娜站住，轻蔑地笑道，"叶戈尔是苏共的消息，是我告诉岩井公馆的。"

"你……你也盯上了乐木轩？"

"不，小葵一直跟踪你。我早知道你是'白俄医生'。"

安娜质问道："你想要干什么？"

"'蝴蝶'是谁？"

"我不知道你说的什么'蝴蝶'。"

"王千木没有杀你，一定是得到了他想要的答案。"许少醒说着掏出手枪，顺手拿了一个枕头，向安娜走去，“所以，你不能骗我。”

安娜幽幽地说道：“好吧，我告诉你，源千雪就是‘蝴蝶’。”

许少醒停下脚步，冷冷地看着安娜，摇了摇头，突然扣动了扳机，一粒子弹穿透枕头，击中安娜的腹部。安娜瞬间弯腰倒下。

“自作聪明，不可活！”许少醒走到安娜身旁，将枕头放在她额头上，又开了一枪。

许少醒杀了安娜，彻底清除了所有可能知道他是“老枭”的人。这是一点线索都不能留下的大计划，不能有半点闪失。所以，他从公寓里出来时，将一枚手雷丢进了他开过来的车里——那是千叶葵的车。

轰隆一声，手雷爆炸，汽车起火燃烧。就在此时，西园大厦601室也冒出浓浓的烟雾，安娜的房间也起火了。

许少醒走到马路对面，转身看着越烧越旺的火势，脸上陡然荡起笑容，心情愉快地沿着愚园路向东走去。

西园大厦不远处，兆丰公园旁，王千木手里握着枪，看着楼上起火、汽车爆炸，向许少醒的背影望去。

“他怎么出现在这里？是他杀了安娜吗？他为什么杀安娜？还是来杀我的？他究竟是谁？会不会是老六？”王千木眯着眼睛，盯着许少醒的背影，慢慢将手枪别回腰间，抬头看着楼上的火势越来越旺，长叹一声，“也好，我回来就是要杀你的。你没死在我的手里，算不算是你的幸运呢？”

～ 206 ～

[上海，日占区，苏州河，南区]

白沙小组注定是一场悲剧，组长和副组长都是重庆特工，老楚和郭斌的牺牲在所难免。这个悲剧，在那个悲怆的年代，却又是一种必然。多与寡，大概率，赢面都偏向于重庆。在那个几乎没有赢面的时局里，共产党人发动人民群众，最终赢得了胜利，无疑是那个时代最伟大的转折。

然而，胜利的背后，却堆积着万骨，却流淌着千血。

老楚和郭斌的赢率为零，因为许少醒布的是双路棋。

第一路棋是岩井公馆。杉本哲带着20名日特隐秘在苏州河畔的树林里，等着运药的卡车过苏州河关卡，只要卡车一到，日特就会蜂拥而上。

“运药的卡车，会从这里过吗？”陆川站在路旁，问身边的杉本哲。

“会的。”杉本哲非常笃定，“我一直跟着老楚和郭斌，卡车是三菱的，昨天下午老楚租的。郭斌这两天常到这儿送信。”

陆川判断道：“送信是假，探路是真。”

“来了。”杉本哲向远方望去，看到一辆三菱卡车驶向关卡。

“车牌号对吗？”陆川也看到那辆三菱卡车，眉头微微皱起。

“四五六九，没错。”杉本哲将烟蒂摔在地上，“查！”

陆川向隐蔽的日特一挥手，一群日特向三菱卡车围上去，截停了卡车。陆川拍了拍车门，将卡车司机拉下车，索要证件，并对卡车司机说：“你是楚门饭店的？”

“是。”卡车司机并不胆怯，很淡定地回答。

“出城干什么？”

“拉我们饭店用的食材，都是自己种的。”卡车司机向苏州河一指，“过了河，三公里，就是我们的农庄。”

“是吗？”

“长官没去过楚门饭店吧？”

“妈的，怎么说话呢？”陆川将证件砸到卡车司机的脸上，“滚！”

卡车司机不敢喊疼，弯腰捡起了证件。

杉本哲向卡车司机挥挥手，命令道：“打开车厢门。”

卡车司机赶紧走到后车厢，掏出钥匙开了锁，拉开后车厢门，里面都是木箱子。

杉本哲问：“这些箱子干什么用的？”

“装菜用的。”

两个日特爬进车厢内，翻检车里的木箱子，一无所获。

杉本哲怒道：“八嘎！”

陆川走过来问：“怎么回事？”

一个日特回答：“里面没有药品。”

卡车司机顿时脸色一白：“药品？我们哪里敢？你们弄错了吧？”

陆川皱着眉头问道："老楚呢？"

"您……您认识老楚？"

陆川伸手拍了一下卡车司机的头："小瘪三，问你话呢？"

卡车司机说话都结巴了："平……平常，都是老楚亲自去选菜的。可……可今天他身体不舒服……"

"滚！"陆川踹了卡车司机一脚。卡车司机赶紧跑向车头，爬上了卡车，急忙驶过了关卡。

岩井公馆虽然抓捕失利，但庆幸的是药品还在租界，还有时间去摸排。当然，他们想不到76号早已在南区的黄浦江畔布下了天罗地网。

这一段黄浦江比较荒芜，没有大轮船，只有两三艘小船，在江心里晃悠。孤零零的一个工厂，一个木牌上写着"上海水泥公司"的字样。

一辆三菱卡车从土路上驶来，开车的正是郭斌，老楚坐在副驾驶位上。离工厂不远处，是一片小树林。小树林里藏着20来个76号的特务，苏成一站在一棵树下，手持望远镜，正看着三菱卡车驶向水泥厂。

三菱卡车驶到水泥厂门口，一个叫老耿的中年人开了院门。三菱卡车驶进水泥厂内。苏成一带着76号特务向水泥厂包围过来。

三菱卡车停在院内，老楚和郭斌从车上跳下来。

老耿拍着车厢说："老楚，货呢？"

老楚不答反问："船准备好了吗？"

"下午三点，美孚公司的货轮。"

"小心点，这些都是电讯器材。"

"又不是第一次了，放心。"老耿哈哈一笑，"这批货到无锡、杭州转一圈，咱们的钱就到手了。"

郭斌向后车厢门走去："需要验货吗？"

老楚骂道："小瘪三！"

"新来的吧？"老耿嘿嘿一笑，向郭斌望去，"瞧这水泥厂，从没生产过水泥。我办这水泥厂，就是为了藏货。眼下这时局，倒货更稳妥些。"

郭斌点了根烟，向大门望去，突见一群76号的特务奔进了院里，伸手向腰后去摸枪。

苏成一举枪对准郭斌："别动！"

一个76号特务疾步走到郭斌身后，从他腰后面掏出了手枪。

老耿怒道："你们是谁？要干什么？"

苏成一嘿嘿一笑："你叫老耿？"

老耿点点头："是啊！这家水泥厂就是我开的，我是这儿的老板。"

苏成一向三菱汽车一指："打开检查！"

"这是我的货！"老耿扫视了众人一眼，"你们究竟是谁？"

"76号，听说过吗？"

老耿脸色一变："你们是76号的？"

"听说过就好，打开！"

老耿指向郭斌："钥匙在他那儿！"

"打开后车厢！"苏成一吩咐郭斌，见他不动，走到郭斌面前，伸手扇了郭斌一耳光，凶狠地说道，"打开！"

老楚叹了口气，无奈地说："郭斌，打开吧，有些事是瞒不住的。"

"76号就这么硬抢吗？"郭斌掏出钥匙，走到后车厢门前开了锁，拉开后车厢门。

苏成一冷笑一声："运药是死罪！"

老耿眉头一皱，问道："运药？您搞错了吧，里面不是药。"

老楚也赔着笑脸说道："是啊，我们是生意人，当然知道药品是禁运的。"

苏成一疾步走到后车厢前，探头一望，见里面果真是电讯器材，脸色一变，吩咐76号特务："全部弄下来，逐一检查！"

76号特务纷纷上车搬卸器材，一件一件地拆卸查看。

老耿双手合十，喃喃地说道："不能拆呀！拆了，我还怎么卖呢？"

啪的一声，苏成一举枪打在老耿的前胸。老耿捂着胸口倒在地上，没有立时死去，还在地上抽搐着。

老楚上前怒喝："没有王法了吗？"

苏成一冷笑："王法？老子就是王法！"

"我们是楚公馆的。"

"我知道，你叫老楚，你是共党。"

老楚心中一惊，面色不改："你……"

"别狡辩了，你——"苏成一又指着郭斌，"还有你！都是共党，都是白沙小组的情报员。”

老楚平静地说：“你不能诬陷好人。”

郭斌哼了一声：“你们查到药了吗？”

苏成一见里面什么都没有，脸色铁青，喝问：“药呢？”

老楚爽朗地笑了笑：“什么药？我们不走私药！只走私维新政府的货！”

苏成一又质问郭斌：“药呢？”

郭斌冷笑一声：“药在药厂里呀！”

啪的一声，苏成一一枪打在郭斌的胳膊上，血流如注。

郭斌咬牙忍痛地骂道：“中国人欺负中国人，丢老祖宗的脸。”

苏成一又举枪击中郭斌的另一只胳膊。

郭斌哈哈一笑：“给老子一个痛快！照头打！”

老楚上前一步：“你们想怎么样？”

“我想知道药在哪里？”

“我们真的没有运药！”

苏成一举枪对准老楚：“再不说，老子崩了你。”

老楚叹了口气，无奈地说：“我就是说了，你也会崩了我！你们能找到这里，说明我们组织里有叛徒，说明我们死定了。”

郭斌的眼泪瞬间流了下来：“老楚，对不起。”

老楚微微一笑：“没什么大不了的，幸好啊，你最终听了我的话。”

“老楚，来生再见吧。”郭斌忍住胳膊的疼痛，突然撕开了衣服，露出胸前的炸药。他扯开引线，点燃了炸药，向 76 号的特务扑了过去。轰的一声，郭斌与七八个 76 号的特务同归于尽了。

老楚趁机拔出手枪，击毙了几个特务。苏成一躲过爆炸，一枪击中了老楚。老楚转身向苏成一射击，却发觉没有子弹了。

苏成一慢慢向老楚走去，面部狰狞地说：“我不会让你死的，我要好好地折磨你。”

老楚看着苏成一，嘴角荡起一抹笑意，突然用力咬牙，嘴角流出白沫，扑通一声倒在地上，中毒身亡。

苏成一奔到老楚的尸体前，提枪对准老楚的脑袋，但他的手一直抖着，竟然开不了枪。

~ 207 ~

[上海，公共租界，梅公馆，工部局]

梅公馆有些老旧了，平楚山拍响那扇脱漆的大门时，忽然有些感慨，忍不住向隔壁的一栋老洋房望去。那栋老洋房比梅公馆还要老旧，一种暮色苍苍的陈旧感。那栋老洋房是第一代平公馆，平楚山从小就是在那个大院里长大的，房子是平老爷子亲手建的，房龄比他的年纪都大，算算都四五十年了。

平楚山叹了口气，负手向河南路望去，看到了一个早餐摊，只有两个男子在吃早餐。老板夹了几根油条放进篮子里，送到两个男子面前。

吱呀一声，梅公馆的大门开了。露易斯·格林站在门内，只穿着睡衣，头发蓬松，一副缱绻惺忪的样子。

平楚山看到露易斯·格林，竟然愣住了。这个场景，这幅画面，是那么熟悉与温暖，虽然看到的不是同一个人，但那份温暖却如此熟悉，如同春潮泛起，一下子包裹了他。

露易斯·格林微微一笑："平先生！"

平楚山回过神来："你是露易斯小姐？"

露易斯·格林点头示意："屋里请。"

平楚山又向早餐摊望去，刚扭过头，露易斯伸手拉住他的胳膊，将他拉进了院内。平楚山壮实的身子，忽然轻盈起来，一下子就到了院内，差一点儿贴在露易斯·格林的脸上。

平楚山笑了笑："他们是密探。"

"早看出来了。"

"哦，我忘了你是刺客。"

"你击毙了程西山，不应该这么柔弱。"

平楚山反问道："我柔弱吗？"

"不柔弱吗？"

"是我的心柔软了。"平楚山的嘴唇几乎触到了露易斯·格林长长的睫毛，"我喜欢上了你。"

露易斯·格林莞尔一笑："我也是。"

"我是单身。"

露易斯·格林轻轻推开平楚山："不好意思，平先生，晋黾还在屋里等着你呢！"

平楚山又笑了笑："你……等着我！"

露易斯·格林轻轻地掩面笑道："等你干吗？"

"你懂的！"平楚山哈哈一笑，向屋里走去。

露易斯·格林看着平楚山的背影，脸上荡起一抹会心的笑容。

"刚躺下一个小时。"梅晋黾从楼梯上下来，连打两个哈欠，摘下镜片在睡袍上擦了擦。

平楚山望着梅晋黾："精神萎靡，怎么了？"

"通宵达旦。"梅晋黾招呼平楚山坐下，"坐。"

平楚山不咸不淡地问："忙什么呢？"

梅晋黾伸展着双臂，仍旧打哈欠："我一个外交司司长能忙什么？还不是忙着跟日本人打交道。"

平楚山不动声色地问："重庆要和谈？"

梅晋黾挥动着双臂提神："和还是打，这两手我都得准备好。"

平楚山进一步问："老蒋愿意和谈吗？"

梅晋黾哈哈一笑："委员长的心思，我还猜不透。不过，无论委员长是什么心思，我都得履行我的职责。"

"跟日本人不好打交道吧？"

"还好。"梅晋黾嘿嘿一笑，"这么早找我，不是聊天的吧？什么事？"

"你的事。"

梅晋黾一愣，反问："我什么事？"

"子青被抓了。"

梅晋黾大吃一惊："子青被抓了？被谁抓了？"

"工部局警务处，赤木亲之。"

梅晋黾的眉头在拧一起："子青一个写传记的作家，工部局抓她做什么？"

"发生了什么事？"露易斯·格林端着两杯咖啡走过来，放在二人面前的茶几上，扭头问平楚山。

平楚山笑了笑："恋爱了。"

梅晋亀不解地问："什么恋爱了？"

平楚山看着露易斯·格林羞涩的笑容，呵呵一笑："有些事情非常奇妙，忽然之间就来了，如惊鸿一瞥。"

梅晋亀哼了一声："楚山兄，说人话。"

平楚山又看向梅晋亀："昨晚，子青杀了宫崎翼。"

梅晋亀噌的一声站起身："什么？"

"宫崎翼在沙逊大厦杀陈逯，子青开枪击毙了宫崎翼。"

梅晋亀急吼吼地问道："怎么这么乱？到底是怎么回事？"

露易斯·格林也站起身，安慰道："晋亀，别着急。"

平楚山也站了起来："子青被赤木亲之抓了，虽说赤木有军方背景，但他毕竟是工部局的人。我这就去找约翰，暂保子青无虞。晋亀，你跟日本人熟，只有你才能保她平安。"

梅晋亀敲了敲额头："我这就去找秋浦总领事。"

平楚山提醒梅晋亀说："最好去重光堂。"

"对，赤木是日本陆军部的人。"梅晋亀点了点头，"梅家只有子青这么一个孩子，无论付出什么代价，我都要保她平安。"

"是啊，现在你是她唯一的至亲。"

"我换身衣服就去。"

平楚山又看了看露易斯·格林，对她微微点点头，便离开了梅公馆，去了工部局。事关梅晋元的事，约翰·霍华德也不敢大意，二人一起到警务处找赤木亲之谈话。

"工部局出面，保下梅子青。"约翰·霍华德直截了当地说。

"公共租界的事，工部局自然说了算。"赤木亲之没有拿到既得利益，自然不会轻易放了梅子青，"不过，梅小姐杀的可是满铁部长，不给日本人一个交代，工部局也担不起这个责任。如果因此再发生一个天津事件，我想这也不是工部局愿意看到的吧。"

平楚山放低姿态："这也是来找你商量的原因。"

赤木亲之淡淡一笑："梅小姐是军统，这是第一个麻烦。梅小姐指认宫崎翼射杀陈逯，这是第二个麻烦。宫崎翼是满铁部长，如何给领事馆一个交代，这是第三个麻烦。"

“军统的麻烦好说，有人去摆平。”

“谁？”

“子青的亲叔叔，国民政府外交部亚洲司司长，梅晋黾。”平楚山吸了一口烟，“梅晋黾此刻就在上海。至于第二个麻烦，更好说。让子青改口供，不指认。”

约翰·霍华德接着说：“对外不要宣布陈部长受伤一事。”

平楚山又慢慢地补充说道：“日本人杀了亲日分子，总归是不太好。”

赤木亲之微微一笑：“我听懂了。”

平楚山不卑不亢地说：“懂了，就好。”

约翰·霍华德紧跟着说：“租界只有一个目的，万世太平。”

赤木亲之笑了笑：“那第三个麻烦呢？”

平楚山沉吟片刻，说道：“给我两天时间，我去摆平。”

“好啊！平董为梅小姐的事，真是不辞劳苦呀！”

“子青喊我一声舅舅，她出了事，我得扛起来呀！”

“她父亲呢？”

“早死了。”

赤木亲之的眉头一皱：“她父亲死了？”

平楚山长叹一声：“六年前，平家惨案，晋元兄死了。”

约翰·霍华德的手指在沙发上不停地敲，不希望他们谈论梅晋元，却找不到阻止的借口，只能从兜里掏出雪茄点上。

“据梅小姐交代，她的父亲还活着。”赤木亲之困惑地说，“梅小姐的父亲是梅晋元，梅晋元就是梅森伯爵。”

平楚山的脸色一寒：“当真？”

赤木亲之转头望着约翰·霍华德：“约翰伯爵，您不知道吗？”

约翰·霍华德缓缓地点了点头：“嗯。梅森伯爵就是梅晋元。”

平楚山怒道：“梅晋元去哪里了？怎么不管他的亲生女儿了？”

赤木亲之幽幽地说道：“梅森伯爵一周前去了满洲，至今未归。”

平楚山一拍沙发，怒道：“第三个麻烦，我不管了，让她亲爹去管吧。”

赤木亲之淡淡地说道：“也好。梅森伯爵快回来了，或许明天就到。”

~ 208 ~

［上海，法租界，针脚裁缝铺，公董局家属院］

一群鸽子飞过霞飞路，仿佛巡逻的警察，沿着街道疾飞，引起了路人的好奇。那些鸽子在路人的注目下，并不胆怯，反而越飞越快，倏地一下从针脚裁缝铺门前掠过。

“鸽子！”正在打牌的杨毓香看到鸽子，兴奋地向门外指了指。只可惜，她的兴奋抵消不了毛玠、万墨翰、欧阳夏的愁容。杨毓香撇了撇嘴，伸手拿起身旁小桌上的茶点吃起来。

“陈逯他娘的命真硬！”万墨翰也拿起桌上的油条，咬了一口，却难以下咽，又丢回桌上。

毛玠哼了一声：“是西湖小组的失误！”

欧阳夏起了一张牌：“烦！这次西湖小组刺杀不成，陈逯一定会加强保卫，刺杀难度更大了。”

毛玠怒道：“刺杀陈逯本就不是西湖小组的任务！”

万墨翰叹了口气：“他们也是报国心切！”

毛玠打了一张牌，气哼哼地说：“规矩就是规矩！”

杨毓香看着自己的牌，不在意地说：“知道吗？很奇怪，我刚到云川电影公司，陆文泰就给我介绍男朋友。”

万墨翰面色一寒：“什么？”

欧阳夏用手捂着嘴偷偷地笑了：“老万着急了。”

万墨翰问毛玠：“二哥，你给阿香安排的是什么任务？”

杨毓香回答：“监视陆文泰。”

万墨翰反问：“为什么监视他？”

毛玠瞪了万墨翰一眼：“老万，忘了规矩吗？”

欧阳夏又打趣道：“老万的心乱了。”

杨毓香喃喃地说道：“相亲怕什么，见了面，我看不中他不就行了。”

欧阳夏瞧着杨毓香，笑眯眯地问道：“那你看中了谁呢？”

万墨翰敲了敲桌子：“咱们不打哑谜了——我喜欢阿香。”

欧阳夏幽幽地说道：“军统不准成家的规矩，忘了吗？”

“老万，你想死呀！”毛玠猛地打出一张牌，“老板亲自定的规矩，军统人人不准结婚，谁敢偷摸结婚，谁就是叛徒。”

杨毓香的脸色变得很难看：“谁要结婚了？”

毛玠哼了一声：“你拎得清就好。”

杨毓香仰起头，倔强地说：“我只恋爱不结婚，不算是叛徒吧？”

欧阳夏羡慕地感叹道：“阿香这是铁了心了。老万，你倒是说句话呀！”

万墨翰呸了一声：“该死的规矩！”

此时，欧阳夏打出一张牌，借机转移了话题：“陈友涛是个伪君子。”

毛玠叹了口气：“直说了吧，他就是个色鬼。”

“他总是毛手毛脚的。”欧阳夏的脸上露出厌恶之色，“陈友涛几次暗示了，他要……”

万墨翰愣愣地问：“他要干什么？”

欧阳夏的脸一红，低声说：“上床。”

毛玠猛地打出一张牌，骂道：“该死！”

“我们执行的都是些什么任务呀？”杨毓香的眼圈一红，“怎么办？撤出来吗？”

“黑名单，杀鬼子，除汉奸。”毛玠不由感叹道，“完不成任务，顽石小组从上到下，都要受军法处置。”

万墨翰怒道：“我们是军人，处置就处置，也不能……”

毛玠哼了一声：“党国利益是第一位的。”

欧阳夏的眼睛一酸：“我不能把干净的身子给了狗汉奸！”

“你还是处女？”杨毓香惊愕地看着欧阳夏，“在那个污浊之地，你还能守身如玉，真不简单。”

欧阳夏探询地问道：“我先杀了陈友涛，成吗？”

“陈逯才是目标。”毛玠一脸严肃，不看任何人，只盯着自己的牌，“梅子青杀了宫崎翼，她是西湖小组的吧？”

欧阳夏哼了一声：“规矩就是规矩。”

毛玠的语气变得柔和一些：“好了，我们不要内耗。欧阳，你是党国军人，牺牲生命都在所不惜，何况……何况……”

欧阳夏没有抬头，低声说道：“我懂。”

毛玠的眼睛一闭："对不住，欧阳。"

静默片刻，万墨翰说道："警务处传来消息，梅子青交代了，承认她是军统。我担心，西湖小组会全部暴露。"

"老万，除掉梅子青吧。"毛玠吩咐道。

欧阳夏谨慎地说："还是等'红梅'回来，让他决定吧。"

毛玠摇摇头，说："不行，越往后拖，损失越大。"

万墨翰点点头："我来执行。"

这时，杨毓香轻声说道："'青松'命令，今晚刺杀王千木。"

毛玠伸手推倒了牌局："叛徒，就得一锅烩了。"

牺牲欧阳夏，毛玠心如刀割。顽石小组是他的心血，每一个成员都是他的兄弟姐妹，他们参军的目的是保家卫国，虽然有流血牺牲，却要这般下作……可是，他又有什么办法呢？他的情绪低落到了极点，昏昏沉沉地回了家。

家里，一个惊喜正在等着他。萧红如站在客厅中央，目不转睛地望着他。毛玠眼皮一跳，顺手关上门："你怎么在这儿？"

"等你。"

"等我？"

"你娶我的话，还当真吗？"

"本来就是真的。"

"军统的规矩，我知道。"萧红如冷冷一笑，"你敢和我结婚吗？和我结婚，你就是军统叛徒。"

"不跟你结婚，我也是叛徒。"毛玠叹了口气，向萧红如走去，"背叛誓言，背叛初心，难道不是自己的叛徒吗？"

萧红如静静地问："铁了心吗？"

毛玠走到萧红如面前，信誓旦旦："有些事，比生命更重要。"

萧红如轻轻地伸出手，慢慢地解旗袍的盘扣。

毛玠一愣："你做什么？"

萧红如莞尔一笑："做你的女人！"

"你想好了？"毛玠看着萧红如一个一个地解开盘扣，突然热血沸腾，伸手握住了萧红如的手。

萧红如缓缓地点了点头，轻轻推开毛玠的手，继续解着盘扣。毛玠使劲咽了一口唾沫，突然抱起萧红如向卧室走去。毛玠感觉他的胸膛快要爆炸了，他要挣脱那些禁锢人心的枷锁，将全部的激情都投入忘我的缠绵之中。那片刻的激荡，如山崩石裂。那片刻的宣泄，最终化作柔情无限。

“陆文泰这只‘老鸢’，不是你能应付的，不要再回去了。”毛玠将萧红如抱在怀里，亲吻着她的脸颊。

“我不回陆公馆，你就是‘老鸢’的目标。”

毛玠冷笑一声：“猎人和猎物本就是问题的两面，前一分钟是猎人，后一分钟就可能是猎物，谁是谁的目标，还说不准呢。但是，你是我的女人，我要保护你，这个问题没有两面。”

“谢谢你！”萧红如抬起头，在毛玠的脸颊上吻了一下。

“列个清单，我们去购物。”毛玠紧紧地搂着萧红如，“你放心，陈耕的仇，我一定会报的。你不要再去刺杀李墨群，除掉他不用我们动手。”

“你安排了杀手？”萧红如抬起头伸手搂住了毛玠的脖子。

“我不能做一个只会动手砍人的莽夫。”毛玠温柔地看着萧红如，灿烂地笑着，“这是一个动脑子的时代。”

～ 209 ～

[上海，公共租界，工部局，警务处]

平少柔见的人是陆文泰，上海滩电影大亨，这个隐藏身份很好，既能穿梭于上流社会，又能与各行各业打交道，所以陆文泰一定是个间谍。

这是赤木亲之对陆文泰的定调。

但他不确定陆文泰是不是西湖小组的组长，所以决定问问梅子青。对于梅子青，他的确非常好奇。这位名动上海滩的大才女、诗人、作家，竟然是个刺客。更令他好奇的是，梅子青没有参军的经历，怎么会使用狙击步枪？莫非她是个天才？莫非创作与杀人也会异曲同工？

“昨晚睡得可好？”赤木亲之掏出烟，示意梅子青是否吸烟。

“还行。”梅子青微微点头。

“梅大总管在回来的路上。”赤木亲之掏出一根烟，递给梅子青，并亲自给她点上。

“我很快就会离开这里的。”梅子青缓缓吐出烟圈。

“梅大总管的手不可能伸到满铁。”赤木亲之也给自己点上一根烟，“所以梅大总管还另有身份，对吧？”

梅子青冷淡地笑了笑：“赤木处长还是省些力气吧，别套我的口供，没用的。”

“好吧。梅小姐不愿意说，我也不勉强。不过，有个人，梅小姐还是得说说。”赤木亲之笑了笑，声音放得很缓，“我知道梅小姐是军统，隶属西湖小组，组长就是陆文泰。”

梅子青猛吸了一口烟，烟雾似乎迷住了眼睛，禁不住闭了闭。

“梅小姐不用回答了。”这个小动作，被赤木亲之看在眼里，他的嘴角不禁露出一抹会意的笑容。

梅子青睁开眼：“赤木处长不逼我了？”

赤木亲之站起身：“不用。我已经对外散布消息，说梅小姐已经承认自己是军统。”

梅子青冷冷一笑：“赤木处长，手段有些卑鄙了吧。”

赤木亲之不置可否：“是吗？”

梅子青昂起头：“直说了吧，我的潜伏身份是军统。”

“陆文泰呢？”

“无可奉告。”

赤木亲之耸耸肩：“梅小姐无妨多招认一些人，当然这个招认不一定要梅小姐开口的，譬如陆文泰。”

梅子青无奈地摇头说道：“这里是租界，赤木处长不可以栽赃的。”

“我栽赃了吗？分明是梅小姐招认的，对不对？”赤木亲之哈哈大笑，转身向门口走去。

梅子青站起身：“你这样会害死我的。”

赤木亲之停下脚步，转过身望着梅子青：“害死你的，不是我，是你自己。”

梅子青向前走了两步，驻足说：“我要见一个人。”

赤木亲之淡淡一笑："梅大总管的真实身份？还是陆文泰的真实身份？"

梅子青自顾自地说："我要见王千木。"

赤木亲之微微一愣："王千木？"

梅子青鄙夷地仰着头："王千木是军统叛徒，赤木处长应该放心了吧。"

赤木亲之哦了一声："这是交易？"

"是。"

"好。"

"我爸爸是'老汤'。"

赤木亲之心里一惊："'老汤'？"

梅子青微微一笑："满铁的'老汤'。"

赤木亲之脱口而出："刺杀宫崎翼是满铁的行动？你是满铁的？"

"我父亲快回来了，这些问题你可以问他。"梅子青仰头吐了一个烟圈，眼中的笑意如水波纹似的向四周荡开……

~ 210 ~

[上海，日占区，虹口，岩井公馆]

人类文化有许多共性，就因为那些共性的存在，国家与民族才可能合并与融合。譬如，政治斗争。无论什么制度与政体，每一个国家的政治斗争都是甚嚣尘上。日本的政治斗争也从未间断过，从战国时代到明治维新，尤其是1936年的"二二六兵变"。日本的政治形态，也决定了其内阁不稳、各省倾轧，尤其是外务省、陆军省、海军省的矛盾几乎不可调和。

"军部计划在上海建立情报机关。"岩井英一点着手中的烟，忧心忡忡地说，"这是针对公馆来的。"

木村苍介皱着眉头问道："机关长是谁？"

"影佐圭吾。"

"大本营中国课课长。"

"这就意味着土肥原的'白皮书计划'快要成功了。"

"目标确定了吗？"

“汪精卫。”

“不是南唐北吴，而是国民党副总裁。”

岩井英一沉声说道：“目前还是保密阶段，不可告知第二人。”

木村苍介点点头，又问：“不告诉梅大总管吗？”

岩井英一摇摇头：“对支那人的信任，要有一个度。”

木村苍介会意地笑了：“我明白了。”

岩井英一又问道：“梅子青枪杀宫崎翼，是怎么回事？”

“梅子青被警务处抓走了，还没有确切消息。”

“你怎么也去抓她？”

“有人指认梅子青是‘青花’。”

“又是‘青花’？”岩井英一的眉头紧锁。

木村苍介解释说：“匿名电话打到办公室，说梅子青是刺客，说她就是我们要找的‘青花’。”

“直接给你打的电话？”岩井英一边思考边猜测着，“难道是公馆的人？”

木村苍介点点头：“知道我的电话的人不多。”

“找到证据了吗？”

“还没有。”

岩井英一长叹一声：“这是个烫手山芋，还是丢给梅晋元处理吧。”

木村苍介胸中一滞：“梅大总管回来了？”

“在路上。”

木村苍介疑惑地问：“您为什么要保梅大总管？”

岩井英一绷着脸说：“这是松岗的意思。”

木村苍介微微一愣：“松岗洋右？满铁要插手外务省的事务？”

“不是插手。”岩井英一摇了摇头，“近卫首相向松岗抛出了橄榄枝，松岗很有可能成为外务大臣。”

木村苍介缓缓地点了点头：“我明白了。”

“梅晋元是松岗的心腹，我不得不出面保他。”

“梅晋元会是满铁的人吗？”

岩井英一反问道：“你认为呢？”

木村苍介肃容说：“一个支那人，任职帝国天津领事馆副总领事，若非上面对他极度信任，绝不可能。”

岩井英一沉声说：“他就是满铁的‘老汤’。”

木村苍介大吃一惊：“满铁‘老汤’？您为何同意他做大总管？”

岩井英一老谋深算地嘿嘿一笑：“有什么不好吗？”

木村苍介恍然大悟道：“满铁要成为外务省的满铁。”

岩井英一笑着点点头：“外务省策划了一项秘密任务，由你来负责。”

“秘密任务？”

“嗯，破坏‘白皮书计划’的任务。”

“破坏？”木村苍介一时没反应过来，“‘白皮书计划’是五相会议制定的计划，我们为什么要破坏？”

“汪精卫一旦脱离重庆，必然会在中国引起轩然大波。那个时候，正是拉拢蒋介石的最佳时机。这个日子不远了，所以你要准备在香港过中国的春节。”岩井英一将烟蒂掐灭在烟灰缸里，“蒋介石的代表，军统的‘青松’，春节会在香港等你。”

“蒋介石的代表？”木村苍介点点头，若有所思地说，“看来，蒋介石也看透了中国的命运。”

“这项任务的代号是‘桐工作’。”岩井英一起身看向窗外，“蒋介石是中国元首，只有他同意和运，大日本帝国才能真正改变世界。”

～ 211 ～

[上海，日占区，虹口，重光堂]

“和运能走到今天，全依靠老师的运筹帷幄。”影佐圭吾烹了茶，倒进一个精致的汝瓷里，亲手端到土肥原贤二的面前。

“南唐北吴，不过是一种手段。”土肥原贤二伸指在茶桌上轻轻一点。

“大本营的目标，一直是蒋介石。”影佐圭吾轻轻将茶杯放在茶桌上，“可是，蒋介石的态度太模糊。”

“除非中国要亡了，蒋介石才会选择日本。否则，只要有一线希望，蒋介石就不会投降。”

“现在看来，汪精卫是最佳选择。”

“三天内，拟定条款，不要再拖。汪精卫只要脱离重庆，他就再也没有回头的机会了。”土肥原贤二端起茶杯闻了闻茶香，“影佐，筹备情报机关的事情必须加快。我看中了一个地方，梅花堂。”

影佐圭吾点头微笑着应道：“梅花堂？颇有诗意。”

土肥原贤二品了一口茶，说：“情报就像诗歌。每一首诗歌，都令人心旷神怡。每一首诗歌，都令人心向往之。”

影佐圭吾听得入迷，一时间忘了给自己倒茶，眸子里闪烁着如诗如歌的光芒，喃喃说道：“情报机关就叫‘梅机关’吧？”

土肥原贤二大加赞赏，拊掌大笑：“好名字！”

影佐圭吾很是兴奋，低头看到自己的空杯，讪笑了一下，也给自己倒了杯茶，说：“和运协议签订后，我就去越南河内。”

“‘扶汪弃蒋’，这一步棋要走稳妥。”土肥原贤二点了点头，“重庆方面，你无须担心。我早就安排妥当了。”

影佐圭吾垂首致谢：“谢谢老师。”

土肥原贤二感慨道：“此刻的重庆，也是谍影重重呀！”

这时，晴气武夫走进茶室，向土肥原贤二汇报：“梅司长来了。”

土肥原贤二点头示意：“请他进来吧。”

片刻之后，梅晋黾疾步走进茶室，在影佐圭吾身旁坐下。影佐圭吾给梅晋黾倒了杯茶，问：“梅司长一个人来的？”

梅晋黾颔首示意：“我今天来为的是私事。”

土肥原贤二微微一笑：“是梅小姐的事吧？”

梅晋黾点点头：“是的。还望将军能出手相救。”

土肥原贤二摇了摇头：“梅小姐杀的可是满铁的部长。”

梅晋黾略显焦急地说：“这里面一定有误会。”

影佐圭吾缓缓地说道：“看来梅司长还不知道梅小姐是军统吧。”

梅晋黾连忙解释说：“知道，当然知道。”

土肥原贤二哼了一声：“军统刺杀满铁部长，还有什么误会吗？”

梅晋黾低着头再次恳求：“我梅家只有这一点血脉，还望将军斡旋。”

“血脉？日中一衣带水，也算是血脉相连。”土肥原贤二点了点头，“为了这点血脉，我会保全梅小姐的。”

梅晋毘的脸上露出一丝笑容：“多谢将军。”

土肥原贤二微微一笑，接着说道：“我希望《日华协议记录》能早日签订。”

梅晋毘的脸色瞬时黯淡下来：“国事是国事，家事是家事。”

“国是最大的家，家是最小的国。家国永远是分不开的。”土肥原贤二嘿嘿一笑，“梅司长是书香门第，这个道理应该懂的吧？”

“我懂。”

“梅司长放心吧，我会保下梅小姐的命。”

“谢谢将军。”梅晋毘垂下头，伸手端起茶杯，轻轻抿了一口茶。

“既然来了，就别走了。”土肥原贤二吩咐影佐圭吾，“通知周部长来重光堂，抓紧商议协议的事。”

影佐圭吾趁机扎了一针：“这几天要有个定论，梅司长。”

梅晋毘被动地应道：“嗯，要有个定论。”

土肥原贤二看着梅晋毘的神情，不禁露出一抹胜利的笑容。

～ 212 ～

［黄海海域，天空，日式飞机］

那一片海看起来风平浪静。或许是高度的原因，从飞机上眺望，那的确像是一片死海，整个海平面恍若一幅西洋油画，若非太逼真了，你会惊叹那不是一片海，而是苟延残喘的死亡之地。

只是短短一年多的时间，日军挺进的速度令人咋舌。他们践踏着中国人的血肉之躯，已经完全占领了那片海域周围的中国领土，就连空气里都仿佛悬浮着死亡的气息。很多人，如同在高空中看那片海一样，胸中窝藏着一种静静死亡般的窒息，选择了如行尸走肉般苟活着。

一架日式飞机在黄海海域上空平稳地飞行着，它从哈尔滨出发，目的地是上海。这是宫本正仁特意为梅晋元安排的专机，好让他第一时间赶回上海救他的女儿。

梅晋元的视线从海平面回到他手中的日本扑克上，看了中山功和鸟羽鹤一眼，问：“中山先生怎么也去满洲？”

中山功嘿嘿笑了：“我不是做过松岗总裁的助理吗？这是松岗总裁的命令。”

鸟羽鹤意料之中地问道：“松岗总裁是让你保护梅大总管的吧？”

中山功边点头边回答：“我也是到了满洲才知道的。这不，还没保护，宫本先生就放了梅大总管。我是白跑一趟！”

鸟羽鹤微微一笑：“松岗总裁是真在乎梅大总管呀！”

梅晋元略带遗憾地说：“都没来得及去看望松岗总裁。”

中山功打出了一张牌：“咱们还没恭喜鸟羽部长呢！恭喜！恭喜！”

鸟羽鹤笑得很灿烂：“谢谢。”

梅晋元说道：“也好，咱们仨都是满铁的，在飞机上开个会，安全。”

中山功点点头：“鸟羽部长主持吧！”

鸟羽鹤看着梅晋元和中山功，担心地说：“我不太放心军统老六。”

梅晋元一愣：“军统老六？怎么回事？”

鸟羽鹤笑了笑：“宫本先生交代，这件事可以告诉二位了。”

“我猜猜，跟留西柯夫有关，对不对？”中山功看向鸟羽鹤，见他竖起了大拇指，又神秘兮兮地说，“我猜出来的。”

梅晋元顺手打出了一张牌：“厉害！”

中山功兴奋地说：“关东军情报部弄了两大卡车木板，木板是满铁一家企业供应的。巧了，那家企业的老板是我的好朋友，我去辞行，正好看到关东军装运木板。我好奇呀，关东军情报部弄这么多木板做什么？上前一打听，才知关东军情报部要建造简易木板房。”

梅晋元皱着眉头不解地问：“简易木板房？大冬天想死呀！”

中山功耸了耸肩，说：“是啊！我也这样说。”

鸟羽鹤不动声色地打出一张牌：“那是用作训练的，不能住人。”

中山功对鸟羽鹤伸出大拇指：“鸟羽部长厉害！”

鸟羽鹤微微笑了笑：“惭愧！我是知道用途！”

梅晋元不经意地问道：“又有秘密行动了？”

“不关咱们上海的事。”鸟羽鹤对中山功说，“这件事，中西主任不可深究呀！”

“鸟羽部长说得对，满洲的事咱不操心。”中山功笑了笑，“那晚呀，我喝醉了。我朋友也说了醉话，他说，关东军有刺杀任务。”

鸟羽鹤眉头一皱，不满地问道：“他还说什么？”

“就说了这么一句。”中山功随手打出一张牌，“我猜，他就是对我吹牛，关东军有刺杀任务，他怎么可能知道呢？”

梅晋元兴趣索然地说：“不聊这事了。我对这个军统老六也很好奇。”

鸟羽鹤顿了顿，接着说：“几个月前，苏共第五局远东分部部长留西柯夫叛变，经由军统老六牵线，结识了宫本先生。从那一刻起，军统老六便与满铁合作。”

梅晋元颇具玩味地说：“是合作，还是变节？”

鸟羽鹤担心地说：“这就是我不放心的原因。”

梅晋元又问：“没有定论？”

鸟羽鹤无奈地摇摇头：“清除苏共满洲情报网，土肥原兴奋得忘乎所以，把这事给忘了。”

“这才是关键啊。”梅晋元长吁一声。

中山功嘿嘿一笑：“是宫本先生不放心吧？”

鸟羽鹤点点头：“你们可知这个军统老六是谁？”

梅晋元笑了笑，将牌扣在桌上：“不打牌了，没意思。我和中山先生开个赌局，就猜这个军统老六，鸟羽部长说一些关键词就好。”

中山功也将牌放在桌上，掏出钱包，将所有的钱都掏了出来，点了点丢在桌上，笑呵呵地说：“够吗？”

梅晋元见状，也笑呵呵地掏出钱包，将所有的钱都掏了出来，摆在牌桌上。

这时，鸟羽鹤也颇有兴趣地说：“我可以再加一些吗？”

梅晋元和中山功点头赞同：“当然。”

鸟羽鹤嘿嘿一笑：“我加的不是钱。”

中山功一愣：“是什么？”

鸟羽鹤含蓄地一笑：“是两位的信任。”

梅晋元双手合十：“谢谢。”中山功微微一笑：“谢谢。”

“那就开始吧。”鸟羽鹤哈哈一笑，“我先说第一个关键词：不陌生。”

梅晋元无奈地拿起一张钞票，推给鸟羽鹤。中山功也只好拿起一张钞票，放在鸟羽鹤面前。

鸟羽鹤笑了笑：“看来一个关键词还不够，我再说第二个关键词：潜伏者。”

梅晋元边思考边喃喃自语：“潜伏者？”

中山功则追问：“潜伏在哪里？”

“中共上海情报科。”

梅晋元若有所思地说：“军统老六不简单呀！”

“鸟羽部长是个赌博老手呀！”中山功拿起两张钞票放在鸟羽鹤面前，“我猜不出来。”

梅晋元凝眉思索：“我琢磨琢磨，军统老六潜伏在上海情报科，而且我们都不陌生，都不陌生，这四个字很关键。是我们见过他，还是听过他的名字或代号？”

中山功同意梅晋元的判断，肯定地说：“后者。”

“肯定是后者，军统老六何许人也，怎么可能见过他？”梅晋元拿起两张钞票放在鸟羽鹤面前，“还是猜不出来。”

“哈哈，我再说第三个关键词：死。”鸟羽鹤眼神犀利地观察着梅晋元和中山功的表情，暗自揣摩着二人的心思。

中山功得意地一笑：“我知道他是谁了，中共‘黑沙’。”

鸟羽鹤向梅晋元望去：“梅先生？”

梅晋元摇摇头：“‘沉沙三杰’都死了，鸟羽部长又说了一个非关键词。”

鸟羽鹤哈哈一笑：“赌博嘛！”

梅晋元盯着鸟羽鹤的眼睛，说：“鸟羽部长的笑容，回答了这个问题。军统老六绝不是‘黑沙’，而‘红沙’是女的，也不是。”

中山功底气不足地猜测道：“难道是‘白沙’？”

梅晋元哈哈笑道：“一定是‘白沙’！”

中山功点了点头：“‘白沙’死了，是真的死了。”

梅晋元将所有钞票推到鸟羽鹤的面前：“我的好奇心泛滥了，鸟羽部长说答案吧？”

中山功也将所有钞票堆到鸟羽鹤面前："说吧，不猜了。"

鸟羽鹤笑眯眯地把两沓钞票摞在一起，然后又分成两摞，分别推给梅晋元和中山功，嘿嘿一笑："两位猜对了！"

梅晋元惊愕地说道："真是'白沙'？！"

中山功皱着眉头嘟囔着："怎么可能？"

鸟羽鹤肯定地点点头："军统老六就是许少醒。"

"有意思！"梅晋元说着从桌上拿起烟盒，抽出一根点上。

"出人意料啊！"中山功侧身向窗外望去，见外面是一片白茫茫的迷雾，长叹了口气。

第十二章　脱轨

～ 213 ～

[上海，公共租界，工部局]

投毒，这是万墨翰采取暗杀梅子青的方式。

这种方式既能很好地保全自己，又能精准定位。何况，作为工部局巡捕房总探长，万墨翰时常出入厨房，下毒是手到擒来的事。他备好毒药，便去厨房找老郝。他们是熟络的朋友，都是单身，常在一起喝酒。到了厨房，老郝正在配菜，案几上摆满了菜盘，地上放着三个食盒。

老郝见万墨翰来了，顺手拿起一个空盘子，在几盘牛肉上都捏了些凑成半盘，递给万墨翰，说："就剩这么点儿，将就着吃吧。"

万墨翰接过盘子，捏着牛肉边吃边问："都是给谁做的？"

"一个是赤木处长的，一个是李处长的。"

"教育处的李处？"万墨翰呸了一声，"这个王八蛋，天天吃小灶。"

"人家是领导，而且还单身，没人给做饭嘛！"

万墨翰指着另一个食盒："还有一个呢？"

"一个犯人。"

万墨翰又呸了一声："他妈的，现在的犯人待遇这么好。"

"万探长，我把这个给李处送去。"老郝提着一个食盒，回头吩咐另一个厨师给赤木亲之送去。

万墨翰指着最后一个食盒："这个呢？"

"会有人来取。对了，如果我回来之前，有人来取，你问他是不是宿舍楼里的？”老郝提着食盒交代，“我去了啊。”

“去吧，有酒吗？”

老郝指着橱柜：“好像还有半瓶，你自己找找。”

“得嘞，你赶紧去吧。”万墨翰看着老郝走远，从橱柜里找出半瓶洋酒，边喝边装着好奇的样子，一只手悄悄掏出纸包，掀开了食盒。

“万探长！”须贺健疾步走进厨房，第一眼便看到了万墨翰。

“须贺队长怎么来了？”万墨翰趁着转身的工夫，将纸片揣进兜里，举起酒瓶，“喝点？”

“不会喝酒。”须贺健向食盒一指，“我来取饭。”

“老郝要我问一下，是不是宿舍楼里的？”

“是。”

“进来人了？”

“是。”

“昨晚抓的人？”

须贺健呵呵一笑：“万探长可以直接问的。”

“我没什么可问的。”万墨翰嘿嘿一笑，突然咳嗽一声，“朋友托我打听一个人。唉，没法子，面子得给人家。梅小姐可好？”

须贺健提起食盒：“这就是给梅小姐送的。”

万墨翰打趣道：“待遇不错呦！”

须贺健向上提了提食盒：“告诉你的朋友，梅小姐是贵宾。”

万墨翰低声问道：“她可是杀了日本人？”

“日本人也有坏人。”须贺健提着食盒走出了厨房。

万墨翰望着须贺健的背影，仰头喝了一口酒，突然看到手指上粘有白色粉末，赶紧用酒冲掉。

须贺健将食盒送到了宿舍楼，亲手交给了梅子青。他见梅子青爱理不理的，放下食盒转身就走了。刚走到楼梯口，须贺健意识里忽然一闪，刚才给梅子青递食盒时，分明看到了食盒边沿有白色粉末。

有人下毒！须贺健立即转身往回跑，用尽全力撞开门。

梅子青正在吃饭，被须贺健吓了一跳，怒道：“须贺队长，你要做什么？”

须贺健向饭菜一指：“不能吃！”

“有毒?!”梅子青扭头看见食盒上的白色粉末，脸色顿时煞白，“有人要害我?”

“快！去看医生！”须贺健上前提起食盒。

“不对。”梅子青挥手制止，“不是毒药，我没有感觉。”

须贺健端起菜盘嗅了嗅：“菜里没毒?”

“给我下毒不是小事，得弄清楚了。”梅子青伸出手指蘸了蘸白色粉末，往嘴里送去。

须贺健连忙制止：“你做什么?”

“如果下了毒，我现在已经中毒，也不在乎这一点。”梅子青将手指放在嘴里吮了一下，“是面粉。”

“面粉?”须贺健也伸出手指蘸了下白色粉末，放在嘴里尝了尝，呸了一声，“是面粉。”

“须贺队长多虑了。”梅子青微微一笑，“感谢须贺队长。我知道，军统杀手会来杀我的，但不会这么快吧?”

须贺健紧张地说道：“不得不防。”

梅子青轻轻叹了口气：“看来，这里不是久留之地呀！请转告赤木处长，我要尽快见到王千木。”

须贺健好奇地问：“为什么见他?”

“秘密。”梅子青坐下来继续吃饭。

原来，就在那“临门一脚”时，万墨翰放弃了下毒。就那么一顿，毒药粉末撒在了食盒边沿，也蹭在了他的手指上。那一刻，万墨翰灵光一闪，突然想到一个问题：不过半天，梅子青就交代了?她交代得太快了吧?西湖小组的刺客，不可能连半天都扛不过去吧?难道梅子青是假叛变?难道这是一个局?

万墨翰放弃投毒后，立刻出了工部局，上了停在对面的一辆轿车，看着充当司机的杨毓香，叹了口气，说：“我下不去手。”

“不想杀人?”杨毓香启动车子，向外滩方向驶去。

万墨翰目视远方：“不想杀同胞战友。”

杨毓香微微一笑：“我就知道你不会杀梅子青。”

“是吗?”

“我给你调包了。”杨毓香从身后摸出一个纸包，丢给万墨翰。

“调包？”

“你那包是面粉。”

万墨翰从兜里掏出纸片，放在鼻子前闻了闻：“真是面粉。”

杨毓香脉脉含情地向万墨翰望去，说：“你是个好人。”

万墨翰摇了摇头，举起了纸包：“是你让我成为好人。”

“是你自己让自己成为好人的。”杨毓香缓缓地说道，“我知道你不会杀自己人，换掉纸包，是不想留下蛛丝马迹。”

“谢谢。”万墨翰眼睛一酸。

车子在路边慢慢地停下来，杨毓香仰着脸，闭上了眼睛。万墨翰温柔地看着杨毓香，心里一荡，凑过嘴去，在她脸颊上轻轻地吻了一下。杨毓香开心地笑了。

～ 214 ～

[上海，日占区，虹口，重光堂]

光线从窗户透射到屋内，洒在王千木的脸上，在他的脸上形成格子状的明暗纹路。

“肃清北方军统，王先生功高至伟，一杯热茶，聊表寸心。”土肥原贤二泡好了茶，送到王千木面前，自己也端起一杯热茶。

王千木拿起茶杯：“安娜死了。愚园路火灾是故意纵火。”

土肥原贤二放下茶杯，反问道：“谁干的？”

“西园大厦楼下一辆车爆炸，车是岩井公馆的车。”

土肥原贤二思索着问道：“凶手是岩井公馆的？”

“我查到了借车人是千叶葵。”

“千叶葵？”土肥原贤二似乎对这个名字不陌生。

“凶手会是千叶葵吗？”王千木用手指肚摩擦着茶杯边缘，“岩井公馆为何杀安娜？”

土肥原贤二的右手食指凌空弹跳了几下，似是在一边追忆往事，一边梳理思路，说："千叶葵是青木太的女儿，安娜是青木太的情人，千叶葵有理由怀疑是安娜害死了青木太。"

王千木思索片刻："如果这样，她就有了杀人动机。"

土肥原贤二又摇了摇头："恐怕是有人想制造这个杀人动机吧？"

王千木猜测道："千叶葵或许已经死了？"

土肥原贤二长叹一声："不是或许，而是一定。"

王千木喝了一口茶："我本想亲自动手的。"

土肥原贤二端起茶杯一饮而尽："安娜的死，该由我来负责。"

王千木凝视着土肥原："我看到了杀手的背影。"

土肥原贤二灵光一闪："熟悉的人？"

王千木缓缓地点了点头："许少醉。"

土肥原贤二的眉头一皱，轻轻放下杯子："许少醉？"

"他是老六吧？"

土肥原贤二赞许地点点头："王先生不愧是老牌特工。"

"可是，他为什么杀安娜呢？"

土肥原贤二微微一笑："许少醉已经死了，你看到的是许少醒。"

王千木惊愕呆住，过了片刻，才缓缓吐了一口气，说："中共'白沙'？"

土肥原贤二点点头："他就是军统老六。"

王千木恍然大悟："老六是'白沙'，有些事情就说得通了。"

土肥原贤二拿起茶壶，边给王千木斟茶边说："梅子青要见你。"

王千木怔了怔："她要见我？为什么？"

"她没说理由。"

"梅子青不简单，她表面上看似与世无争，骨子里却是独立笃信的人。"

土肥原贤二放下茶壶："优雅、冷静、自信，是做特工的材料。"

王千木哼了一声："我怀疑她是共党。"

土肥原贤二摇了摇头："她招供了，军统刺客，西湖小组成员，代号'白蛇'。"

王千木的眼睛骤然缩紧："她是军统？有些出乎意料。她供出其他组员了吗？"

土肥原贤二摇摇头："没有。或许，这就是她要见你的目的。"

王千木想了想说："我去见她。"

"平楚山是只老狐狸，王先生要多费心。"

"狐狸聪明有什么用？"王千木冷冷一笑，"他已经做出了选择。"

～ 215 ～

[上海，公共租界，英伦西餐厅；愚园路，百乐门]

平楚山的心有些痛，那种痛是失去朋友的锥心之痛。他与陆文泰相识十多年了，这么长时间的老友，早已是两肋插刀、生命相托了。可是，陆文泰竟然背叛了他，如何不令他心痛呢？有些事情，无须刻意地发现，真相就像流水一样，总会自然而然地显露出来。当陆文泰说重庆代表叫王千木的时候，他的心就如刀割般疼痛。王千木，军统头号杀手，普通的老百姓自然是不知道的，可他是军统"三友组"的"青松"啊！陆文泰和王千木有勾连，就说明陆文泰和日本人有勾连，那么他所谓的"三面求和"就是个大谎言，就是个大陷阱。

平楚山的心痛了，他想找一个人说说话，可思索了半天，连一个说冷热话的人都没有。此时，平楚山的心垮了，恍若失去了支撑，一下子就垮掉了。六年了，虽然浪迹风月场，虽然左拥右抱，可他还是孤身一人，茕茕孑立。这一刻，他清醒地意识到，他不能再这样过下去了，他需要一个能做妻子的女人。

露易斯·格林的名字，就在那一刻在他脑海里急遽地跳跃着。他知道，那就是他想要的女人。所以，他立刻打电话到梅公馆，恰好是露易斯·格林接的电话，这对互生情愫的男女就这么在英伦西餐厅见面了。

"约兄弟的女人吃饭，不太好吧？"浪漫的法国女人从不介意爱情的到来，所以露易斯·格林直接挑破了这层窗户纸。

平楚山会意地笑了笑："男未婚，女未嫁，有什么不对吗？"

露易斯·格林妩媚地笑着说："说吧，找我什么事？"

"你来上海多少年了？"

"三年。"

“平家惨案听说过吗？”

“嗯。”

“我要调查平家惨案，需要你做帮手。”

露易丝·格林好奇地问：“我怎么帮你？”

“我知道你是个刺客。”平楚山温柔地望着露易斯·格林，“我替你杀了程西山，你帮我调查平家惨案，公平吧？”

露易斯·格林摇了摇头：“你拿到了酬金。”

“这是我平家的宝贝，用来娶媳妇的。”平楚山放下杯子，从脖子上摘下一块祖母绿挂坠，递给露易斯·格林，“我雇你。”

露易斯·格林看着祖母绿：“有点过了，平先生。”

平楚山站起身，走到露易斯·格林的背后，将祖母绿戴在了露易斯·格林的脖子上，微笑地说：“真漂亮，特别般配。”

露易斯·格林没有拒绝，轻轻抚摸着祖母绿，妩媚地一笑：“我只会杀人，不会查案。”

平楚山在露易斯的额头上吻了一下：“会杀人，懂杀人，就会查案。”

那一刻，平楚山恍若获得重生似的，感觉自己年轻了许多。

回到平公馆，平楚山看到平寒雨有气无力地坐在沙发上，禁不住把喜悦分享给了她，告诉她梅森伯爵就是梅晋元。

“大哥，是真的吗？！”平寒雨噌地一下站起身，惊愕地看着平楚山，“一定是真的！我说过的，他就是晋元！他就是晋元！”

平楚山肯定地说：“赤木亲口说的，约翰也佐证了，那个所谓的梅森伯爵就是晋元兄。”

“晋元没有死，大嫂就还活着。”平寒雨无法按捺内心如海啸般汹涌澎湃的喜悦，“平家没有惨案，只有迟来的幸福。”

“欧阳可是晋元兄的未婚妻，你准备怎么处理？”平楚山伸手在平寒雨的肩上轻轻一拍，“一个男人最看重的是脸面，你不能去闹。”

“晋元还活着，上天给了我多大的福分呀！”平寒雨胸有成竹地一笑，“晋元纳个小妾，没什么不妥的。我会搬回梅苑，让晋元和那个舞女也搬回梅苑。”

“这才是大家闺秀该有的样子！”平楚山会心一笑，“走吧，咱们去见见那位重庆代表。”

约见王千木的目的，是刺杀。

王千木变节以后，他的行踪隐匿，难以精准确定他的位置。这出与重庆“和谈”的戏，给顾石小组提供了一次契机，所以“青松”下达了刺杀令。

“和谈”的地点就在百乐门——平楚山的办公室里。既然是军统头号杀手的死期，平楚山也搞了大排场，拿出了一整盒存放许久的上等雪茄。

“王先生是戴老板的心腹，在上海可以代表军统。”作为中间人，陆文泰先开了场。

既然是演戏，平楚山自然得演出瞻前顾后的踌躇来，嗫嚅着说：“我有些担心呢，万一日本人知道我为重庆做事，后果平家承受不起呀！”

王千木呵呵一笑：“咱们先讨论一件事，什么是新政府？”

冷不丁地被问起这个话题，平楚山一时不解其意，嘟囔着说：“新政府就是新建立的政府呀！”

王千木摆了摆手，说：“新政府，说白了就是个舞台！问题是，这是谁的舞台？很显然，是中日合作的舞台。对吧？在这个舞台上，有铁杆汉奸，也有投机观望，更有像平先生这样的——人在曹营心在汉。无论什么样子，大家粉墨登场，都是一个演员，对吧？演砸了，得死；演活了，左右逢源。只要平先生演不砸，日本人就不会知道。”

平楚山思忖片刻：“我说的是万一。”

王千木自信地说：“没有万一。军统要做的，就是清除那些个万一。”

“王先生和老陆是怎么认识的？”平寒雨看着口若悬河的王千木，嘴角露出一丝冷笑。

王千木吸了一口雪茄：“二小姐高呀，这个问题才是核心，事关信任与否。”

平寒雨冷冷一笑：“回答我的问题。”

王千木嘿嘿一笑：“陆先生一直在为军统工作。”

平寒雨看着陆文泰，不满地问：“是吗，老陆？”

陆文泰点点头：“我是军统的线人。”

平寒雨追问道：“证据？”

陆文泰一愣：“怎么会有证据？！有证据，也得销毁！”

平寒雨淡淡一笑：“没有证据，就不要再谈了。”

陆文泰的面色一寒：“寒雨，你担心什么？”

平寒雨也不拐弯抹角，话如尖刀直刺：“我担心王先生是日本人的密探。”

王千木哈哈一笑：“日本人的密探？你们担心这是一个圈套？”

平楚山哼了一声：“不应该担心吗？”

王千木收起笑容：“还能往下谈吗？”

陆文泰看着平楚山，当着和事佬：“平老大，这事不是儿戏。平家的状况，没得选呀！”

平楚山缓缓地点了点头：“谈。”

平寒雨平静地说道：“我们有一个条件。”

“请讲！”王千木点头示意。

平寒雨说：“我们要委员长的亲笔手谕。”

平楚山接着说：“我们需要一个护身符。”

王千木点头应道：“嗯，应该的。不过，手谕需要一段时间。”

平寒雨笑了笑，说：“我们可以等。”

王千木严肃地说：“任务不能等。”

平楚山不悦地问道：“任务？什么任务？”

“做伪政府联合银行行长，打入伪政府，这事不能等。”

“还是见到手谕再说吧。”平楚山的态度很坚决。

陆文泰吸了一口雪茄，打着圆场：“平老大，你得先有诚意，毕竟是委员长嘛。”

平楚山将雪茄丢在烟灰缸里：“这么着急？”

王千木点点头：“军统截获一个消息，日本人要利用股票、证券，摧毁上海的金融市场。上海经济一旦遭受重创，全国经济将会崩塌，委员长为此高度重视。”

“我能做什么？”

“日本人的计划，是见不得光的，有个职务是绕不过去的。”

“联合银行行长。”

王千木竖起大拇指：“委员长和戴老板指示，伪政府的联合银行非常重要，不惜一切代价要安排人进去，平先生若能做行长，那可是入了委员长和戴老板的眼呀！”

陆文泰准备收场，对双方说道：“这样，平老大同意日本人的要求，出任联合银行行长，王先生抓紧通知重庆尽快拿到手谕。”

平楚山征询地看了看平寒雨，见她点头，于是说道：“就这么办吧！”

～ 216 ～

[上海，公共租界，工部局，警务处]

背叛是一把淬了毒的刀，总能够一刀致命。那一刀，黯然无光，却重逾千斤。许少醒对梅子青来说，不仅是懂她的男人，更是她的共产主义信仰的导师。如今，导师的本相暴露了，他信仰的根本不是共产主义。这背叛的力量几乎摧毁了她的精神世界。

面对背叛与欺骗，她选择了最极端的方式。她决定偏离“折翼计划”的轨道，独自一人除掉许少醒。

她知道许少醒有傲骨，所以就直截了当地约他到工部局谈谈。她站在窗前，望着大院内的灯光，凝眉沉思。她知道，她已经脱轨了，约见许少醒不在计划之内，可胸中的烈火熊熊燃烧，她只能任凭她的心推着她前行。

“鹬蚌相争，渔翁得利。王千木和许少醒都是叛徒，都得除掉。”梅子青看了一眼放在窗台上的烟灰缸，伸手将烟灰弹落，“我改变计划，要不要通知立生？”

“不请我进去吗？”许少醒接到梅子青的电话，飞速赶到了工部局，看到她站在门前一动不动的样子，忍不住笑了。

“为什么不第一时间找我？”梅子青转身向客厅的沙发走去。

“有些事，水到才能渠成。”许少醒深吸了一口气，跟着梅子青走进客厅，“屋里有窃听器吧？”说着走到电话机旁，拆开话筒，拆下窃听器。

“窃听器不会只有这一个。”梅子青坐在沙发上，点了一根烟，有点负气地说。

“我知道。”许少醒将窃听器丢在茶几上，坐了下来。

“知道还多此一举？”

“这是一种态度。”

“赤木会来吗？”

许少醒看着气呼呼的梅子青，摇摇头：“赤木不会来的。”

“是吗？”

“这就是特权，特高课的特权。”

梅子青哼了一声：“特权，法外特权，他就常常跟我讲，有生之年一定收回租界，取消外国人的法外特权。我觉得他很有志气。”

许少醒点点头：“租界一定会回到祖国的怀抱。”

“他心中还有祖国吗？”

“我心中始终有一个完整的祖国。”

“国土不再沦丧，山河不再破碎。”

“经济不再凋敝，生灵不再涂炭。”

许少醒看着梅子青，梅子青看着许少醒，二人同时笑了。

过了片刻，梅子青笑容收敛，淡淡地说：“所以，你复活了。”

许少醒会心一笑：“我回来了。”

梅子青幽幽地说道：“可惜，身份变了。”

许少醒摇摇头：“中国人，永不变。”

“为何不揭发我们？”

“你们都是自己人。”

“你究竟是谁呢？”

“我是中国人。”

梅子青坚决地说：“我不能爱着一个身份不明的人。”

许少醒凝视着梅子青：“你还爱我吗？”

梅子青冷唇反击：“你还值得我爱吗？”

许少醒沉吟片刻：“我是军统老六。”

“六哥？”

“六哥。”

“军统老大叛变了，军统六哥也叛变了。”梅子青苦笑道，“这也没什么稀奇，76号的特务不是军统就是中统。”

许少醒冷冷一笑：“你呢？”

梅子青叹了一口气："我也叛变了。"

许少醒看着梅子青，梅子青看着许少醒，二人又同时笑了。

许少醒正准备说话，耳朵一动，嘘了一声："有人来了。"

"是须贺健，他是来赶你走的。"梅子青轻蔑地一笑，"你所谓的特权没了。"

许少醒的脸色微微一变："哼！"

"明晚八点，我们工厂见吧。"梅子青轻轻地说道。

许少醒笑了笑："你能出去？"

梅子青笑了笑："我有特权。"

"哪来的特权？"

"法外特权。"

许少醒缓缓起身，看着梅子青："同是天涯沦落人。"

梅子青缓缓起身，看着许少醒："相识何必再相逢。"

他们的对话，都被苏立生听到了，枯山水庭院里的监听设备非常清晰，就连梅子青吞云吐雾的声音都能听到。苏立生站在窗前，看着许少醒走出工部局大门，心中起了担忧。那担忧，如蜻蜓点水，波纹不大，却萦绕无边。那担忧，是担心梅子青的心里还给许少醒留着门，是担心梅子青面对许少醒的复活会旧情复燃。

"他叫许少醉，特高课行动课课长，梅小姐向他求救。"赤木亲之从后面走了过来，也看着许少醒的背影，对苏立生说道。

"我得出去了。"

"你随时可以走。"

苏立生转过身说道："谢了。"

"你不见见梅小姐？"

"现在？"

"最好不要让一个女人沉醉在往事里，那样会出事的。"

苏立生看着赤木亲之，含蓄地说："你挺懂女人的。"

"不惑之年，偶有感慨罢了。"

"我去见她，说什么？说我出卖了她？"苏立生叹了口气，"他们在工厂见面，这是暗语。"

“工厂在哪里，苏先生要多动动脑子。”

苏立生点点头，轻声说道：“子青，要好好的。”

“放心吧，我不会动她一根手指头。”

“谢谢。”苏立生向赤木亲之鞠了一躬，“别忘了把我加到西湖小组名单里，我的代号是‘许仙’。”

赤木亲之呵呵一笑：“好一出《白蛇传》呢！”

苏立生微微一笑：“‘白蛇’的故事里，岂能少了‘许仙’？！”

～ 217 ～

[上海，愚园路，百乐门]

刺杀王千木不是件容易的事，顽石小组也做了最稳妥的打算。毛玠、万墨翰和欧阳夏都是上海滩的名人，不便近身刺杀王千木，所以近身刺杀的任务就交给了杨毓香。另外，还准备了一辆三菱卡车，如果近身刺杀不成，就直接开车撞击。那辆三菱卡车就停在百乐门对面。

“准备好了吗？”驾驶舱前，万墨翰看着杨毓香检查枪支。

杨毓香边检查枪边点头：“王千木一出门，我就开枪。”

“我们仨不方便，知道我们的人太多。”

“我知道。”

“连开三枪，打中打不中，都得赶紧上车。”

“如果我出事了，你别去救我。”杨毓香抬头望着万墨翰，“我一个人死就够了。”

万墨翰摇了摇头，眼神中透着决绝地说：“你死了，我绝不独活。”

杨毓香拉住万墨翰的手：“你娶了我吧？”

万墨翰缓缓地闭上眼睛：“阿香，我们是军人！”

杨毓香甩开万墨翰的手，将无声手枪放入包里，推开车门下了车。万墨翰看着杨毓香的背影，将被她拉住的手放在鼻子下用力地闻着。

百乐门前，一辆轿车缓缓停下，欧阳夏从车里走下来。

“欧阳小姐，您回来了？”门卫看到欧阳夏，立刻打招呼。

“想百乐门了，来喝一杯。”欧阳夏笑了笑，向走来的杨毓香点了点头，各自走进了百乐门。舞池中，舞女正边跳边唱着《大上海》。欧阳夏动作优雅地坐在了吧台前。

“欧阳小姐，这是你最爱喝的。”酒保一边看着欧阳夏一边倒酒，然后轻轻地把酒放在欧阳夏的面前。

欧阳夏微微地笑了笑：“谢谢呀！”

“欧阳小姐什么时候回来呀？大家伙都想你啦！”

“这事我说了不算，老板说了才算。”

“欧阳小姐不在，生意都淡了。老板肯定会请你回来的。”

“那得三顾茅庐，不然不出山。”欧阳夏咯咯地笑着，瞟了一眼坐在吧台另一侧的杨毓香，见她正望向二楼，也抬头看了一眼，正看到王千木压低帽檐走了下来，便向杨毓香使了个眼色。

杨毓香将酒杯放在吧台上，拿起手包离开，走出了百乐门。

王千木出了百乐门，站在门口四下张望，忽然看到那辆三菱卡车，眉头陡然一皱。

这时，杨毓香戴着帘帽，面纱遮住了脸，从一侧疾步走来。距离王千木近了，她快速从包里掏出手枪射击。王千木反应迅捷，目光从三菱卡车移到了枪口，突然向前猛扑，一粒子弹擦着他的头皮射穿了宣传板。

哗啦一声，宣传板破碎倒地。杨毓香脚步不停，连续向王千木射击。王千木就地一滚，伸手拉住了门卫的脚踝，一把将他扯倒在地，顺势站了起来，躲到廊柱后面，掏枪还击。

三菱卡车疾速向百乐门大门驶去。万墨翰戴着阎王面具，边开车边向王千木射击。杨毓香疾速跑到卡车前，后车厢门打开，头戴孙悟空面具的毛玠伸出手，一把将杨毓香拽到车内。

欧阳夏走出百乐门，看到王千木正背对着她，准备伸手到包里掏枪。

“欧阳。”平楚山看到欧阳夏，立刻打了声招呼，阻止了她掏枪的动作。

“平先生。”欧阳夏心里一惊，松开手枪，脸上露出习惯性的笑容。

“你怎么来了？”平寒雨和陆文泰一同走了出来。

“想念啦。”欧阳夏微微一笑，“平先生太绝情，我可硬不起心肠。”

王千木看着卡车驶离，突然发足向前疾奔。突然，那辆卡车疾速倒退，直向王千木撞去。王千木举枪射击，子弹统统都射进了车厢里。他似乎被这股疯劲震住了，只顾开枪，竟不知躲闪。

此时，一辆轿车驶来，突然向卡车撞去。轿车车门打开，源千雪从车里一跃而出。嘭——轰——只听两声巨响，轿车撞上了卡车，顿时爆炸。

三菱卡车被撞后突然起火，但还是疾速向前驶去。

源千雪从地上爬起来，急促地对王千木说："快走！"

"你怎么来了？"王千木惊魂未定，看见源千雪又抢了一辆轿车，急忙从后车门上了车，车子加速向静安寺路驶去。

"为什么救我？"王千木摇开车窗向外观看。

"你若死了，我精心布的局就瞎了。"源千雪冷笑一声，"安娜不是你杀的，对吧？她是你的慰藉，不是吗？"

"是老六杀了他。"

源千雪一惊："什么？"

"我亲眼看到的。"

"他为什么杀安娜？"

"安娜一定是知道了什么秘密。"

"安娜会告诉你吗？"

"或许。"

"能告诉我吗？"

"我为什么要告诉你？"王千木看着源千雪的背影，冷笑一声，"安娜的真实身份你知道吧？"

"知道。"

"乐木轩呢？"

"苏共第五局上海小组据点。"

"费拉基米尔已经跑了。"

"他的上线是叶戈尔，人已经死了。这些我都知道。"

王千木冷笑一声："你知道'朱雀'吗？"

源千雪摇摇头："谁是'朱雀'？"

"苏共'5号'的联络人。"

"谢谢你告诉我这些。"源千雪向后视镜望去，眼泪忽然流了下来，

"爸爸。"

王千木一愣："你叫我什么？"

"爸爸！"源千雪将车子拐向静安寺，靠边停下车，"我是小羽。"

王千木疑惑地问："究竟怎么回事？小羽不是死了吗？"

源千雪泪流满面地说："日本实行的是父系血缘制度，您不是日本人，我是不能加入日本国籍的，更不能参军。"

"所以，你制造了假身份。"

"青青子衿，王者羽兮。青青子佩，王者木兮。"

"悠悠我心，王者千木。嗷嗷鹿鸣，王者千羽。"王千木眼睛一酸，喃喃地道，"孩子……"

"对不住，爸爸。"

"不说了。"王千木叹了口气，"平公馆的小蝶就是'蝴蝶'。"

"她是'蝴蝶'？"源千雪心里一惊，脚下猛地用力，车子疾速向灯火通明的南京路商业街驶去……

～ 218 ～

[上海，愚园路，兆丰公园]

月光如奶酪般笼罩着兆丰公园的池塘，看起来就像升起了一层薄雾，笼罩着一池秋水。萧瑟的池塘边上，站着一个穿着风衣的窈窕女人正在吸着烟。那烟雾被风一抖，全散在她的头发上，恍若发丝间有轻雾升起。

这时，费拉基米尔从一旁走了过来。

那个女人听到动静，敏捷地从兜里掏出手枪，对准了费拉基米尔，赫然是露易斯·格林。

"'朱雀'，是我！"费拉基米尔笑了笑。

"费拉基米尔。"露易斯·格林放下枪，"怎么回事？乐木轩怎么暴露了？"

费拉基米尔啐了一口唾沫："大叛徒留西柯夫。"

"该死！"

"柏林的'黑王子小组'也被波及。"

露易斯·格林身子一颤，着急地问："我爸爸……"

"'黑王子'很安全。"

"这次损失太大了。"

"'5号'怎么说？"

"'5号'命你回国。"

费拉基米尔眉头紧皱："都走了，还怎么保护'5号'？"

"'5号'说，不保护，才是最好的保护。"

"有什么消息吗？"

"中日和运快有结果了。"

"目标是谁？"

"汪精卫。"

"国民政府副总裁。"费拉基米尔突然提醒道，"记住，你不要插手中国事务，你的任务是找到宫本正仁的女儿。"

"'蝴蝶'。"

"对，'蝴蝶'。"

"你要安全回国。"露易斯·格林将烟蒂丢在河里，转身向公园深处走去。

～ 219 ～

[上海，公共租界，工部局]

"王先生，请坐。"梅子青一手抱胸，一手夹烟，平静地看着王千木。

"梅小姐为何要见我？"王千木走到沙发前坐下。

"同是落水狗，取取经。"

"痛打落水狗，这就是经验。"

"王先生后悔了？"

"后悔有什么用。"

梅子青指着茶几上的茶水："请用茶。"

王千木笑了笑："不渴。"

梅子青笑了笑："怕我下毒呀！"

“我杀过你，你也杀过我，不得不防呀！”

“杀来杀去的太没意思，相逢一笑泯恩仇如何？”梅子青伸出手，在茶杯里一蘸，在茶几上写了一个“六”字。

“这笑里藏着刀吗？”王千木看了一眼“六”字，不动声色地抬头看了看梅子青。

“王先生，这茶喝得。”梅子青又往茶杯里一蘸，在茶几上写下一个“许”字。

“也是，你一个阶下囚，哪里来的毒药？”王千木也伸出手，蘸了蘸茶水，在茶几上写下一个“共”字。

梅子青点点头：“茶里没毒，请放心喝。”

“好茶。”王千木擦了擦手指。

“王先生懂茶。”

“还行。”

“我喜欢喝西湖龙井，藏了六斤，王先生喜欢喝吗？喜欢的话全给先生。”

“梅小姐喜欢西湖龙井，为何还送人？”

“这些天，口味变了，喜欢喝上了碧螺春。”

“谢谢梅小姐。”王千木嘿嘿笑了，“六斤呢，梅小姐舍得吗？”

梅子青淡淡一笑：“我先前喜欢喝西湖龙井，是因为喜欢西湖，喜欢白蛇的故事，那故事太纯洁，太美好，太令人心醉了。听多了呢，故事淡了，嘴也淡了，才发现那故事是别人的故事，不是自己的故事，别人的故事终究是别人的。”

王千木颇有感触地说：“梅小姐也是个有故事的人。”

“不然，怎么写文字呢！”

“我喝不完的话，可以送人吗？”

“送给了王先生，那就是王先生的，怎么处置，随先生的心。”

“要是梅小姐又想喝西湖龙井了呢？”

梅子青凝视着王千木：“没了，想喝也喝不得，对吧？”

王千木也凝视着梅子青：“梅小姐这么决绝？”

“生命诚可贵，爱情价更高。若为自由故，两者皆可抛。”梅子青笑了笑，“不都是为了自由嘛！”

王千木拊掌赞道：“好一个为了自由！”

“拿了六斤茶叶，王先生也能自由自在的品茗小憩了，是不是？”梅子青向电话一指，“王先生可以给土肥原将军打电话了吧？这个鬼地方，我一刻也不想待了。”

王千木缓缓站起身，走到电话机旁，又看了梅子青一眼，再次说道：“梅小姐可想好了？”

梅子青也站起身，伸手在自己的脖子间比画了一个割喉的动作。

“茶叶藏在哪里？”

梅子青从茶几上拿起烟盒，递给了王千木。

王千木伸手接过烟盒：“你可以走了，梅小姐。”

梅子青的眉毛微微一蹙：“不打电话了吗？”

王千木耸了耸肩：“梅大总管回来了。”

梅子青没有生气，只是向王千木微微一笑，走到窗前点了一根烟，不再说话，等着赤木亲之来主动放了她。王千木被梅子青的冷静震惊了，知道这个女人的心狠毒，为了报复什么事都能忍，什么事都能做出来。

监听他们对话的赤木亲之，也惊愕于梅子青的冷静，他似乎在这冷静里嗅到了一股死亡的味道，于是吩咐须贺健：“放了梅子青。”

须贺健前往宿舍楼释放了梅子青，回来的路上碰到探听消息的便衣，得知王千木在百乐门遇刺的消息，急忙向赤木亲之汇报。

“百乐门发生了袭击案，目标是王千木，刺客是军统。”须贺健向赤木亲之汇报。

赤木亲之擦拭着宝剑：“军统？刺杀军统头号杀手？的确有些能耐。”

“袭击案发生时，陆文泰在现场。”

赤木亲之将宝剑放在桌上：“看来，陆文泰就是西湖小组组长。”

“租界不能成为反日分子的藏身之地。”

“杀一儆百。”

“何时抓捕？”

“现在。”

～ 220 ～

[上海，日占区，重光堂；公共租界，上海总会]

把西湖小组变成一个三面间谍小组，这才是梅晋元设的大迷局。这是一个前所未有的创举，所以没有人识破。

布下重重杀局，目的就是集体策反西湖小组，这是梅晋元向土肥贤二原解释的说辞，并顺便感谢他释放了梅子青。

“既然都是大总管的布局，令千金自然无事。”土肥原贤二非常满意他的创举。

“西湖小组集体策反，这是一个妙招。”鸟羽鹤手里夹着一根没有点的烟。

梅晋元自信满满地笑了：“至少比木村组建一个假的西湖小组好些。”

“能成吗？”鸟羽鹤笑了笑，点着手中的烟。

梅晋元点了点头：“已成定局。”

土肥原贤二举起茶杯：“敬大总管。”

鸟羽鹤也举起杯子：“这都是梅小姐的功劳。”

梅晋元立刻说道：“这都是时局的功劳。”

土肥原贤二点了点头：“敬时局！”

鸟羽鹤感慨地说：“双面间谍常有，双面小组仅次一例。”

梅晋元淡淡一笑：“谍报工作是需要创新的。”

土肥原贤二放下茶杯，问到了关键点：“如何确保西湖小组是可靠的？”

梅晋元沉声说道：“案底。”

土肥原贤二皱了皱眉，疑惑地问：“案底？”

这时，鸟羽鹤也点头称赞：“只有留下案底，他们才怕，才能可靠。”

土肥原贤二若有所思地说：“案底存放需要隐秘。”

鸟羽鹤笑了笑：“满铁的黑盒子。”

梅晋元端起茶杯，静静地说道：“平少柔、董竹、苏立生，还有子青，今晚都会被满铁逮捕。”

梅晋元的策反行动得到了松岗洋右的批准，所以上海满铁特工几乎是倾巢出动，平少柔和董竹早知道行动计划，所以很快就被逮捕了。

只可惜，脱轨的梅子青藏了起来，满铁扑了个空。

苏立生从梅子青和许少醒的对话里，猜出了梅子青的心思，所以一出工部局便去找她，自然也没在指定的位置出现。可是，他无法找到梅子青，只得在上海总会等着梅晋元。

梅晋元回到上海总会，看到苏立生坐在吧台一角喝酒，便知出事了，示意他到楼上谈。

"子青不见了。"苏立生走进306室，关上门说。

梅晋元皱着眉头沉声问道："什么叫子青不见了？"

"子青比我早一步离开工部局，没有回家，熟悉的地方也没去。"

"她能去哪里？"

"明晚八点，她会去一个叫'工厂'的地方。"

"'工厂'？"

"这是子青和许少醒约定的地方。"

梅晋元不满地哼了一声："子青没按照计划行事。"

苏立生吞吞吐吐地说："她，她恐怕想除掉许少醒。"

梅晋元伸手在桌上一拍："胡闹！军统老六是她能除掉的吗？"

"怎么办？"

"你不能被满铁抓了。你要去救子青！"梅晋元深吸了一口气，"稍等，我打个电话。"他一边说着，一边走到电话机前，拨通了一个电话。

"睡了吗？"等电话接通，梅晋元柔声问道。

"回来了？"电话里传来楚笠君的声音。

"'工厂'在哪里？"

"圣母院路，紫光印刷厂。"

"休息吧。"梅晋元放下电话，将地址告诉苏立生。

苏立生瞥了一眼电话，轻轻地问："她是咱们的人？"

"算是吧。"梅晋元担心地说，"一定不能让子青出事。"

"我绝对不会让她出事的。"苏立生伸手拉开门，疾步走了出去。

吱呀一声，套间的门开了，欧阳夏站在门前幽怨地看着梅晋元。

梅晋元淡淡一笑："我回来了。"

"回来就回来，有什么稀罕的。"欧阳夏走到沙发前坐下，有些伤感，眼泪禁不住流下来。

梅晋元走到沙发前，柔声问：“怎么了？”

“没怎么。”

“没怎么，还流泪？”

欧阳夏伸手擦了擦眼泪：“今晚睡在床上吧！”

梅晋元的眉头一蹙：“怎么了？”

“想男人了！想上床了！不行吗？”欧阳夏的音量突然大了起来，“还是你不行？！”说着，哇的一声哭了。

“小夏。”梅晋元叹了口气，“军统的任务让你为难了？是不是他们安排你色诱目标？”

欧阳夏突然停止哭泣，泪眼蒙眬地抬头看着梅晋元。

“还真是。”梅晋元哼了一声，“谁下的任务？”

“老板。”

“绝不执行这样的任务。”

欧阳夏泪眼婆娑地摇摇头：“我不执行任务，我的家人怎么办？只是，只是我还是处子之身……”

“任务暂停，我来想办法。没什么大不了的事。”梅晋元故作轻松地一笑，“欧阳慧正在来上海的路上。”

欧阳夏一愣：“你见过我姐姐？”

第七日

1938年11月16日　星期三

民国二十七年　农历九月二十五

戊寅年　癸亥月

第十三章　枪火

～ 221 ～

［ 上海，公共租界，国际饭店，工部局 ］

叛徒？这两个字仿佛是两把刀，从她前胸刺穿过后背，疼得她无法呼吸。

叛徒！这是一个多么刺眼的词！这是一个多么讽刺的词！她的共产主义引路人，竟然是一个叛徒！不！不仅是叛徒，他还是一个魔鬼！一个潜伏于党组织的魔鬼！

国际饭店的一个套间内，梅子青躺在浴池里，任由眼泪顺着脸颊肆意流淌。泡好澡，平复下情绪，梅子青坐在书桌前画着紫光印刷厂的平面图、仓库图、水塔图，画着画着眼泪又流了下来，双肩抖个不停，她告诉自己："幽闭恐惧症，我一定要克服，我一定要杀了这个叛徒。"

苏立生知道印刷厂已经成为"炸药库"，梅子青终会引爆，只是她不顾及结果，会连自己都炸死的。

必须要找到线索，必须阻止梅子青的自杀行为。

他相信梅子青会在工部局留下线索的，所以他在凌晨时分潜入了工部局宿舍楼，看到了窗台上放着一个烟灰缸，更看到了那个烟灰缸上有一个小正方形的刻印。

刻印？

这是什么意思？

梅子青到底想告诉他什么？

~ 222 ~

[上海，公共租界，河南路，中华书局]

王千木坐在床上，手里拿着烟盒，将里面的锡箔纸抽了出来，见上面写着“紫光印刷厂仓库”七个字，冷笑一声，将锡箔纸丢在了地上，顺手拿起一把放在床上的匕首。那个叫老史的军统被绑在椅子上，惊恐地看着王千木的举动。

“小羽和老六是什么关系？”王千木把玩着匕首，对着刀刃吹了一下。

“我真不知道呀！”老史一个劲儿地摇头，“书局只是一个联络点，我只是一个联络员。”

“这么长时间了，没有点儿蛛丝马迹？”

“我都不知道六哥是谁？”

“许少醒。”

老史皱了皱眉，说：“交通大学的许教授？”

王千木晃着手中的匕首，说：“对。见过？”

“有点儿印象。”

“说。”

“你不能杀我。”老史盯着王千木看，眼神里有一些慌乱。

“你说了我想听的，我就没道理杀你呀！”王千木毫无表情地看着老史慌乱的眼神。

“有一次，我给王羽送一份情报，王羽约在了国际饭店。”老史小心翼翼地说道，“王羽和许教授住在一个房间。”

“他们是男女朋友？”

“美女爱英雄，很正常的。”

“这两个月，有情报出去吗？”

老史点点头：“有呀！都是王羽送来的。”

这一瞬间，王千木明白了，许少醒和女儿都是军统的潜伏者，许少醒到西园大厦不是杀安娜的，而是杀他！黑名单，锄奸，许少醒是执行人。

王千木皱着眉头，又问道：“小羽还告诉你些什么？”

“没有了。”

王千木皮笑肉不笑地说："她没有告诉你，我变节了吗？"

老史吓得一哆嗦："没，没有。"

王千木目露凶光："真没有？"

老史吓得又连忙点头："我只是听说，听说，听说而已。"

王千木从床上站起来，走到老史面前，猛然挥手割断了老史的脖子。他一脚将椅子踹倒，看着老史脖子里的鲜血洒成了半弧状，突然冷笑一声："老六，你要杀我，就别怪我心狠手辣。"

～ 223 ～

[上海，公共租界，工部局，警务处]

陆文泰是束手就擒的，还不到表明身份的时候，一个上海滩大亨面对彪悍的警察，只能用愤慨的指责来宣泄情绪。可是，那些警察对这种噪声早就熟视无睹了，粗鲁地将他推搡到审讯室，直接就绑在了电椅上。

"陆先生。"赤木亲之第一时间赶到审讯室，趾高气扬地打了声招呼。

"赤木。"陆文泰还没将一个小小的警务处处长放在眼里。

须贺健呵斥道："八嘎！"

赤木亲之笑了笑："陆先生好镇定呀！"

"赤木，你犯了一个大错。"陆文泰嘿嘿一笑，"你不该抓我，你中了某些人的计啦。"

赤木亲之不屑地说："某些人是什么人？"

"陷害我的人。"

"还真没人陷害你，这一点我敢保证。"

陆文泰冷冷地说："不可能。"

赤木亲之微微一笑："你是西湖小组组长，对吧？"

陆文泰看着赤木亲之，笑容陡然绽放："赤木，你怎么会这么想？"

"很简单，你有刺杀陈逯的理由。"

"我为什么刺杀陈逯？"

"为了萧红如萧大明星。"赤木亲之的理由似乎起到了些作用，他见陆文泰皱眉不语，哈哈大笑，“萧红如拍了裸体电影，我想不是她自愿的，更不是你想要的。你是一个男人，怎么会让自己的女人拍裸体电影？我看了六遍《女间谍》，发现了一个奇妙现象，只能看到萧小姐的身子，却看不到她的脸，奇怪吧？裸都裸了，还怕露脸吗？唯一合理的解释，就是陈逯使的坏，裸体的根本不是萧小姐。陈逯为了赚钱，不顾陆先生的颜面，所以陆先生就安排西湖小组刺杀了陈逯。”

陆文泰深吸了一口气，淡定地说：“你的逻辑很清晰。”

“陆先生，你可以辩解的。”

“这个时候，辩解是苍白无力的。”

“你很聪明，也善于布局。”赤木亲之围着陆文泰转圈，“你约陈逯在办公室见面，用弓弩射杀他。”

陆文泰冷笑一声：“陈逯的命真大。”

赤木亲之不理会陆文泰，接着说：“为了防止突发事件，你在对面的汇中饭店安排了刺客。还真被你料准了，宫崎翼竟然出现，不得已刺客才狙杀了宫崎翼。”

“刺客，就是梅子青。”

“梅子青交代了，她就是军统刺客，西湖小组成员，代号‘白蛇’。”

陆文泰紧皱着眉头，质问道：“她指证我是西湖小组组长？”

赤木亲之慢慢地摇摇头：“不，她什么也没说。不过，不用说，证据就摆在那儿呢！”

“你这里面有一个逻辑漏洞。”陆文泰轻蔑地笑了笑，“我有不在现场的证据。”

赤木亲之嘲讽地笑了笑：“西湖小组就善于伪造证据。”

陆文泰气哼哼地说道：“我没有刺杀陈逯！”

“你当然不会亲自动手。”赤木亲之盯着陆文泰，“动手的是平少柔，她也是西湖小组成员，代号‘青蛇’。”

陆文泰的脸色一变，大声地说道：“梅子青呢，我要见她。”

赤木亲之嘿嘿一笑：“真不好意思，梅子青已经被释放了。”

“为什么？”

“因为她是梅森伯爵的女儿，法外治权，她有这个特权。”

陆文泰叹了口气："看来，我是无法洗脱自己了。"

"你要是认了，咱们就都省心了。"赤木亲之走到电椅前，抚摸着电椅，"这些刑具，太冰冷，也太热血。我呢，只想内心平静些。"

陆文泰缓缓吐了一口气："我要见土肥原将军。"

"你认识土肥原将军？"赤木亲之微微一愣，这个当口与土肥原贤二有关的人，都可能肩负着秘密使命，无论陆文泰是不是西湖小组组长，他都不敢再审了，立刻给土肥原贤二打电话。土肥原贤二的反应令赤木为之窒息。

土肥原贤二只说了一句话："我立刻去工部局。"

这"立刻"两个字里有大文章，赤木亲之赶紧将所有人都轰走了，只留下他和陆文泰。他没有立刻给陆文泰松绑，怕出什么幺蛾子，只给陆文泰点了根烟，也不跟他闲聊，只陪他吸烟，一起等着。

"对不住了。"等土肥原贤二走进审讯室时，赤木亲之立刻给陆文泰松了绑。

土肥原贤二不理赤木亲之，上下打量着陆文泰："文泰，没事吧？"

陆文泰活动活动了筋骨，说："我暴露了。"

土肥原贤二似乎早已料到："暴露了，就走到前台。"

赤木亲之轻轻叹了口气："真有人布局？"

陆文泰点点头："此人布局，为的就是让我从幕后走到前台。他成功了！"

赤木亲之不解地问道："是反日分子吗？"

陆文泰不置可否："不一定。也可能是自己人。"

土肥原贤二向赤木亲之望去："赤木，我会把重光堂交给文泰，你的警务处……"

"我明白。"赤木亲之赶紧从兜里掏出一张纸递给土肥原贤二，"这是西湖小组的名单。"

"走吧！"土肥原贤二接过名单，向陆文泰示意。二人走出工部局，一辆轿车在大门口候着。二人上了车，车子向外滩驶去。

"有人在暗中和我较量。"陆文泰对土肥原贤二解释道，"梅子青被抓，像是一个局。做局的人，一定跟梅子青有关。"

"你有怀疑对象吗？"

“许少醒或者梅晋元。”陆文泰边思索边说，“许少醒和梅晋元，都是梅子青身边的男人。”

土肥原贤二点点头：“一个是军统老六,一个是满铁‘老汤’，能在上海滩做局的，也只有这两位了。”

“这两位态度都很模糊，如同一团迷雾。”

“拨开迷雾见青天，不是很有乐趣吗？”

“我会查清的。”

“《日华协议记录》一敲定，我就回满洲了，重光堂你要担起来。”

陆文泰不解地问道：“重光堂还有存在的意义吗？”

“日中和运，蒋介石才是第一人选。”土肥原贤二颇为器重地看着陆文泰，“无论何时，都不能放弃蒋介石。”

“明白。”陆文泰点了点头，“拉乌尔神父同意了。”

“嗯！”土肥原贤二平静地点点头。

“在老师的意料之中？”

“他没有多少选择。”

“拉乌尔神父提了个条件。”

“什么条件？”

“河滨大楼腾空后，他才签约。”

土肥原贤二哈哈一笑：“真没想到，柏林的反犹运动，竟然帮了我的大忙。”

陆文泰恭敬地问：“答应他？”

土肥原贤二老奸巨猾，嘿嘿笑着点点头：“一条狼狗，只有喂饱了它，才会忠心耿耿。”

～ 224 ～

［上海，法租界，十六铺码头］

“折翼计划”是西湖小组和顽石小组共同执行的计划，折的也不是一个人的翼，是三个人：宫崎翼、王千木和陆文泰。

“折翼计划”的制定者也不是一个人，是“红梅”和“青松”二人。

在梅晋元制定“玉碎计划”的时候，同时向戴笠提交了“折翼计划”，得到戴笠的首肯，允许他见“青松”。

“青松”竟然是平楚山，这令梅晋元无比惊愕。他没有想到这个青帮大亨竟也加入了复兴社。事情到了这个地步，他不得不见平楚山，不得不亮明他的身份。

见面的那晚，平楚山看到“红梅”竟是梅晋元，也是同样的惊愕。

“林下见清真，草衣如野人。”

“小松未盈尺，心爱手自移。”

“我是‘红梅’。”

“我是‘青松’。”

对了接头暗号，梅晋元只得苦笑地耸了耸肩：“我还活着。”

平楚山扼腕叹息：“你真是晋元兄？”

“这是你送给我的。”梅晋元从兜里掏出一个 zippo 打火机，丢给了平楚山。

“你怎么还活着？”平楚山接过火机一看，果然见上面刻着一个名字“平凡”，猛地攥紧了。

“平家惨案是一场骗局。”

平楚山疑惑地问：“骗局？”

“那辆爆炸的车，根本不是我和冷梅乘坐的车。”梅晋元缓缓地点点头，“我们被劫持了，就在平公馆门口。”

平楚山心中一惊：“冷梅，也还活着？”

梅晋元摇摇头：“我不知道。我怀疑，平家惨案跟陆文泰有关。”

“陆文泰？”

“我谋了个局，需要你的帮助。”

“什么局？”

“‘折翼计划’。”

“折谁的翼？”

“陆文泰、宫崎翼和王千木。”

平楚山一周前就知道梅晋元还活着，可是“折翼计划”未完成之前，他不能告诉平寒雨。在黎明之前最黑暗的时候，他来到了十六铺码头，看到远处黑暗里香烟的火光一闪一闪的，便径直走了过去。

“晋元兄。”平楚山走到黑暗处。

“局成了。”梅晋元又点了一根烟，打火机的火苗照亮了他的脸。

平楚山叹了一口气：“只可惜，没有除掉王千木。”

梅晋元笑了笑：“陆文泰才是目标。”

平楚山哈哈一笑：“‘红梅’和‘青松’联手，陆文泰只能暴露啦。”

“只差最后一步了。”

“放心吧，我都安排好了。”

“西湖小组成了双面小组，以后只能配合顽石小组执行黑名单任务。”

“老板说，西湖小组改组情报组。”平楚山也点了一根烟，“梅老二在上海滩。”

梅晋元眉头一皱，问道：“他在上海做什么？”

“你认为呢？”

“‘白皮书计划’？”

平楚山长叹一声：“梅老二很可能要做大汉奸呀！”

梅晋元猛吸了一口烟，将烟蒂一扔：“叛国者，死！”

“大义灭亲？你真舍得？”

“有的选择吗？”

平楚山拍了拍梅晋元：“如有那么一天，我来动手。”

～ 225 ～

[上海，公共租界，梅公馆；佘山]

平楚山的安排简单粗暴，为了将陆文泰推入圈套，也是为了解心中之惑，他决定开棺验尸，看看棺木里到底是不是易冷梅。这个决定是在牌桌上说的，陆文泰和平寒雨大为震惊，只有平老头神情淡然，支持平楚山的决定。在宣布开棺验尸的同时，平楚山还表明让露易斯·格林做检验官，这更加剧了陆文泰和平寒雨的愤怒。

那个时候，露易斯·格林正站在摩西会堂的告解室内，低头看着一张照片。那张照片是梅晋黾和平寒雨的合照，背景是一家叫“好味菜”的餐馆，餐馆门前挂着红灯笼，显然是春节期间。照片里，平寒雨挽着梅晋黾的胳膊，整个身子是向后转头看的姿势。

“平寒雨？”露易斯·格林翻转照片，看到背面写着“十个月前，摄于香港”八个字，眉头不由微微皱起。

平寒雨怎么会和梅晋黾同去香港？

平寒雨到底是谁？

这张苏共第五局拍摄的照片里到底藏着什么秘密？

露易斯·格林无暇去思考这些事，她要做一个重大决定。当梅晋黾从睡梦中醒来，习惯性地去抱她时，她伸手挡住了。然后，她告诉他，她要和他分手。梅晋黾立刻惊醒，看到露易斯·格林已经收拾好行李，知道有些事已经发生了。江南梅家的人是有傲骨的，所以他没有问，只是坐在床边默默地抽烟。

露易斯·格林没有打算欺瞒他，平楚山和梅晋黾之间的情谊，她不会背负，她也相信平楚山能处理好。梅晋黾得知露易斯·格林爱上了平楚山，浓密的眉毛瞬间拧成了一个深壑的川字，雾气陡然飘进了他的眼里，泪水禁不住地流了下来。

清晨的时候，露易斯·格林换了一件新旗袍，外面披了件风衣，站在风中看着平楚山开车驶来，脸上笑颜如花。

平楚山下了车，先让露易斯·格林坐上车，然后将她的行李箱放进后备厢。平楚山一边合上后备厢，一边向站在露台上的梅晋黾望了一眼，那是非常平静的一望。

只那么一望，平楚山算是对过去的情谊有了交代，一个汉奸再也不可能活在他的心里。

在梅公馆的露台上，梅晋黾端着一杯咖啡，看着轿车驶离，默不作声。

“在乎一个女人，你就会失去一群女人。”周佛麟端着咖啡走到露台上，看着梅晋黾失魂落魄的样子，会心一笑。

梅晋黾苦笑着：“你看出来了？”

“女人的细微表情会出卖她的。”

“我该怎么做呢？”

“要么，让出女人；要么，杀掉男人。”周佛麟嘿嘿一笑，“76号那帮杀手，不用白不用。”

“杀掉？”梅晋黾微微皱眉，紧紧地握住咖啡杯，“他们去了平家陵墓。”

平家陵墓在佘山，一座大花园式的墓地，坐落着四座坟墓。最大的坟墓在最高处，墓碑上写着“平嶂山之墓”。沿着缓坡向下，主坟的两侧是两座坟墓，墓碑上写着“平白氏之墓”“平柳氏之墓”。再往下，离台阶更远的地方，是一座小坟，墓碑上写着“平易氏之墓”，正是平楚山之妻易冷梅的坟墓。

12点整，易冷梅的坟墓被开启了。平楚山、平寒雨、陆文泰、平老头和小蝶站在坟墓前，各个戴着墨镜，表情非常严肃。

“小柔呢，怎么没来？”平楚山知道平少柔在满铁，问一声算是替她圆谎。

平寒雨低声说道：“可能她不想看到这一幕吧。”

陆文泰叹了口气：“她去散散心也好。”

平老头用难得温柔的口吻说：“小柔是个坚强的孩子，她不会有事的。”

露易斯·格林、万墨翰和法医一起走到墓坑前。法医跳进墓坑里，打开棺木，里面只剩下了骸骨。法医取出工具，锯断了尸体左腿的膝盖骨。陆文泰看着法医锯骨，眼皮没来由地一跳。法医将锯下来的膝盖骨用白布包好，放进箱子里，递给露易斯·格林，然后爬出墓坑。

陆文泰走到法医面前：“检验报告什么时候能出来？”

露易斯·格林解释：“平太太的左腿膝盖骨受过伤，法医只需检验左腿膝盖骨是否有伤痕就可以了。”

陆文泰问法医：“是吗？”

法医点点头：“是的。”

陆文泰对平楚山和平寒雨说：“这个应该很快。”

法医解释道：“今天就会出检验报告，明天一早送到平公馆。”

~ 226 ~

[上海，法租界，圣母院路，紫光印刷厂]

正方形的刻印是什么？是那个高耸的水塔吗？

水塔已经荒废了，砖混塔身斑驳，水箱枯燥干裂，塔身内梯与水箱外梯链接处有一个外置的小台子，这些特征无法与正方形刻印联系在一起。

“这里不是狙击点。正方形是什么意思？”苏立生沿着水箱外梯，一边爬向塔顶，一边向对面的仓库望去，只觉水塔高耸，仓库矮小，十分困惑，不解这枚正方形的刻印到底代表什么。

这时，夕阳西下，四周一片寂静。他向大门处眺望，忽见王千木提着两个布袋进来，立刻蹲下身去。

王千木留意着四周，小心翼翼地走到水塔对面的仓库，开了锁进去，将布袋里的东西洒在了地上，竟然全是铁钉。

夜色很快笼罩了工厂。水塔后面不远处的围墙边长满了低矮的灌木，灌木后面有一个暗门，门上都生了铁锈。这时，暗门被推开了，先进来的是一个箱子，接着梅子青钻了进来。趁着夜色，她提着箱子摸到水塔前，靠在一角喘着气，不再移动。

苏立生听到动静，手持望远镜向四周巡视，正看到许少醒向水塔走来，又急忙蹲下身去。

过了片刻，许少醒走进水塔，打亮手电筒，沿着梯子向上攀岩。爬到塔身中部，向水塔壁上照了一下，不再向上爬，又沿着梯子下去了。他在水塔门前停留片刻，然后向仓库走去。

苏立生缓步走到水塔边缘，手持望远镜盯着许少醒的一举一动。

梅子青等许少醒走远了，悄悄进了水塔，打开箱子摸黑组装狙击步枪，组装好后，将狙击步枪负在身后，从箱子里取出一个手电筒打亮。亮光下，只见她的脸色苍白，呼吸加重。梅子青深吸了一口气，稳住心神，沿着梯子向上攀岩。水塔封闭的空间，令她窒息，每攀爬一截恐惧就增加一分。

梅子青爬到许少醒停顿的地方，手电光照在一块砖头上。她扶住梯子，将手电筒叼在嘴里，取下那块砖头，露出一个洞口，从洞口处可以毫无遮拦地看到仓库。她关了手电，放在洞口处，摘下狙击步枪塞进洞口，从目镜里看见许少醒已走到了仓库门前。

许少醒从背后掏出手枪，缓缓推开门，将手电筒丢进了仓库里，丢进去的弧度是旋转的，瞬间扫视了局部空间。

啪的一声，手电筒落在了地上，除了这一声，没有任何声响。

许少醒举步走了进去，仓库的灯突然亮了，瞬间的强光让许少醒禁不住微闭了下眼睛。

“老六！”王千木贴在墙边，一手拉着开关，一手举枪对准了许少醒。

“老大！”许少醒适应光亮后睁开眼睛，凭着直觉，将手中枪也对准了王千木。

王千木突然拉灭了灯，一个箭步躲到了一排柜子后面。

许少醒举步前奔，向王千木开枪，突觉脚下一疼，双脚都扎进了铁钉。他心神一凛，黑暗中看到了会议桌，猛地向桌子扑了过去。

王千木举枪向许少醒射击。许少醒从会议桌上滑过去，一头扎进了黑暗里。黑暗中，王千木也失去了目标，不再开枪。

狙击步枪的目镜里，出现了王千木的身影。梅子青瞄准了王千木，手指放在扳机上，正准备开枪，忽然眼前一片模糊，呼吸加重，竟然无法射击。她急忙松了扳机，两只手扶住了梯子，心神不宁地喘着粗气。

苏立生握着望远镜，只能看到仓库的轮廓，他的手突然一抖，寻思："许少醒为什么先检查水塔？水塔？工厂？这是许少醒设立的据点，水塔难道真是狙击点？"忽然想起梅子青患有幽闭恐惧症，立刻明白正方形刻印的意思了，那是一个幽闭空间，梅子青要在幽闭空间里狙杀许少醒，苏立生急忙向水箱外梯奔去。

梅子青听到头顶上传来急促的声响，心里一惊，急忙从身后拔出一支手枪，对准了水箱外梯与塔身内梯的连接口。

“子青！是我！”苏立生从外梯直接跳到外置台子上，沉声喊道。

“立生！”梅子青听到苏立生的声音，脸上立刻绽放出会心的笑容。

这时，仓库的灯又突然亮了。开关处却没有王千木的身影。许少醒看到地面洒满了铁钉，咬牙开骂："老大，你的手段很卑鄙。"

啪的一声，一粒子弹打在会议桌上。

“男人，要死得有尊严！”许少醒咬了咬牙，拔下脚上的铁钉，从桌下钻出来，扔了手枪，向没有铁钉的地方走去，身后留下了一串的血脚印，“老大，我就想问一个问题。”

“老六，你的问题是，我为什么在这儿？”王千木也从柜子后面走了出来，嘿嘿一笑，“你认为呢？”

许少醒诧异地问道："子青出卖我？"

王千木笑了笑："或许呀，她想我们两个叛徒自相残杀。"

许少醒摇了摇头："你是叛徒，我不是。"

"可她认为你是。"

"我杀了你，就能证明我不是。"

"可惜哟，不是你杀了我，而是我要杀了你。"王千木冷笑一声，"挖出军统老六这个大内鬼，我可是立了大功。"

"你为日本人立的功越大，你背负的罪恶就越深。"许少醒的左脚一歪，差一点儿摔倒。

王千木冷笑了一声："扎透了吧。"

许少醒弯腰摸了摸脚踝，突然从脚踝处又摸出一把勃朗宁袖珍手枪，一枪击中王千木的前胸。王千木的反应也非常迅捷，虽然胸口中枪，但也一枪打中了许少醒的左肩。许少醒猛地向没有铁钉的地方扑去。王千木再次躲到柜子后面，伸手关了他接好的电源开关，仓库内又陷入一片黑暗。

"这是你安排的吧？"水塔内，苏立生握住狙击步枪。

"必须除掉叛徒！"梅子青疲累地靠在苏立生的身上。

苏立生摇了摇头："许少醒不能死！"

梅子青一愣："为什么？"

"他也在抗日！"苏立生说道，"只要他还在抗日，我们就得让他活着。救国，是最高任务。"

这时，仓库里又传来数声枪响。黑暗中，王千木连开数枪，一直未见许少醒的反击，侧耳静听片刻，伸手按下电源开关，仓库内的灯又亮了起来，却失去了许少醒的踪影，王千木不禁微微一愣。

"老大，你老了。"许少醒突然出现在王千木的背后，勃朗宁的枪口抵在了王千木的后背。

王千木哼了一声："老六，开枪吧！"

许少醒轻声说道："源千雪不是你的女儿。小羽是我的女人，我会照顾好小羽的。"

在危急关头，王千木突然反手握住了许少醒的手。许少醒连忙扣动扳机，子弹打穿了王千木的左腹。而王千木却死死地握住许少醒的手，奋力地将他拖倒在布满铁钉的地上。二人滚倒在铁钉上，许少醒的手被铁钉扎穿，松开了手枪。王千木从地上爬起来，满身血污地跑到仓库门口。

啪的一声枪响，一粒子弹射中了王千木的眉心。王千木的身子一晃，摔倒在地，死了。

啪的一声，又是一声枪响，仓库内的灯泡应声而碎。

许少醒咬着牙从地上爬起来，向黑暗中的水塔望了一眼，重重地叹了口气，蹒跚着走出印刷厂，艰难地上了停在墙边的轿车，看到左臂上还扎着一根铁钉子，咬牙拔出丢到车外，启动车子驶离了紫光印刷厂。

不远处，苏立生和梅子青从黑暗中走出来。苏立生看着许少醒的车子驶离，伸手握住了梅子青的手，轻声说："他是个了不起的人。"

梅子青冷笑一声："他是个叛徒！"

苏立生笑了笑："你的门打开了，还关上吗？"

梅子青莞尔一笑："你都进来了，关上还有用吗？"

苏立生灿烂地笑了："我们去满铁吧。"

许少醒咬牙坚持着把车驶到汉口路，来到了他的安全房，给自己疗伤。他坐在暗室的椅子上，手里提着一瓶洋酒，抬头向墙上悬挂的一组照片望去。其中一张照片的背景是莫斯科红场，人物是许少醉、留西柯夫和弗兰克，他们在一个角落里碰面，许少醉吸着烟，留西柯夫向外观望，弗兰克微微低着头。

"三弟，你不该是日本间谍的！"许少醒的眼泪流了下来，"你更不该是满铁的'老枭'！为了祖国，我不得不杀你！我不得不成为你！希望许家的列祖列宗不要怪我！"

许少醒举起酒瓶，咕嘟咕嘟地喝了几口，嘿嘿笑着："卢卡斯，谢谢你送我一程！'蝴蝶'是三只'老枭'的监察官，她看到你给她的胶卷和照片，就会联系三弟——不——联系我，'老枭'！"

许少醒站起身，走到照片前，伸手向弗兰克一指，喃喃地说："你为何藏在拉乌尔身边？你究竟是谁？你们在密谋什么呢？"

~ 227 ~

［上海，公共租界，工部局，检验科］

月光有些薄，覆盖不了黑暗，宛如奶酪融进黑巧克力，整个空间呈现一片绛紫色。穿透窗户的那些细细的光，仿佛有了触手，爬满了检验科的门牌。那门牌上挂着一道灵符，随风哗哗作响。陆文泰从那片绛紫色里拐到检验科门前，向四周望了望，捅开房门走了进去。

检验科内摆放着几排盛放文件的柜子，窗前一张桌子放着一沓检验报告。陆文泰走到桌前，拿起报告查看，很快便找到《平易氏左腿膝盖骨检验报告》。趁着外面的微光，可见检查结果栏上写着两行字——

经检验比对

此左腿膝盖骨无受伤之痕迹

“老陆，我在对面房间。”黑寂的空间里，突然传来平楚山的声音。

陆文泰的双目猛地一睁，知道中了平楚山的计，心下懊恼，用力将报告摔在桌上。他转过身，见对面房间的灯忽然亮了，也响起了洗牌的声音，不禁叹了口气，走到对面房间推门进去，赫然看到平楚山、平寒雨、梅晋元和平老头四个人在打麻将。

“老陆，你怎么来了？”平楚山根本不瞧陆文泰，只顾打牌。

陆文泰哼了一声：“明知故问。”

平寒雨讥讽地说道：“我大嫂没死，你很失望吧？”

陆文泰冷笑一声：“我失望什么？”

平楚山平静地说：“说吧，你到底是什么人？”

平寒雨幽幽地说：“老陆，你不说，我们也能猜出个八八九九。你说了，大家的交情还在；你不说，交情可就真的没了。”

梅晋元微微一笑：“我还活着，冷梅就还活着。”

平楚山抬起头，盯着陆文泰：“程西山是我开枪打死的，而你是幕后主凶。”

陆文泰皱着眉头问：“你还知道些什么？”

平楚山哼了一声："我和梅老二是什么关系？从小玩到大的赤裤[①]，我该知道的，都知道了。"

陆文泰的声音犹如一潭死水："我是日本人。"

平老头不屑地说："日本间谍？"

陆文泰点点头："隶属关东军情报部。"

平楚山狠狠地将一张麻将拍在桌上："好呀，老陆，你骗了我们这么多年！"

梅晋元挥了挥手："走吧！"

"告辞！"陆文泰说完转身离去。

平楚山气哼哼地说："不送！"

"大嫂是真的走了。"平寒雨看着陆文泰离开的背影，轻轻地叹了口气，将另一份检验报告放在桌上。

平楚山缓缓地站起身，一脸落寞。

陆文泰走出检验科，只觉夜风刺骨，浑身却燥热难耐，那是一种无以复加的羞愤。就这么稀里糊涂地暴露了身份，究竟是哪里出了问题？细缝是从哪里裂开的？找不到那道细缝，就找不到偷窥他真面目的人。他走进一个小酒吧，喝了整整一瓶酒，越喝越愤怒，越喝越燥热。终于按捺不住，他走进了那个神秘的殿堂。

那是一个地下密室，约莫 2000 平方米，有十几间房，中间还有一个枯山水庭院。陆文泰穿过四五个短走廊，走到一扇门前轻轻拉开。房间内，坐着一个身穿和服的女人，不动声色地看着他，赫然是平寒雨。

"对不起，我暴露了。"陆文泰关上房门，走到平寒雨的对面坐下。

平寒雨微微一笑："做特工的，哪有不暴露的？"

"你不怪我？"

"这不重要。"

"拉乌尔才重要？！"陆文泰口气中带有一丝愤怒，"四只'老鸢'，就为了一个拉乌尔，值得吗？"

平寒雨平静地说："拉乌尔是一把利器，他可以要了巴维尔的命。"

① 上海方言，发小的意思，一起长大的朋友。

“‘神风计划’已经开始执行了。”

“做最好的准备，做最坏的打算。”平寒雨伸出手，轻轻抚摸着陆文泰的脸颊，“拉乌尔若为帝国所用，他可以单独见到巴维尔，那才是最致命的一击。”

“你总是那么迷人，就像刺杀程西山一样。”陆文泰一时间意乱情迷。

平寒雨妩媚地笑了笑：“一只蝴蝶扇动翅膀，会产生巨大的效应。”

“我想看一下飞翔的蝴蝶。”陆文泰伸手捉住平寒雨的手。

平寒雨一只手解开和服：“我们一起飞翔吧。”

陆文泰呼吸急促，走到平寒雨身前，将她按倒在地上。

～ 228 ～

[上海，公共租界，苏州河畔；法租界，梅苑]

梅晋元离开检验科后，没有直接回家。他去了苏州河畔，拉乌尔神父在一个僻静的地方等着他。二人见面，只觉唏嘘，不过短短十天半个月，却如同过了几个春秋。那些惊心动魄、精密安排的棋局，虽说最终成功了，可也付出了巨大的牺牲。

“留西柯夫叛变，苏共损失太大了。”梅晋元动情地说。

拉乌尔神父扼腕叹息：“整个满洲情报网沦陷，只有秋和‘刺刀’活了下来。”

梅晋元的眸子里闪着亮光：“那就是两粒种子！”

拉乌尔神父感慨地说：“用你们毛主席的话讲，就是‘星星之火，可以燎原’！”

“‘刺刀’给秋留下一份情报：SQ0123。”

拉乌尔神父微微一愣：“SQ0123？”

“秋分析，SQ 指的是索契。”

“确定吗？”

梅晋元缓缓地点了点头：“我和秋没有度过蜜月，她说的老索、老七都是谐音，再加上温泉，我可以断定是索契。”

“你还有什么线索？”

“‘红沙’同志也查到一些。”梅晋元望着苏州河静静的水面，“‘红沙’同志判断，关东军有刺杀任务，而且跟留西柯夫有关，反苏爱国主义同盟也参加了。”

“索契，留西柯夫，0123，刺杀……”拉乌尔神父凝眉思索，忽然惊悟道，“我知道了，关东军要刺杀苏共第五局掌门人巴维尔·菲金。”

梅晋元惊愕道：“刺杀巴维尔局长？！跨国刺杀？！日本人疯了！”

“0123，指的是1月23日，巴维尔父亲的忌日。”拉乌尔神父倒吸一口凉气，“巴维尔的父亲安葬在索契，他每年都会回索契扫墓、祭奠父亲。回了索契，自然要去泡温泉的，这在苏共第五局不是什么秘密，而且巴维尔家的老宅改建就是留西柯夫一手操办的。”

梅晋元好奇地追问：“您怎么知道这些？”

“因为我就是那一天‘死’的！”拉乌尔神父的笑容在脸上绽放着，“因为我就是巴维尔‘死’去的父亲！”

梅晋元大吃一惊：“巴维尔局长是您的儿子？”

拉乌尔神父点点头：“我只有‘死’了，才能潜伏下来。要成为一名合格的特工，必须忍受常人所不能忍受的苦痛。”

“巴维尔局长每年都回索契扫墓，就是要告诉大家您已经‘死’了，这样您才能安全。”梅晋元长长嘘了一口气，“若非你们是父子，很难知道0123的含义。”

“这就是天意呀！”

“您通知苏共第五局吧。”

拉乌尔神父思忖片刻：“时间还早，不慌。通知早了，恐会泄露风声，留西柯夫这个叛徒就没法除掉了。”

“你们的事，你们自己把握节奏。”

“谢谢你们。”拉乌尔神父向梅晋元深深地鞠了一躬。

梅晋元告别拉乌尔神父，直接回了梅苑。他站在梅苑门前，见大门开着，猜测女儿回来了，不由开心地笑了。他推开大门，却见平寒雨站在主楼前的老梅旁，正摘下一朵梅花。

梅晋元轻轻地问：“你怎么在这儿？”

“我为什么不能在这儿？这里是我的家呀！”平寒雨边说边将梅花插在发鬓边，“你是晋元吗？”

“是。”梅晋元走进院子。

“为什么？”平寒雨的眼泪流淌下来，“为什么不回家？为什么不认我？”

梅晋元笑了笑：“我这不是回家了嘛！”

“回家就好，回家就好！”平寒雨的脸上露出微笑，“把欧阳也接过来吧。”

“还是家亲切。”梅晋元向院子四周望了望，“这个小院就要热闹了。”

～ 229 ～

［上海，日占区，法租界，公共租界］

“签了字，你们就是满铁的人。”鸟羽鹤站在会议桌前，将四份文件分发到梅子青、苏立生、平少柔和董竹的面前，“西湖小组还是西湖小组，从今天起你们要为帝国服务。”

四人纷纷拿起笔，在文件上签了字，默然走出会议室。

“军统老六都知道了吧？”土肥原贤二从套间室内走出来，望着四人离去的背影，表情里没有太多欢愉，“这西湖小组可是他一手创建的。”

鸟羽鹤拿着四份文件，颇有城府地说：“宫本先生同意把西湖小组变成双面小组，也是为了把军统老六逼到台前。”

土肥原贤二点点头：“宫本先生的担心是对的。”

鸟羽鹤的眼神瞬间变得犀利：“军统老六是一把刀，太锋利，真正握在帝国手里才行。”

土肥原贤二更加老谋深算：“刀乃凶器，不能背藏。”

鸟羽鹤即刻恢复常态，平静地说：“只有亮出来，才有威慑力。”

土肥原贤二不由感慨道：“宫本先生往这把刀上淬了毒药呀！”

往刀子上淬毒的人不只是宫本正仁，陆文泰也在画里藏了毒。

在陆公馆的次卧里，陆川坐在书桌前，拿着一副放大镜查看从地下密室偷偷替换的嫦娥画像。放大镜缓缓移动着，突然顿住了。

放大镜下，是嫦娥的睫毛，一长一短，排列有序。

“摩斯密码。”陆川急忙拿起笔，将嫦娥睫毛的长短画在纸上。很快就破解出来，只有四个字——

小柔吾女

陆川猛然一惊，急忙丢下笔，转身跑到地下密室前旋转密码。旋转四圈，门没有开。他又旋转了四圈，门还是没有开。

陆川惊愕地看着密室门，转身跑回次卧，将画像和纸张放入包里，疾步走出陆公馆。

平少柔从满铁出来就着急找陆川，最终在英伦西餐厅找到了他。找到陆川的时候，他正在和杨毓香碰杯，发出了悦耳的脆响。

“我也不想相亲。”杨毓香喝了一口红酒，“可是，你的叔叔是我的老板，我没法拒绝的。”

陆川端起酒杯：“这都怪我！”

“你有喜欢的人了？”杨毓香看着陆川问，“她叫什么名字？”

“平少柔。”还没等陆川回答，平少柔推门进来，替他做了回答，伸手夺走陆川的酒杯，碰了一下杨毓香的酒杯，“我也是你的老板。”

杨毓香淡定地看了看平少柔，举起酒杯喝了一口酒，说：“老板的话，我会听的。”

“你的陆老板，不做电影了。”平少柔盯着陆川说，“他是日本人。”

陆川假装不解，皱着眉头反问道：“什么日本人？老陆不是我叔叔？”

平少柔开心地笑了：“所以，他管不了你啦，我们可以在一起了。”

杨毓香举起酒杯：“恭喜你们！”

喜与悲里都可以藏毒的，有些毒藏得很深，那毒也毒不死人，可比毒死还令人难受。

“爸爸，我是莱莱！我是莱莱！”从万家灯火中极其平常的一扇窗中，映出源千雪悲苦的脸庞，她手里捧着原百泰的照片，泪流满面地低头哭泣着，泪水滴落在相框上，“爸爸，我是莱莱，我对不起您呀！”

源千雪只觉身子发软，缓缓蹲在地上，抱着相框悲痛地哭泣着。

哭着，哭着，她的眼前浮现起她“死”在上海总会的情景。从那一天起，她再也没有见过父亲。

她的真名叫原莱，正是上海滩百货王原百泰的小女儿，为了协助重庆特工“红雨”潜伏，她把自己变成了一个死人，变成了一个中日混血儿，成了“红雨”的妻子。

这是重庆侍六组一手炮制的计划。

重庆侍六组之所以选中她，是因为她跟王羽长得非常像。侍六组本来是安排王羽做“红雨”的妻子，哪知“红雨”拒绝与军统合作。“红雨”在日本东京的档案已经递交到满铁总部，无法更改，侍六组只得在上海滩海选与王羽相似之人，最终选中了百货王的小女儿——原莱。

实际上，她早在今年开春的时候就回到了中国，只是她和“红雨”被满铁安排到武汉执行任务，直到九月调回上海。

她回到上海的时候，还不知土肥原贤二密谋暗杀她的父亲。当她知道时，父亲已被王千木杀死了。没有人知道原百泰是她的父亲，她也不能在任何人面前表露出悲痛，甚至她还要配合土肥原贤二诱捕王千木。面对着杀父仇人，她有机会手刃仇人，为父报仇，可是她的任务是潜伏。国仇和家恨，她只能择其一。

“爸爸，对不起！爸爸，对不起！”源千雪痛哭流涕，“爸爸，我回来晚了，哪怕早回来一天，您就不会……”

生与死，一瞬间。生，有万千形态，死却只有一途。死亡是不可逆的，源千雪无法逆转，只能悲苦。

老楚的死亡也无法逆转。

董竹离开满铁后第一时间去了楚公馆。楚笠君刚刚得知老楚被打死的消息，正自独酌懊悔，看到董竹来了，心中有了一丝安慰。

“老楚死了。”楚笠君伤心地说，“老楚是明知山有虎，偏向虎山行呀！”

“老楚是不愿意运药的。”董竹坐了下来，给自己倒了一杯酒。

“老楚没有运药。”

董竹吃惊地反问：“没有运药？”

“药还在仓库里。”

董竹举杯一饮而尽：“老楚这是埋怨我呀！”

“这也怪不得你。”

董竹伤感地说：“我要是听老楚的就好了。”

楚笠君望着窗外的月光，心中五味杂陈，轻轻地叹了一口气，说：“是少醒出卖了老楚！”

董竹摇摇头：“不，如果是少醒出卖，我们早死了。”

“现在怎么办？”

“把药藏好。”董竹又喝了一杯酒，“藏好后，不要告诉我。只有你一个人知道就好。”

楚笠君轻声安慰董竹：“不要灰心，药一定能运出上海的。”

“我暴露了，难免露出蛛丝马迹，万一被捕了，不知道藏药地址，我就能多扛一会儿。”董竹静静地看着楚笠君，“我心中只有一个信念，那就是保护你。我本不该来见你的，可是老楚的事让我揪心。”

“我懂。”楚笠君禁不住流下眼泪，哽咽地说，“等安全了，咱们就结婚吧。”董竹默然地点了点头。

跟楚笠君结婚是任务，董竹只能去完成它。可是，他的心里堵得慌，离开楚公馆后便去了爱多亚路。一个门牌上写着“89号”的洋房掩映在几棵大树之中，董竹走到洋房前，掏出钥匙开了门。

洋房里，刚过完22岁生日的苏紫站在客厅中间，穿着一身性感的睡衣，笑靥如花地看着董竹。董竹心里一动，疾步走到苏紫面前，一把抱住了苏紫。

苏紫身子一软，董竹情不自禁地低头吻住了苏紫。

就在董竹离开楚公馆后，梅子青和苏立生也来到了楚公馆。苏立生站在老楚的房间前，默默地吸着烟。梅子青和楚笠君坐在客厅的沙发上，梅子青手里端着一杯茶，楚笠君手里拿着一本《霞光万里》。

梅子青将茶杯轻轻放在茶几上：“老楚，就这么走了。”

楚笠君摸着《霞光万里》的封面：“老楚听说传记要修订，便逐字逐句地修改。他说，你是个走心的姑娘，你能走进我的心里。”

“老楚说，书里有他的故事，写得有些偏颇，他要亲自修订。”梅子青轻轻叹了一口气，“我没能走进老楚的心里。”

楚笠君将书递给梅子青：“不，你走进了他的心里。他的故事，他一个字都没改。”

“老楚，惜字如金。”梅子青接过书翻看，只见书里修订之处不多，只有几十处，“字越少，越有分量。”

梅子青将手指放在书口间，书页呼啦啦地翻动着……

～ 230 ～

[上海，黑海，全世界]

暗火是藏不住的，就像祸心一定会表露出来。发生在上海滩的暗火，影响的不只是中国，而是全世界。如同那只在大洋彼岸挥动翅膀的蝴蝶，任何一处暗火燎原时，全世界每一个国家都不可能置身事外。

重光堂的暗火，分裂了中国。那暗火虽是一点，却点燃了重庆。那个在重庆暗流涌动的，由土肥原机关和龟机关共同策划的“绝杀计划”已经凶猛上演，惊艳策反和惊天刺杀将成为中国的一个分水岭。那暗火，终究燃了起来，变成了烧遍整个中国大地的明火。

民国二十七年，11 月 20 日，卖国协议《日华协议记录》在重光堂签订。

“期待汪先生有一番大作为。”土肥原贤二在协议上签了字，递给周佛麟。

“中日和运，功在世界。”周佛麟接过协议，在上面签了字。

梅晋黾对影佐圭吾说：“希望影佐课长确保汪先生的安全。”

影佐圭吾略略躬身道：“请转告汪先生，我已经安排妥当。”

梅晋黾郑重地点头：“谢谢。”

“我们告辞了，今晚就返回重庆。”周佛麟将文件放进包里，和梅晋黾一起走出重光堂。

周佛麟和梅晋黾刚刚离去，晴气武夫便走了进来，向土肥原贤二汇报王千木被杀的消息。

“被杀了？”土肥原贤二的眉头一蹙。

影佐圭吾猜度道：“军统干的？”

晴气武夫点点头：“毛玠！”

影佐圭吾一拍桌子站起来：“八嘎！”

土肥原贤二轻轻摇了摇手：“死就死了吧，叛徒的下场就是一个字：死！”

影佐圭吾惋惜地说："只是，太可惜了。"

"死了一个王千木，还有张千木、李千木，人类是永远不会缺少叛徒的。"土肥原贤二微微一笑，"一个王千木叛变，200 名军统被除掉。策反，永远是谍报工作的利器，明白吗？多看看中国的《孙子兵法》，你们就懂了。"

策反，不仅是谍报工作的利器，也是政治舞台的利器。

12 月 18 日，汪精卫叛逃重庆，直飞昆明。

12 月 19 日，汪精卫乘飞机逃到越南河内。

12 月 22 日，日本近卫内阁提出"善邻友好、共同防共、经济提携"三原则。

12 月 29 日，汪精卫发表艳电，公开叛国，震惊中外的汪伪政权走上历史的舞台。

另一暗火已经烧到了黑海，"神风计划"早已启动。留西科夫、宇多光一、长谷部太郎、阿尔青·瓦西里耶夫等七人，携带"伪满洲国"外交部办理的意大利护照和入境签证，乘坐"亚洲丸号"离开了大连港。1939 年 1 月 14 日抵达意大利那不勒斯港，然后又持土耳其护照和入境签证抵达黑海，1 月 23 日到达苏联和土耳其边境。

那条边境线，是一条两旁都是茂密丛林的土路。

留西柯夫、阿尔青等七人从丛林里穿出来，跨越边境线，哪知刚跑到路中央，对面丛林里陡然出现几百名荷枪实弹的苏联红军。

一阵枪响过后，七人全部中弹死亡。

一周后，在上海滩那座绿色的地标里，沙逊先生在家宴请拉乌尔神父，作为英国伯爵的梅晋元也在受邀之列。梅子青随同父亲一起前来，共同的信仰让他们更加亲密无间。

只是，平寒雨和欧阳夏同时搬进了梅苑，一个由中共、军统、日谍组成的"家庭"已经变成谍影重重的战场。中共上海情报科也传来消息，那个摧毁上海金融体系的"富士山计划"和肢解中国的"远东慕尼黑阴谋"正在上海滩悄悄酝酿，一场谍杀对决已缓缓拉开帷幕。

令梅子青意外的是，安妮竟然邀请了苏立生。三人在棋牌室里打扑克，年轻人的笑声总是能带来无限的欢乐。

梅晋元和拉乌尔神父站在窗前，眺望着远处滚滚的江水，兴奋地交谈着。

“留西柯夫这个大叛徒终于除掉了。”拉乌尔神父抚摸着胸前的十字架。

梅晋元兴奋地说：“真是太好了，大快人心！”

拉乌尔神父又沉声说道：“可是，‘刺刀’也牺牲了。”

梅晋元的神情也黯淡下来：“这就是我们的命运。”

“愿你的未来纯净明朗，像你此刻可爱的目光。”拉乌尔神父的目光中暗藏着绵长的宁静，“在世间美好的命运中，愿你的命运美好欢畅。”

“这是普希金的诗？”

“普希金的《给婴儿》。”拉乌尔神父看着一群鸽子从圣三一教堂的方向飞来，掠过巴夏礼铜像，像不畏生死的斗士一样，向停泊在江面上的船桅飞去，越飞越疾，越飞越高……

[第二季　完]

（严重剧透，不喜勿入）